ALISTAIR MacLEAN/DIE SCHWARZE HORNISSE

ALISTAIR MacLEAN

DIE SCHWARZE HORNISSE

VERLEGT BEI
KAISER

Titel der englischen Originalausgabe
»THE DARK CRUSADER«
Deutsche Übersetzung von Peter Motram

Berechtigte Ausgabe für den Neuen Kaiser Verlag — Buch und Welt,
Hans Kaiser, Klagenfurt
mit Genehmigung des Scherz Verlages, Bern und München

Schutzumschlag: Volkmar Reiter
unter Verwendung eines Fotos von Art Reference
Satz: Times 10 Punkt, Druck: Wulfenia, Feldkirchen, Kärnten
Bindearbeit: Kaiser, Klagenfurt

VORSPIEL

Ein kleiner, staubiger Mann in einem kleinen, staubigen Zimmer. So kam er mir immer vor, einfach nur ein kleiner, staubiger Mann in einem kleinen, staubigen Zimmer.

Keine Putzfrau durfte je das Büro mit den verrußten, schwer verhängten Fenstern betreten; auch allen andern menschlichen Wesen war der Zutritt prinzipiell verwehrt, wenn Oberst Raine nicht anwesend war.

Staub bedeckte die braungestrichenen Dielen rings um den abgetretenen Teppich. Er lag in Schichten auf den Büchergestellen, Registraturschränken, Heizkörpern, Armlehnen und Telefonen; er überzog in schmierigen Streifen die Platte des Schreibtisches, und an den blankeren Stellen konnte man erkennen, wo kürzlich Akten oder Bücher gelegen hatten. Und – Einbildung oder nicht – man hätte schwören können, eine Patina von Staub auf dem spärlichen grauen Haar des Mannes hinter dem Schreibtisch, in den tiefen Furchen seiner grauen, eingefallenen Wangen und auf seiner hohen, fliehenden Stirn zu entdecken.

Und dann sah man die Augen unter den stark gerunzelten Lidern, und man vergaß den Staub: Augen von der Farbe eines Grönlandgletschers, nur nicht ganz so warm.

Er stand auf, um mich zu begrüßen, hielt mir eine kalte, knochige Hand wie einen Spatenstiel hin, bot mir einen Stuhl an und setzte sich, sehr aufrecht, die Hände leicht auf der staubigen Schreibunterlage verschränkt.

»Willkommen daheim, Bentall.« Die Stimme paßte zu den Augen; man meinte fast, das Knistern trockenen Eises zu hören. »Alles glatt verlaufen unterwegs?«

»Nein, Sir. Ein Textilbonze war nicht ganz glücklich darüber, daß er in Ankara aus dem Flugzeug geworfen wurde, um für mich Platz zu machen. Ich soll noch von seinem Anwalt hören. Einige der anderen Fluggäste schnitten mich, für die Stewardessen war ich Luft, und es wackelte höllisch. Sonst war der Flug sehr angenehm.«

»So was kommt vor«, sagte er sachlich. »Geschlafen?«

Ich schüttelte den Kopf. »Kein Auge zugetan.«

»Wie schade.« Er mimte sein Bedauern nicht schlecht und räusperte sich diskret. »Tut mir leid, Bentall, aber Sie müssen gleich wieder los. Heute abend. Dreiundzwanzig Uhr.«

Ich ließ einige Sekunden verstreichen, um ihm zu verstehen zu geben, daß ich eine Menge von dem, was ich gern gesagt hätte, für mich behielt. Dann zuckte ich resigniert die Schultern. »Wieder nach dem Iran?«

»Wenn ich Sie von der Türkei nach dem Iran transferieren wollte, hätte ich nicht den Zorn der Textilindustrie riskiert und Sie nach London zurückbeordert, nur um Ihnen das mitzuteilen.« Der Anflug eines Zuckens am Mundwinkel. »Nein, viel weiter, Bentall. Sydney, Australien. Neuland für Sie.«

»Australien?« Ich sprang auf: »Wieso Australien, Sir? Haben Sie denn letzte Woche mein Telegramm nicht bekommen? Acht Monate Arbeit, alles zum Zuschlagen bereit. Eine Woche hätte ich noch gebraucht, allerhöchstens zwei . . .«

»Setzen Sie sich!« Es war, als schütte mir jemand einen Eimer Eiswasser über den Kopf. »Ihre Besorgnis ist anerkennenswert, aber überflüssig. Wir wollen in Ihrem eigenen Interesse hoffen, daß Sie Ihre Gegner nicht ebenso unterschätzen, wie sie Ihre Vorgesetzten zu unterschätzen scheinen. Sie haben glänzende Arbeit geleistet, Bentall, und ich bin überzeugt, in jedem anderen Ressort wären Sie für einen Orden fällig. Aber Ihre Rolle in dieser Angelegenheit ist ausgespielt. Ich war nie dafür, daß meine Untersuchungsbeamten auch die Funktion des Scharfrichters ausüben.«

»Es tut mir leid, Sir«, sagte ich lahm. »Natürlich habe ich nicht den Überblick wie . . .«

Es war, als habe er mir gar nicht zugehört. »Diese undichte Stelle, dieses katastrophale Leck in der Abschirmung unseres Instituts für Ballistik und Treibstofforschung in Hepworth, durch welches immer wieder geheime Formeln sickerten, wird jetzt zugestopft.« Er warf einen Blick auf die Normaluhr an der Wand. »In etwa vier Stunden, würde ich sagen. Wir können das Problem bereits als der Vergangenheit angehörig betrachten. Gewisse Herren im Kabinett werden heute nacht vorzüglich schlafen.«

Er machte eine Pause, stützte die Ellbogen auf und sah mich über die ineinander verschränkten Finger hinweg an.

»Wenigstens, was diese Frage anbelangt.« Er seufzte. »Aber heutzutage sind ja die Quellen ministerieller Schlaflosigkeit unerschöpflich. Deshalb Ihre Rückbeorderung. Ich gebe zu, uns hätten auch andere Leute zur Verfügung gestanden. Aber abgesehen davon, daß kein anderer über Ihre in diesem Fall notwendigen Spezialkenntnisse verfügt, habe ich ein vages und unbehagliches Gefühl, daß zwischen dieser neuen und Ihrer letzten Aufgabe gewisse Zusammenhänge bestehen.« Er langte nach einem rosa Hefter und schob ihn zu mir herüber. »Sehen Sie sich das bitte mal an.«

Ich nahm den Hefter und holte das halbe Dutzend zusammengeklammerter Papierchen heraus. Es waren Zeitungsausschnitte; sie stammten durchwegs aus der Auslandsinseratenseite des Daily Telegraph. Auf jeder Spalte stand das Datum mit dickem Rotstift vermerkt. Das früheste war nicht älter als acht Monate. Und auf jeder Spalte waren mit demselben dicken Rotstift Stellenangebote angekreuzt.

Alle diese Angebote stammten von technischen und chemischen Firmen oder Forschungsunternehmen in Australien und Neuseeland. Man suchte Spezialisten auf den fortgeschrittensten Gebieten der modernen Technik. Ich hatte solche Anzeigen schon aus allen möglichen Teilen der Welt gesehen: Fachleute für Aerodynamik, für Mikroverkleinerung, für Überschall und Elektronik, Radar und fortgeschrittene Treibstofftechnik waren heutzutage stark gefragt. Aber das Besondere an diesen Anzeigen war, daß in ihnen durchwegs Spitzenpositionen mit geradezu astronomischen Gehältern angeboten wurden. Ich stieß einen leisen Pfiff aus und blickte Oberst Raine an, aber die eisgrünen Augen waren in die Betrachtung eines Punktes an der Decke versunken. So las ich die Annoncen noch einmal durch, legte sie wieder in den Hefter und schob sie über den Schreibtisch zurück. Ich brachte dabei den Staub auf der Schreibtischplatte in mäßige Aufwallung.

»Acht Inserate«, sagte der Oberst. »Jedes über hundert Worte lang. Trotzdem – Sie könnten sie, falls nötig, wörtlich wiedergeben, stimmt's?«

»Ich glaube schon, Sir.«

»Ist Ihnen an den Annoncen irgend etwas aufgefallen?«

»In diesem einen Inserat sucht man zum Beispiel nach einem Treibstoffspezialisten aus der Spitzenklasse. Unsere wirklichen Könner auf diesem Gebiet sitzen aber – außer in den bedeutenderen Flugzeugfirmen und an ein paar Universitäten – in unserem Forschungsinstitut in Hepworth.«

»Und darin liegt vielleicht ein Zusammenhang mit Ihrer letzten Aufgabe«, sagte er. »Was stellten Sie weiter fest?«

»Alle Inserate kommen mehr oder weniger aus derselben Ecke«, fuhr ich fort. »Neuseeland und die australische Ostküste. Alle Inserenten suchen ihre Leute dringend. Alle bieten als Unterkunft möblierte Häuser an, die später Eigentum der Mitarbeiter werden sollen. Dazu Gehälter, mindestens dreimal so hoch wie das Höchste, was sie hierzulande erwarten können. Zweifellos ist man hinter unseren besten Köpfen her. Alle Inserenten stellen zur Bedingung, daß die Bewerber verheiratet, aber kinderlos sind.«

»Finden Sie das nicht ein klein wenig ungewöhnlich?« fragte der Oberst abwesend.

»Nein, Sir. Es ist in Auslandsfirmen durchaus üblich, vorzugsweise verheiratete Männer einzustellen. Den Leuten fällt es in der Fremde anfangs schwer, sich einzuleben, und die Chance, daß sie mit dem nächsten Schiff wieder nach Hause dampfen, ist geringer, wenn die Familien dabei sind.«

»Aber von Familien ist doch keine Rede«, fiel der Oberst ein. »Nur von Frauen.«

»Vielleicht befürchtet man, Kindergeschrei könne die hochbezahlten Gehirne bei der Arbeit stören.« Ich zuckte die Schultern.

»Und nichts kommt Ihnen irgendwie verdächtig vor?«

»Mir vorläufig nicht. Und, mit allem Respekt, ich bezweifle auch, daß Sie etwas Verdächtiges darin sehen können, Sir. Dutzende unserer Leute sind in den letzten Jahren ins Ausland gelockt worden. Aber wenn Sie mich gütigst mit der Information versorgen wollten, die Sie offensichtlich im Hinterhalt haben, würde ich die Sache vielleicht auch mit Ihren Augen betrachten.«

Wieder ein winziges Zucken des linken Mundwinkels – wirklich, er ließ sich heute gehen –, dann angelte er eine kleine dunkle Pfeife aus der Tasche und begann, den Pfeifenkopf mit einem Taschenmesser auszukratzen. »Da war noch ein weiterer merkwürdiger Umstand, den ich hätte erwähnen sollen. Sämtliche Wissenschaftler, die diese Stellen angenommen haben – samt ihren Frauen –, sind verschwunden. Spurlos.«

Mit dem letzten Wort warf er mir einen raschen Blick von unten zu, um festzustellen, wie ich reagierte. Ich starrte ihm hölzern in die Pupillen und fragte nur: »Noch vor der Ausreise, unterwegs oder erst nach der Ankunft?«

»Vielleicht sind sie wirklich der richtige Mann für diese Aufgabe, Bentall«, sagte er etwas beziehungslos. »Alle diese Leute haben sich eingeschifft. Vier von ihnen scheinen schon auf der Fahrt nach Australien verschwunden zu sein. Von den Einwanderungsbehörden in Australien und Neuseeland erfuhren wir, daß jemand in Wellington an Land gegangen ist und drei andere in Sydney registriert wurden. Das ist alles, was man uns sagen konnte. Mehr weiß man nicht. Sie kamen an. Und sie verschwanden wieder.«

»Irgendeine Theorie, warum?«

»Wir wissen nur – und deshalb die kalten Füße höheren Orts –, daß, obgleich diese Männer nur mit Forschungen im Zivilsektor befaßt waren, ihre Spezialkenntnisse nur zu leicht für militärische Zwecke ausgewertet werden können.«

»Ist gründlich genug nach ihnen gesucht worden, Sir?«

»Darauf können Sie sich verlassen. Wir dürfen getrost annehmen, daß die Polizei bei den Antipoden genauso tüchtig ist wie irgendwo anders in der Welt. Aber dies ist wohl keine Aufgabe für einen Polizisten.«

Er lehnte sich in seinem Sessel zurück, paffte schwarze, stinkende Rauchwolken in die sowieso schon verqualmte Luft und sah mich erwartungsvoll an. Ich fühlte mich müde und gereizt.

»Als was soll ich fahren? Als Kernphysiker?«

Er tätschelte seine Armlehne. »Ich halte diesen Sessel für Sie warm, mein Junge. Eines Tages werden Sie darauf sitzen.« Es ist für einen Eisberg nicht ganz einfach, jovial zu wirken, aber er schaffte es. »Nein, Bentall, diesmal keine falsche Flagge für Sie. Sie gehen als der, der Sie waren, als Sie noch in Hepworth arbeiteten, bevor wir Ihre einzigartige Begabung auf einem anderen, nicht ganz so wissenschaftlichen Gebiet entdeckten:

als Spezialist für Treibstofforschung.« Er zog einen anderen Zeitungsausschnitt hervor und schob ihn zu mir herüber. »Lesen Sie. Erschien vor vierzehn Tagen im Daily Telegraph.«

»Ein Zweitinserat nach einem Treibstoffspezialisten«, kombinierte ich. »Wer hat sich denn auf das erste gemeldet?«

»Tut das was zur Sache?« Raines Stimme hatte um eine Oktave angezogen.

»Natürlich tut es was zur Sache.« Meine Tonlage entsprach der seinen. »Vielleicht hat man – wer auch immer diese Auftraggeber sein mögen – eine Niete gezogen. Vielleicht konnte der Mann nicht genug. Aber wenn er zur Spitzenklasse gehörte – dann, Sir, ist der Zusammenhang ziemlich klar. Dann muß irgend etwas passiert sein, mit dem Ergebnis, daß man Ersatz für ihn braucht.«

»Es war Dr. Charles Fairfield.«

»Fairfield? Mein ehemaliger Chef? Der zweite Mann in Hepworth?«

»Eben der.«

Ich blieb eine Weile stumm. Ich kannte Fairfield gut: ein brillanter Wissenschaftler und hochbegabter Amateurarchäologe. Mir gefiel die Sache immer weniger.

»Und Sie möchten, daß ich . . .«

»Genau das«, unterbrach er mich. Er wirkte plötzlich müde. Ich konnte nicht umhin, momentanen Respekt vor diesem Mann zu verspüren, vor der schweren Verantwortung, die er zu tragen hatte. »Ich gebe Ihnen keinen Befehl, mein Junge. Ich möchte nur, daß Sie fahren.«

Ich zog den Ausschnitt näher zu mir heran und blickte auf das Inserat.

»Man fordert unverzüglich Drahtantwort«, sagte ich langsam. »Man scheint es sehr eilig zu haben. Haben Sie zurückgekabelt?«

»In Ihrem Namen und mit Ihrer Privatadresse. Ich hoffe, Sie haben nichts dagegen«, murmelte er trocken.

»Allison and Holden Engineering Company, Sydney«, las ich. »Eine respektable Firma?«

»Selbstredend. Wir haben alles nachgeprüft.«

Eine kurze Stille entstand. Dann schob ich ihm den Wisch wieder hin und sagte: »Es ist Ihnen hoffentlich nicht entgangen, daß diese Firma, genau wie alle anderen, einen verheirateten Mann sucht.«

»Das Offensichtliche entgeht mir nie«, sagte er kühl.

Er langte in ein Schubfach und holte ein großes gelbes Kuvert heraus. »Nehmen Sie das an sich, Bentall. Ihre Heiratsurkunde. Standesamt Caxton Hall, vor zehn Wochen. Das Dokument ist völlig einwandfrei.«

»Davon bin ich überzeugt«, brachte ich hervor. »An Gesetzwidrigkeiten würde ich mich auch ungern beteiligen.«

»Und nun«, sagte er munter, »möchten Sie natürlich Ihre Frau kennenlernen.« Er nahm den Telefonhörer auf und sagte: »Bitten Sie Mrs. Bentall herein.«

Seine Pfeife war ausgegangen, und er hatte seine Ausgrabungen mit dem Taschenmesser wiederaufgenommen, wobei er das Innere des Pfeifenkopfs mit größter Aufmerksamkeit untersuchte. Für mich gab es im Moment nichts zu untersuchen, und so ließ ich meine Augen schweifen, bis ich wieder die zu helle Sperrholzplatte seines Schreibtisches wahrnahm. Ich kannte die Geschichte, die damit verknüpft war. Vor knapp neun Monaten, kurz nachdem Oberst Raines Vorgänger bei einem Flugzeugunglück umgekommen war, hatte ein anderer Agent auf dem Stuhl gesessen, den ich jetzt einnahm. Einer von Raines besten Leuten; aber – was Raine nicht wußte – dieser Mann war irgendwo in Mitteleuropa »umgekrempelt« worden und arbeitete jetzt als Doppelagent. Seine erste Aufgabe in dieser Eigenschaft – die wahrscheinlich auch seine letzte gewesen wäre – war in ihrer Einfachheit verblüffend: nichts weniger als die Ermordung Raines. Hätte er Erfolg gehabt, so wäre die Beseitigung des Chefs der Abwehr und Hüter von tausend Geheimnissen – Raines wahren Namen habe ich nie gekannt – ein unersetzlicher Verlust gewesen. Der Oberst war natürlich völlig ahnungslos, bis der Agent sein Schießeisen hervorzog. Aber was der Agent wiederum nicht wußte – was bis dato keine Menschenseele auch nur vermutet hatte – war, daß eine Luger mit Schalldämpfer ständig entsichert in einer Spange an der Unterseite von Raines Sessel hing. (Meiner Ansicht nach hätte Raine allerdings die Reparatur der zersplitterten Schreibtischwand etwas diskreter ausführen lassen dürfen.)

Natürlich hatte Oberst Raine gar keine andere Wahl gehabt. Aber selbst wenn die Möglichkeit bestanden hätte, den Attentäter zu entwaffnen oder nur zu verwunden, würde es Raine vermutlich vorgezogen haben, ihn zu töten. Raine war, ohne jeden Zweifel, der erbarmungsloseste Mensch, der mir je begegnet ist. Nicht grausam – nur erbarmungslos. Der Zweck heiligt die Mittel; war der Zweck wichtig genug, schien kein Opfer ihm zu groß, um ihn zu erreichen. Darum saß er auch auf diesem Stuhl. Aber wenn aus Erbarmungslosigkeit Unmenschlichkeit wurde, so fand ich es an der Zeit, zu protestieren.

Ich sagte: »Sie denken doch nicht im Ernst daran, dieses Mädchen mit mir loszuschicken, Sir?«

»Es handelt sich nicht darum, was ich denke.« Er starrte in das Pfeifeninnere mit der Versunkenheit eines Geologen, der die Tiefen eines erloschenen Vulkans studiert. »Die Entscheidung ist bereits getroffen.«

Mein Blutdruck stieg um ein paar Striche.

»Obgleich Ihnen bekannt sein muß, daß Dr. Fairfields Schicksal wahrscheinlich von seiner Frau geteilt wurde?«

»Sie stellen die Richtigkeit meiner Entscheidung in Frage, Bentall?« fragte Raine verwundert.

»Was ich in Frage stelle, ist die Berechtigung, eine Frau auf eine Dienstreise zu schicken, bei der jede Wahrscheinlichkeit dafür spricht, daß sie dabei umkommt.« In meiner Stimme schwang jetzt Ärger mit, und ich gab mir keine große Mühe, ihn zu verbergen. »Und ob es überhaupt klug ist, mich mit einer Frau zusammenzukoppeln, erscheint mir höchst fraglich. Ich könnte durchaus allein fahren und vorgeben, meine Frau sei erkrankt. Ich will kein weibliches Wesen am Hals haben.«

»Bei dieser Art weiblichen Wesens«, sagte Raine trocken, »würden das die meisten Männer für einen besonderen Vorzug halten. Ich gebe Ihnen den Rat, sich Ihre Sorgen aus dem Kopf zu schlagen. Ich halte es für wichtig, daß sie mitfährt. Die junge Dame hat sich freiwillig für die Aufgabe zur Verfügung gestellt. Sie ist klug, außerordentlich tüchtig und in dieser Art von Handwerk höchst versiert. Es wird vielleicht darauf hinauslaufen, daß nicht Sie auf Ihre Frau aufpassen, sondern umgekehrt. Sie kann sich selbst vorzüglich ihrer Haut wehren ...«

Er brach ab, als die Tür aufging und ich ein Mädchen auf uns zukommen sah. Ich sage »kommen«, weil es die übliche Art ist, menschliche Fortbewegung auszudrücken. Aber dieses Mädchen bewegte sich nicht fort, sondern sie schien zu gleiten – mit aller Grazie einer balinesischen Tänzerin. Sie trug ein leichtes, graugeripptes Wollkleid, das sich jedem Zentimeter ihres schmalhüftigen Körpers anschmiegte, als wisse es sein Privileg zu würdigen, und um die Taille trug sie einen schmalen, etwas dunkleren Gürtel im gleichen Ton wie die hochhackigen Schuhe und die Handtasche aus Eidechsenleder. Sie hatte glattes, blondes, glänzendes Haar, ganz weit links gescheitelt und fast senkrecht nach hinten gekämmt, dunkle Augenbrauen und Wimpern, klare nußbraune Augen und eine zart gebräunte, helle Haut.

Ich wußte, wo die Bräune herstammte, ich wußte, wer sie war. Sie hatte während der letzten sechs Monate an demselben Projekt gearbeitet wie ich, war aber die ganze Zeit in Griechenland stationiert, und ich hatte sie nur zweimal in Athen gesehen. Im ganzen war dies erst das viertemal, daß ich mit ihr zusammentraf. Ich kannte sie, aber ich wußte nichts von ihr, außer daß sie Mary Hopeman hieß und in Belgien geboren war. Als Frankreich fiel, hatte ihr Vater, ein Flugzeugingenieur, den Kontinent mit ihr und der belgischen Mutter verlassen. Ihre Eltern waren mit der Lancastria untergegangen. Als Waise in einem fremden Land aufgezogen, mußte sie schnell gelernt haben, für sich selbst zu sorgen.

Ich schob meinen Stuhl zurück und stand auf. Oberst Raine machte eine vage Vorstellungsgeste und sagte: »Mr. und – Mrs. Bentall. Sie kennen sich doch, nicht wahr?«

»Ja, Sir.« Er wußte sehr genau, daß wir uns kannten. Mary Hopeman gab mir eine kühle, feste Hand und einen kühlen, ruhigen Blick. Mir war schon in Athen ihr kühles, distanziertes Selbstbewußtsein aufgefallen, das mich etwas irritierte, mich jedoch nicht davon abhalten sollte, zu sagen, was zu sagen war.

»Nett, Sie wieder mal zu sehen, Miß Hopeman. Könnte es jedenfalls sein. Aber nicht hier und nicht jetzt. Wissen Sie eigentlich, worauf Sie sich da einlassen?«

Sie sah mich an, die großen Haselnußaugen unter hochgezogenen dunklen Brauen weit geöffnet; dann verzog sich ihr Mund langsam zu einem belustigten Lächeln.

»Ist Mr. Bentall meinetwegen plötzlich so ritterlich geworden, Herr Oberst?« fragte sie honigsüß.

»Es scheint fast so«, stimmte ihr Raine bei. »Aber ich möchte nun nicht länger Mr. Bentall – Miß Hopeman hören. Ich meine ... John und Mary Bentall. Ich finde, die Namen passen großartig zusammen.«

»Ja, finden Sie das auch?« fragte das Mädchen interessiert. Sie wandte sich wieder an mich und lächelte strahlend.

»Johnny!«

Ich lächelte nur zurück, kühl und rätselhaft (wie ich hoffte) und wandte mich ab.

»Anzüge, Sir«, sagte ich zu Raine. »Ich werde mir Anzüge kaufen müssen. In Australien ist jetzt Hochsommer.«

»Sie finden zwei neue Handkoffer in Ihrer Wohnung, Bentall, gepackt mit allem, was Sie für Ihren Aufenthalt brauchen werden.«

»Flugbilletts?«

»Hier.« Er schob einen Umschlag über den Schreibtisch. »Sie wurden Ihnen vor vier Tagen durch Cook zugestellt. Mit Scheck bezahlt. Ein Mann namens Tobias Smith. In weiten Kreisen unbekannt, aber sein Bankkonto ist in Ordnung. Sie werden nicht die östliche Route fliegen, wie Sie vielleicht annehmen, sondern die westliche über New York, San Franzisko, Hawaii und die Fidschiinseln. Das bestimmt der Arbeitgeber.«

»Pässe?«

»Ebenfalls in den Koffern in Ihrer Wohnung.« Das kleine Zucken erschien auf der linken Gesichtshälfte. »Ihr Paß lautet zur Abwechslung auf Ihren eigenen Namen. Wir mußten so vorgehen, weil die Leute ja Ihre Angaben über Ihren beruflichen Werdegang nachprüfen. Wir haben es so eingerichtet, daß man beim Recherchieren nicht merkt, daß Sie Hepworth schon vor einem Jahr verlassen haben. Ferner werden Sie in Ihrem Koffer für tausend Dollar Reiseschecks finden.«

»Ich hoffe, ich werde lange genug am Leben bleiben, um sie auszugeben«, sagte ich. »Wer wird uns beschatten?«

Eine kleine Stille entstand, eine peinliche, kleine Stille, und zwei Augenpaare waren mir zugewandt, die schmalen, kalten, eisgrünen und die großen, warmen, braunen. Mary Hopeman sprach zuerst.

»Möchten Sie sich nicht etwas deutlicher ...«

»Ha!« unterbrach ich sie. »Noch deutlicher? Sechzehn Menschen fliegen von hier ab nach Australien oder nach Neuseeland. Acht von ihnen kommen niemals an. Also fünfzig Prozent. Das heißt: mit fünfzigprozentiger Wahrscheinlichkeit kommen auch wir nicht an. Deshalb wird natürlich ein Beobachter im Flugzeug sein, damit Oberst Raine über unserem Grab einen Kranz in den Stillen Ozean schmeißen kann.«

»Die Möglichkeit, daß es unterwegs gewisse Schwierigkeiten geben könnte, habe ich einkalkuliert«, sagte der Oberst bedächtig. »Irgendein Beobachter wird immer dabeisein – natürlich nicht die ganze Zeit derselbe. Es ist besser, wenn Sie gar nicht wissen, wer es jeweils ist.« Er erhob sich und kam um den Schreibtisch. Die Sitzung war beendet.

»Es tut mir aufrichtig leid«, sagte er abschließend. »Mir gefällt die ganze Sache selbst nicht, aber ich tappe wie ein Blinder im dunkeln, und deshalb bleibt mir kein anderer Weg. Ich hoffe, daß alles gutgeht.« Er reichte uns kurz die Hand und kehrte an seinen Schreibtisch zurück.

Ich hielt Mary Hopeman die Tür auf und warf einen Blick über meine Schulter, um zu sehen, wie leid es ihm tue. Aber er sah nicht sonderlich betrübt aus, schaute nur mit großem Ernst in seinen Pfeifenkopf. Lautlos schloß ich die Tür und ließ ihn dort sitzen, einen kleinen, staubigen Mann in einem kleinen, staubigen Zimmer.

DIENSTAG, 3.00 BIS 5.30

Mitreisende im Flugzeug, die die Amerika–Australien-Route seit Jahren kannten, hatten das Grand Pacific Hotel in Viti Levu als das beste auf der westlichen Seite des Stillen Ozeans gerühmt, und ich konnte mich sehr rasch davon überzeugen, daß sie wahrscheinlich recht hatten. Altmodisch, aber großartig und blitzblank wie eine neugeprägte Silbermünze, wurde es mit einer ruhigen und zuvorkommenden Tüchtigkeit betrieben, die jedem englischen Durchschnittshotelier Komplexe eingejagt hätte. Die Schlafzimmer waren luxuriös, das Essen erstklassig (die Erinnerung an die sieben Gänge, die wir zum Abendessen hatten, würde mich in Jahren nicht verlassen), und der Blick von der Veranda auf die dunstverschleierten Hügel jenseits der mondüberglänzten Bucht schien wie aus einer anderen Welt.

Aber nichts ist vollkommen auf dieser gebrechlichen Erde: die Türschlösser der Schlafzimmer taugten überhaupt nichts.

Das wurde mir zum erstenmal bewußt, als ich davon aufwachte, daß mich jemand in die Schulter stieß. Trotzdem dachte ich zuerst nicht an die Türschlösser, sondern an den Finger, der mich stieß – der härteste Finger, der mich je gestoßen hatte. Hart wie ein Stück Stahl. Völlig verdattert und von einem hellen Lichtschein geblendet, bekam ich nur mit Mühe die Augen auf, doch es gelang mir schließlich, sie auf meine linke Schulter zu konzentrieren: der Finger war aus Stahl – ein stumpfglänzender Achtunddreißiger. Und nur für den Fall, daß ich ihn noch nicht richtig erkannt hätte, wurde er, sobald ich mich rührte, mit der Mündung vor mein rechtes Auge geschoben, sodaß ich mitten in den Lauf sehen konnte. In der Tat – ein Revolver. Mein Blick wanderte den Lauf entlang, an dem haarigen, braunen Handgelenk vorbei, den weißen Ärmel hinauf, bis zu dem braunen, unbewegten Gesicht mit der zerknitterten Seglermütze darüber, dann wieder zu der Waffe zurück.

»Okay, alter Freund«, sagte ich. »Ich sehe, daß es ein Revolver ist. Nehmen sie ihn bitte weg.«

»Ein toller Bursche, wie?« sagte er kalt. »Dem kleinen Frauchen zeigen, was man für ein Held ist. Aber Sie wollen doch nicht wirklich den starken Mann markieren, Bentall? Sie wollen doch nicht gerne Zicken machen?«

Ich hätte liebend gern Zicken gemacht. Ich hätte ihm liebend gern den Revolver aus der Hand genommen und ihm damit über den Schädel gehauen. Ich begann mir gerade auszudenken, was ich ihm sonst noch alles antun würde, als er mit dem Kopf auf die andere Bettseite deutete.

»Bevor Sie was riskieren, schauen Sie lieber erst mal dorthin.«

Ich bewegte mich langsam, um niemanden aufzuregen. Abgesehen von dem Gelb seiner Augen war der Ganove auf der anderen Seite des Bettes eine Symphonie in Schwarz. Schwarzer Anzug, schwarzer Seemannssweater, schwarze Kappe und eins der schwärzesten Gesichter, die ich je gesehen hatte: ein mageres, straffes, hakennasiges Gesicht, das Gesicht eines reinblütigen Inders. Er war sehr schmal und sehr klein, aber für das, was er in den Händen hielt, brauchte er keine besonderen Kräfte: eine Schrotflinte mit abgesägten Läufen. Ich wandte mich langsam wieder ab und sah den Großen an.

»Ich verstehe. Kann ich mich aufsetzen?«

Er nickte und trat einen Schritt zurück. Ich nahm die Beine vom Bett und sah zu Mary Hopeman hinüber, die, einen dritten, gleichfalls schwarzen Wächter bei sich, auf einem Rohrsessel neben ihrem Bett saß. Sie trug ein blauweißes, ärmelloses Seidenkleid, deshalb waren die Druckstellen an den Oberarmen sichtbar, wo jemand sie nicht allzuzart angefaßt hatte.

Auch ich war mehr oder weniger angekleidet, bis auf die Schuhe, Jacke und Krawatte, obgleich wir schon vor mehreren Stunden eingetroffen waren – nach einer langen, rumpeligen Autofahrt, weil es auf dem Flugplatz am anderen Ende der Insel kein Hotel gab.

Angesichts des unerwarteten Andrangs von gestrandeten Flugzeugpassagieren im Grand Pacific Hotel war an getrennte Zimmer für Mr. und Mrs. Bentall überhaupt nicht zu denken gewesen; doch hatte die Tatsache, daß wir in Kleidern schliefen, nichts mit echter oder falscher Scham zu tun. Eher mit der Absicht, zu überleben. Der unerwartete Andrang war auf einen unvorhergesehenen Aufenthalt auf dem Flugplatz zurückzuführen. Und worauf der unvorhergesehene Aufenthalt zurückzuführen war, darüber zerbrach ich mir gewaltig den Kopf. In erster Linie auf einen mittleren, durch Kurzschluß entstandenen Brand in unserer Maschine, der unmittelbar nach dem Entfernen der Tankschläuche ausgebrochen war. Obgleich er in einer Minute gelöscht werden konnte, hatte der Flugzeugführer sich korrekterweise geweigert, wieder zu starten, ehe nicht technische Sachverständige aus Hawaii das Ausmaß des Schadens festgestellt hatten. Was ich aber allzugern gewußt hätte, war, wie das Kurzschlußfeuer zustande gekommen war.

Ich glaube an Zufälle; aber zwischen Glauben und Idiotie läuft eine gewisse Grenze. Vier Wissenschaftler und ihre Frauen waren schon auf der Reise nach Australien verschwunden. Es bestand eine echte Chance, daß einem fünften Paar, nämlich uns, ein Gleiches zugedacht war; und die Zwischenlandung auf dem Flugplatz Suva auf den Fidschiinseln stellte die letzte Gelegenheit dar, uns verschwinden zu lassen. Deshalb hatten wir uns nicht ausgekleidet, die Türen abgeriegelt und Wachen eingeteilt. Ich hatte die erste übernommen und bis drei Uhr morgens unbeweglich im Dunkeln gesessen. Dann hatte ich Mary Hopeman wachgerüttelt und mich auf mein Bett gelegt. Ich muß unverzüglich eingeschlafen sein – und sie offenbar auch.

Ich zog mir die Schuhe an und schaute zu ihr hinüber. Im Moment sah sie weder überlegen noch distanziert, sondern einfach blaß und müde aus, mit blauen Schatten unter den Augen. Sie bemerkte meinen Blick und setzte zum Sprechen an.

»Es – es tut mir wirklich . . .«

»Halt den Mund«, sagte ich grob.

Sie zuckte zusammen, als ob ihr jemand ins Gesicht geschlagen hätte. Der Mann mit der Seglermütze lachte; es klang, wie wenn Wasser in ein Abflußrohr gurgelt.

»Machen Sie sich nichts daraus, Mrs. Bentall. Er ist höchst unwichtig. Die Welt ist voller Bentalls, harte Kruste und innen Sülze, und wenn sie's mit der Angst kriegen, müssen sie nach jemandem treten. Dann fühlen sie sich wieder besser. Aber natürlich treten sie nur dorthin, wo ihnen nichts passieren kann.« Er blickte mich ohne große Bewunderung an. »Stimmt doch, Bentall?«

»Was wollen Sie?« fragte ich steif. »Sie vergeuden Ihre Zeit. Ich habe nur ein paar Dollar bei mir, vierzig vielleicht. Außerdem Reiseschecks. Damit können Sie nichts anfangen. Der Schmuck meiner Frau . . .«

»Warum schlafen Sie beide in Kleidern?« unterbrach er mich plötzlich.

Ich runzelte die Stirn und starrte ihn an.

»Meine Frau und ich sind Vorzugspassagiere«, sagte ich. »Meine Mission ist von allerhöchster Wichtigkeit. Ich habe das den Herren auf dem Flugplatz ausdrücklich klargemacht. Mir wurde gesagt, daß nachts manchmal Maschinen zum Tanken in Suva zwischenlanden, und ich habe um sofortige Benachrichtigung gebeten. Hier im Hotel weiß man Bescheid, und wir halten uns jederzeit reisefertig.«

»Das ist ja hochinteressant«, murmelte er. »Und trifft sich ausgezeichnet. Mrs. Bentall, Sie dürfen sich hierher neben Ihren Mann setzen und seine Hände halten.« Er wartete, bis sie herübergekommen war und sich niedergelassen hatte, einen guten halben Meter von mir entfernt, den Blick steif geradeaus gerichtet, dann sagte er: »Krishna?«

»Ja, Käpt'n?« Das kam von dem Inder, der Mary bewacht hatte.

»Ruf von außerhalb beim Portier an. Sag, daß du vom Flughafen aus sprichst: dringender Anruf für Mr. und Mrs. Bentall, in zwei Stunden flöge eine Maschine mit zwei freien Plätzen zum Tanken ein. Sie möchten sofort rauskommen.«

»Jawohl, Käpt'n.« Er bleckte die weißen Zähne und lief auf die Tür zu.

»Nicht da hinaus, du Idiot.« Der Weiße nickte mit dem Kopf zu der Glastür hin, die auf die Veranda hinausführte. »Es sollen dich wohl alle sehen? Wenn du angerufen hast, hol das Taxi von deinem Freund, komm zum Haupteingang und sag, du seist vom Flughafen telefonisch bestellt. Dann komm rauf und hilf das Gepäck runtertragen.«

Der Inder nickte, riegelte die Verandatür auf und verschwand. Der Mann mit der Seglermütze holte eine Zigarre aus der Tasche, paffte schwarzen Rauch in die Luft und grinste uns an. »Sauber, was?«

»Was haben Sie eigentlich mit uns vor?« fragte ich.

»Einen kleinen Ausflug.« Er zeigte grinsend seine nikotingefärbten Zähne. »Und niemand wird dumme Fragen stellen. Alle werden glauben, Sie seien nach Sydney weitergeflogen. Nun stehen Sie auf, falten Sie die Hände hinter dem Kopf und drehen Sie sich um.«

Angesichts der drei auf mich gerichteten Läufe, von denen der weiteste nur einen halben Meter von mir entfernt war, hielt ich es für eine gute Idee, seiner Aufforderung zu folgen. Er stieß mir sein Schießeisen in den Rücken und durchsuchte mich mit geschickten Fingern, denen nicht einmal ein Streichholzheftchen entgangen wäre. Schließlich ließ der Druck des Revolvers an meiner Wirbelsäule nach, und ich hörte ihn einen Schritt zurücktreten.

»Setzen Sie sich. Bißchen überraschend – großmäulige Schlappschwänze wie Sie bilden sich nämlich oft ein, sie müßten eine Knallbüchse mit sich herumschleppen.« Er ließ einen nachdenklichen Blick zu Mary Hopeman hinüberschweifen. »Wie steht's mit Ihnen?«

»Wagen Sie es nicht, mich anzurühren, Sie – Sie gräßlicher Mensch!« Sie war aufgesprungen und stand aufrecht wie ein Gardegrenadier, die Arme steif an den Seiten, die Hände zu Fäusten geballt, schnell und tief atmend. »Für was halten Sie mich eigentlich? Natürlich trage ich keine Schußwaffe!«

Langsam, sinnend, aber nicht frech, tasteten seine Blicke jede Kurve ihres mehr als enganliegenden Seidenkleides ab. Dann stieß er einen Seufzer aus.

»Es wäre auch ein Wunder«, stimmte er bedauernd zu. Er dachte einen Moment lang nach. »Sie besitzen doch eine Reisetasche, nicht wahr?«

»Bleiben Sie mit Ihren dreckigen Händen von meiner Tasche weg!« brauste sie auf.

»Sie sind doch gar nicht dreckig«, sagte er mild. »Die Reisetasche, Mrs. Bentall?«

»Im Kleiderschrank«, sagte sie verächtlich.

Er ging zur anderen Zimmerseite hinüber, ohne uns eine

Sekunde aus den Augen zu lassen. Er holte die graue Eidechsentasche aus dem Kleiderschrank, öffnete den Verschluß und kippte sie über dem Bett aus. Ein Haufen Krimskrams fiel heraus, aber kein Schießeisen.

»Sie sehen eigentlich auch nicht danach aus«, sagte er entschuldigend. »Aber wenn man Fünfzig und älter werden will, darf man eben nicht mal seiner eigenen Mutter trauen und ...« Er brach ab und wog die leere Tasche in der Hand. »Ein bißchen schwer, wie?«

Er schaute hinein, fuhr mit der Hand im Futter herum, zog sie wieder heraus und befühlte die Unterseite. Ein kaum hörbares Klicken, und der falsche Boden schwang in seinen Scharnieren heraus. Etwas plumpste auf den Teppich. Er bückte sich und hob eine kleine automatische Pistole auf.

»Eins von diesen Trickfeuerzeugen«, sagte er leichthin. »Oder vielleicht ein Parfümzerstäuber. Was es doch nicht alles gibt!«

»Mein Mann ist einer der bedeutendsten Wissenschaftler auf seinem Gebiet«, sagte Mary mit steinerner Miene. »Schon zweimal war sein Leben bedroht. Ich – ich habe einen Waffenschein für die Pistole.«

»Ich gebe Ihnen eine Empfangsbescheinigung dafür. Ist doch alles in bester Ordnung«, sagte er begütigend. Seine nachdenklichen Augen straften den Ton Lügen. »Also gut, macht euch fertig zum Abmarsch. Rabat« – das galt dem Mann mit der abgesägten Flinte – »über die Veranda, und paß auf, daß zwischen Hotelausgang und Taxi keiner irgendwelche Dummheiten versucht.«

Er hatte alles blendend organisiert.

Sobald es an der Tür klopfte, verschwand er hinter den Vorhängen, die vor der offenen Verandatür hingen. Der Page trat ein und nahm die drei Gepäckstücke. Ihm folgte Krishna, der sich inzwischen eine Schirmmütze zugelegt hatte. Krishna trug einen Regenmantel über dem Arm, und ich konnte mir vorstellen, daß er nicht nur seine leere Hand darunter verbarg. Er ließ uns an der Tür höflich den Vortritt, nahm das vierte Gepäckstück und folgte uns. Vom Ende des langen Flures aus sah ich den Großen mit der Seglermütze aus unserem Zimmer kommen und hinter uns herschlendern, in genügender Entfernung, um scheinbar nicht zu uns zu gehören, aber doch nahe genug, um rasch bei der Hand zu sein, falls ich irgendwelche komischen Einfälle hätte.

Der Nachtportier, mager und dunkel, mit dem lebensüberdrüssigen Ausdruck aller Nachtportiers der Welt, hielt unsere Rechnung schon bereit. Während ich bezahlte, kam der Mann mit der Seglermütze, die Zigarre verwegen im Gesicht, auf die Anmeldung zugeschlendert und nickte dem Portier leutselig zu.

»Guten Morgen, Käpt'n Fleck«, sagte der Portier respektvoll. »Haben Sie Ihren Freund gefunden?«

»Ja doch, gewiß.« Die kalte Härte auf Käpt'n Flecks Gesicht war verschwunden und hatte ausgesprochener Jovialität Platz gemacht. »Er sagt mir, daß der Mann, den ich eigentlich sehen wollte, draußen auf dem Flugplatz sei. Jetzt muß ich mitten in der Nacht da raus. Aber es hilft nichts. Besorgen Sie mir bitte ein Taxi.«

»Sehr wohl, Sir.« Fleck schien hierzulande etwas darzustellen. Der Portier zögerte. »Zufällig fahren Mr. und Mrs. Bentall auch gerade hinaus, und sie haben ein Taxi . . .«

»Entzückt, Sie kennenzulernen, Mr. Bentall«, sagte Fleck herzlich. Dabei quetschte er meine Hand mit seiner Rechten in einem ehrlichen Seemannsgriff, während seine Linke den versteckten Revolver so ungestüm gegen die schmutzigweiße Jackentasche preßte, daß ich die Nähte krachen hörte. »Fleck, wenn Sie gestatten. Muß schnellstens zum Flugplatz hinaus. Hätten Sie die große Liebenswürdigkeit? Beteilige mich natürlich an den Kosten . . .«

Mit der aalglatten Verbindlichkeit eines Oberkellners, der einem in einem überfüllten Restaurant den allerschlechtesten Tisch anweist, wurden wir aus dem Hotel hinaus- und in das wartende Taxi hineinkomplimentiert. Zu meiner Linken war Rabats Schrotflinte, zu meiner Rechten Flecks Pistole: beide gruben sich genau über den Hüftknochen ein, die einzige Stelle, wo man sie nicht beiseite schlagen kann. Ich saß mucksmäuschenstill und hoffte, daß die uralten Wagenfedern nicht im Verein mit der holprigen Straße einen Zeigefinger in Bewegung setzen würden, die sich um die beiden Abzugshähne krümmten.

Mary saß vorn neben Krishna, sehr aufrecht, sehr ruhig, sehr distanziert.

Ich wußte nicht das geringste über die Stadt Suva, aber selbst wenn ich sie gekannt hätte, hätte ich nicht feststellen können, wohin man uns brachte. Je zwei Personen vor und neben mir, die Fensterscheiben, oder was ich davon ahnen konnte, von strömendem Regen überspült, hatte ich keine besonders gute Aussicht. Ich sah ein stilles dunkles Kino vorüberhuschen, eine Bank, einen Kanal, in dessen düsterer Oberfläche sich hier und da schwache Lichter spiegelten, und schließlich, nachdem wir in enge, unbeleuchtete Gassen eingebogen und über Eisenbahnschienen geholpert waren, eine lange Kette kleiner Eisenbahnwaggons mit den Buchstaben C. S. R. an der Seite. Das Taxi hielt mit einem plötzlichen Ruck, der die Schrotflinte durch meinen Leib zu treiben schien. Käpt'n Fleck sprang hinaus und befahl mir, ihm zu folgen.

Ich kletterte aus dem Wagen, rieb mir die schmerzende Stelle und sah mich dabei um. Es herrschte Grabesdunkel, der Regen strömte noch. Anfangs konnte ich nichts erkennen, außer den schattenhaften Umrissen einiger winkliger Konstruktionen, die wie Schienenkräne aussahen. Aber ich brauchte meine Augen nicht, um zu wissen, wo ich mich befand, meine Nase genügte. Ich roch Rauch und Dieselöl und Rost, den Beigeschmack von Teer, Hanfseilen und nassem Tauwerk und, durch alles hindurch, den rauhen, stumpfen Seegeruch.

Käpt'n Fleck wies mit einer Bleistifttaschenlampe auf zwei Gepäckstücke, die Krishna genau in eine tiefe Pfütze mit öligem Schmutzwasser gestellt hatte, nahm die anderen beiden selbst auf und befahl mir leise, ein Gleiches zu tun und ihm zu folgen.

Entweder konnte Fleck nachts besser sehen als ich oder er kannte die Gegend in- und auswendig: jedes Tau, jede Trosse, jeden Poller und jeden losen Pflasterstein in diesem Dock. Immerhin brauchten wir nicht weit zu laufen, und ich war erst vier- oder fünfmal gestolpert und gefallen, als er schon das Tempo verlangsamte, nach rechts abbog und eine Steintreppe hinabzusteigen begann. Er ließ sich Zeit dabei und riskierte sogar hier und da die Taschenlampe, was ich ihm nachfühlen konnte: die Stufen waren grünbemoost und schlüpfrig, und ein

Geländer auf der Seeseite gab es nicht. Die Versuchung, einen meiner Handkoffer auf ihn fallen zu lassen, war heftig, wenn auch nur vorübergehend. Nicht nur, daß sich noch immer zwei Schußwaffen in meinem Rücken befanden, meine Augen hatten sich auch genügend an die Dunkelheit gewöhnt, um die Umrisse eines Schiffskörpers auszumachen, der längs der Mole am Fuß der Treppe lag: ein gedrungener Schiffsleib, vielleicht fünfundzwanzig Meter lang, mit ziemlich wuchtigen Deckaufbauten und Masten – ich konnte nicht unterscheiden, ob es ein Zwei- oder Dreimaster war. Plötzlich öffnete sich in den Deckaufbauten eine Tür, und eine weiße Lichtflut schoß heraus.

»Alles in Ordnung, Boß?« Ich war noch nie in Australien gewesen, hatte aber schon viele Australier kennengelernt. Der Akzent war unverkennbar.

»Okay, Henry. Habe sie. Und paß auf das verdammte Licht auf. Wir kommen an Bord.«

»Die Luxuskabine wartet schon, Boß«, verkündete Henry. »Soll ich ihnen ihr Quartier anweisen?«

»Das kannst du tun. Ich bin in meiner Kajüte. So, Bentall, lassen Sie nur Ihre Tasche hier. Ich besuche Sie später.«

Henry ging voran zum Achterdeck, die beiden Inder folgten ihm. Sobald er an der Kajüte vorbei war, wandte er sich nach rechts, knipste eine Taschenlampe an und blieb vor einer kleinen quadratischen Luke stehen. Er bückte sich, entfernte den Bolzen, hob den Lukendeckel hoch und wies mit seiner Taschenlampe in das Loch. »Marsch, runter mit euch beiden.«

Ich stieg zehn Sprossen einer nassen, senkrechten Eisenleiter hinab, Mary dicht hinter mir. Ihr Kopf war kaum unter der Luke, als der Deckel schon herunterknallte und wir hörten, wie der Bolzen in die Öse geschoben wurde. Wir sahen uns in unserer »Luxuskabine« um.

Es war ein abscheuliches, stinkendes Verlies. Ein gelber Glühwurm von einer Deckenlampe gab gerade genug Licht, daß man nicht auf allen vieren herumzukriechen brauchte. Der Gestank war entsetzlich. Auch sonst fehlte nichts, was man von einem einschlägigen Kerker verlangen kann. Der einzige Ausgang war die Luke, durch welche wir hereingekommen waren. Achtern zog sich quer über die ganze Schiffsbreite ein hölzernes Schott. Ich entdeckte einen Spalt zwischen zwei Planken, und obgleich ich nicht hindurchsehen konnte, roch ich Dieselöl. Zweifellos der Maschinenraum. In dem Vorderschott führte eine unverschlossene Tür zu einem primitiven Wasserklosett und einem rostigen Waschbecken, das aus einem Hahn mit braunem, abgestandenem Süßwasser gespeist wurde. Nahe den vorderen Ecken des Raums waren faustgroße Löcher in die Decke gebohrt – vermutlich zur Entlüftung. Ich versuchte, durch sie hindurchzublicken, konnte aber nichts sehen.

Durch die ganze Länge des Laderaums zogen sich vier Reihen verschiebbarer Lattenwände. Hinter den beiden äußeren Reihen türmten sich Holz- und Lattenkisten bis zur Decke. Sie ließen nur einen knappen Raum für die Luftzufuhr von den Lüftungslöchern frei. Zwischen den äußeren und inneren Reihen waren Kisten und Säcke bis zur halben Höhe des Raums aufeinandergestapelt. In der Mitte führte ein etwa meterbreiter Gang vom Maschinenraumschott zu den beiden kleinen Türen im Vorderschott.

Ich war noch dabei, mich weiter umzusehen, als die Deckenleuchte verblaßte und ein hoher Heulton von achtern kam. Eine Sekunde später erwachte ein Dieselmotor zum Leben, das Schiff begann zu vibrieren, und schließlich zeigte ein tieferer Ton das Einlegen des Ganges an. Auch ohne die leichte Neigung nach Steuerbord beim Verlassen der Mole hätten wir bemerkt, daß wir in Fahrt waren.

Ich stieß in der Dunkelheit mit Mary zusammen und hielt sie am Arm. Ihr Arm hatte eine Gänsehaut und war viel zu kalt. Ich nahm ein Streichholz aus der Schachtel, zündete es an und musterte sie. Ihre Augen hatten sich gegen die plötzlich aufleuchtende Flamme fast völlig geschlossen. Ihr blondes, zerzaustes Haar klebte ihr über Stirn und Wange, die triefende, dünne Seide ihres Kleides war wie ein klebriger, enganliegender Kokon. Sie zitterte. Erst in diesem Augenblick wurde mir klar, wie kalt und feucht es in diesem Loch war. Ich ließ das Zündholz ausgehen, zog einen Schuh vom Fuß und hämmerte damit gegen das Achterschott. Als das nichts nützte, kletterte ich die Leiter ein paar Sprossen hinauf und begann den Lukendeckel zu bearbeiten.

»Was versprichst du dir davon?« fragte sie.

»Wenn wir unsere Sachen nicht bald bekommen, hast du die schönste Lungenentzündung.«

»Wäre es nicht sinnvoller, wenn du dich nach irgendeiner Art von Waffe umsehen würdest?« sagte sie ruhig. »Bist du noch nicht auf die Idee gekommen, dich zu fragen, warum sie uns hierhergebracht haben?«

»Um uns fertigzumachen? Unsinn.« Ich probierte mein sorglosestes Lachen, um zu hören, wie es klang, aber es klang so hohl und unüberzeugt, daß selbst mir der Mut sank. »Natürlich legen sie uns nicht um, jetzt jedenfalls noch nicht. Dazu haben sie mich doch nicht hierhergeschafft – das hätten sie in England leichter erledigen können. Außerdem brauchen sie dich doch nicht, um mich verschwinden zu lassen. Drittens hätten sie uns gar nicht erst in diesem Kahn herauszufahren brauchen – der dreckige Kanal zum Beispiel, an dem wir vorhin vorbeikamen, und ein paar schwere Steine hätten völlig genügt. Und viertens kommt mir dieser Kapitän Fleck zwar wie ein ausgekochter Schurke vor, aber nicht eigentlich wie ein Totschläger.«

Mary hüllte sich in Schweigen.

Nach einigen Minuten gab ich den Lukendeckel auf und hämmerte gegen das Vorderschott. Dort mußten die Mannschaftsquartiere liegen, denn ich hatte unmittelbaren Erfolg. Jemand hob den Lukendeckel hoch.

»Wollt ihr wohl mit dem Krach aufhören?« Henrys Stimme klang nicht gerade begeistert.

»Wo ist unser Gepäck?« fragte ich. »Wir brauchen trockene Sachen. Meine Frau ist bis auf die Haut durchnäßt.«

Er warf unsere Koffer herunter und machte dann die Leiter für Käpt'n Fleck frei – ausgerüstet mit Taschenlampe und Kanone, eingehüllt in eine Whiskywolke. Sie stach angenehm gegen den furchtbaren Gestank des Laderaums ab.

»Tut mir leid, daß Sie warten mußten«, sagte er vergnügt. »Die Kofferschlösser waren ein bißchen kompliziert. Sie hatten also wirklich keine Pistole bei sich, Bentall?«

»Natürlich nicht«, sagte ich steif. Ich hatte eine gehabt, aber sie lag noch immer unter der Matratze meines Bettes im Grand Pacific Hotel. »Wonach stinkt es hier so entsetzlich?«

»Entsetzlich?« Fleck schnupperte mit der Begeisterung eines

Kenners, der an altem Kognak riecht. »Kopra und Haifischflossen. Hauptsächlich Kopra. Soll sehr gesund sein.«

»Davon bin ich überzeugt«, sagte ich bitter. »Wie lange sollen wir noch in diesem Loch bleiben?«

»Ein paar Stunden vielleicht, ich weiß es nicht. Um acht bekommen Sie Frühstück.« Er leuchtete mit seiner Taschenlampe umher und sagte entschuldigend: »Wir haben nicht oft Damen an Bord, Mylady, überhaupt nicht solche wie Sie. Wir hätten auch etwas besser saubermachen können. Behalten Sie beim Schlafen ja die Schuhe an.«

»Warum?« fragte ich.

»Kakerlaken«, informierte er uns kurz. »Sind ganz wild auf Fußsohlen.« Er leuchtete in eine Ecke und erwischte sofort ein paar ungeheure, braune, käferartige Insekten von mindestens fünf Zentimeter Länge, die unverzüglich dem Lichtkegel entflohen.

»So – so groß?« flüsterte Mary.

»Liegt an der Kopra und am Dieselöl«, erklärte Henry kummervoll. »Sie fressen das am liebsten. Und das sind nur die Kleinen; die Alten sind zu gerissen, um herauszukommen, wenn Leute da sind.«

»Das genügt«, sagte Fleck unvermittelt. Er drückte mir die Taschenlampe in die Hand. »Behalten Sie sie. Sie werden sie brauchen. Also bis morgen früh.«

Henry wartete, bis Flecks Kopf über Deck verschwunden war, dann schob er eine Lattenwand des Mittelgangs beiseite. Er zeigte mit dem Kopf auf das freigelegte, meterhohe Kistenpodium.

»Da oben könnt ihr schlafen«, sagte er kurz. »Bis morgen früh.« Damit war er verschwunden; einen Augenblick später schloß sich der Lukendeckel hinter ihm.

Und da es keinen anderen Platz gab, schliefen wir dort Schulter an Schulter auf dem Kistenpodium. Mary jedenfalls schlief. Ich hatte zu denken.

DIENSTAG, 8.30 BIS 19.00

Mary schlief volle drei Stunden wie eine Tote; ihr Atem ging so leise, daß ich ihn kaum hören konnte. Mit der Zeit wurde das Rollen des Schoners zunehmend fühlbar; trotzdem schlief sie, bis sie nach einem besonders heftigen Schlingern – mit einem Aufschrei erwachte und mich aus verwirrten Augen anstarrte. Dann wußte sie wieder, wo sie war, und setzte sich auf.

»Hallo«, sagte sie.

»Guten Morgen. Geht's besser?«

Sie nickte und hielt sich an den Latten fest, als ein erneutes heftiges Schlingern ein paar leere Kisten herumpoltern ließ. »Aber es wird nicht lange anhalten, wenn das so weitergeht. Es ist dumm, ich weiß, aber ich kann es nicht ändern. Wie spät ist es? Halb neun auf deiner Uhr. Muß ja hellichter Tag sein. Wo wir wohl hinfahren?«

»Vermutlich nach Norden oder Süden.«

Ich kletterte mit steifen Gliedern von den Kisten herunter und ging nach vorn zu den Entlüftungslöchern. Ich drang in beide Hohlräume ein und berührte sowohl die Steuerbord- wie auch die Backbordwand des Schoners nahe der Decke. Die Backbordseite war ohne Zweifel wärmer als die Steuerbordseite. Das bedeutete, daß wir mehr oder weniger genau nach Süden fuhren. Das nächste Festland in dieser Richtung war Neuseeland, etwa tausend Seemeilen entfernt. Ich verstaute diese außerordentlich nützliche Feststellung in meinem Gehirn und wollte mich gerade wieder zurückziehen, als ich von oben Stimmen hörte. Ich zog eine Kiste hinter der Lattenwand hervor, stellte mich darauf und preßte mein Ohr gegen den Lüftungsschacht. Der Ventilator mußte sich unmittelbar neben der Funkkabine befinden. Ich unterschied Morsetöne und den Klang zweier Männerstimmen; ihre Unterhaltung drang so deutlich zu mir, als wären sie keine drei Schritte von mir entfernt. Nach wenigen Minuten sprang ich zu Boden, schob die Kiste wieder an ihren Platz und ging zu Mary zurück.

»Wo bleibst du denn so lange?« fragte sie vorwurfsvoll.

»Es tut mir leid, aber vielleicht hast du nicht ganz umsonst gewartet. Ich habe herausgefunden, daß wir nach Süden fahren. Was aber noch viel wichtiger ist, ich habe herausgefunden, daß wir hören können, worüber die Leute oben an Deck sich unterhalten.« Ich beschrieb ihr, wie ich es entdeckt hatte, und sie nickte.

»Das könnte sehr nützlich sein.«

»Es könnte mehr als nützlich sein«, sagte ich. »Hunger?«

Sie verzog das Gesicht und rieb sich den Magen. »Ich werde sonst nicht so rasch seekrank, aber dieser furchtbare Geruch . . .«

»Vielleicht hilft etwas Tee.« Ich ging nach vorn und rief nach der Bedienung, indem ich, wie vor ein paar Stunden, gegen das Schott hämmerte. Nach einer Minute öffnete sich die Luke. Ich blinzelte in den grellen Lichtkegel.

»Was soll der Krach?« fragte Henry mürrisch.

»Ihr habt uns Frühstück versprochen«, erinnerte ich ihn.

»Stimmt. In zehn Minuten.« Damit verschwand er und klappte die Luke wieder zu.

In weniger als zehn Minuten öffnete sie sich wieder, und ein strammer Jüngling mit dunklem, wirrem Lockenkopf kam flink die Leiter herunter. Er grinste mich freundlich an und stellte ein Tablett auf der Kiste neben Mary ab, wobei er elegant den Blechdeckel von einer Schüssel entfernte. Ich besah mir die braune, klebrige Masse. Ich glaubte Reis und Kokosflocken zu erkennen.

»Was ist denn das?« fragte ich. »Der Abfall der letzten Woche?«

»Pudding. Sehr gut, Sir.« Er zeigte auf einen Emailltopf. »Kaffee. Auch sehr gut.« Er machte eine Art Diener vor Mary und verschwand so flink, wie er gekommen war. Natürlich schloß auch er den Lukendeckel hinter sich.

Der Pudding erwies sich als eine glitschige Paste, die nach Fischleim schmeckte und sich auch so anfühlte. Er war zwar ungenießbar, aber noch nichts gegen den entsetzlichen Kaffee: lauwarmes Brackwasser, durch Zementsäcke gefiltert.

»Glaubst du, sie wollen uns vergiften?« fragte Mary.

»Ausgeschlossen. Das Zeug kann ja niemand schlucken. Jedenfalls kein Europäer. Das wäre also unser Frühstück gewesen.« Ich verstummte und sah mir die Kiste unter dem Tablett genauer an.

Ich hatte die Taschenlampe angeknipst und lugte durch die breiten Zwischenräume der Lattenkiste. Ich sprengte eine Latte aus dem Kistendeckel, holte eine Flasche heraus und reichte sie ihr. »Halt das mal. Wahrscheinlich geschmuggelter Gin.«

Leider war es kein Gin, sondern Limonade, gut für den Durst, aber kaum Ersatz für das Frühstück. Ich zog meine Jacke aus und begann den Inhalt des Laderaums gründlich zu inspizieren.

Käpt'n Fleck schien dem harmlosen Gewerbe eines Lebensmitteltransporteurs nachzugehen. Die Kisten enthielten Fleisch- und Fruchtkonserven und alkoholfreie Getränke – vermutlich Fracht, die er auf einer der größeren Inseln aufnahm, bevor er auf seine »Kopratour« ging.

Ich leistete mir ein Frühstück aus Corned beef und eingemachten Birnen und beschäftigte mich dann mit der Inspektion derjenigen Kisten, die zwischen den äußeren Lattengittern und den Schiffswänden aufgestapelt waren. Ich leuchtete sie mit der Taschenlampe ab und wuchtete die oberste Kiste herunter.

Die Kiste war aus geöltem gelbem Kiefernholz. Auf den vier Ecken des Deckels prangte ein dicker schwarzer Pfeil, die Signatur der britischen Kriegsmarine. Quer darüber waren die Worte gestempelt: Marine-Luftwaffe, halb unkenntlich gemacht durch einen dicken schwarzen Strich. Darunter: Alkoholkompasse. Und wieder darunter: Überschuß. Zum Verkauf freigegeben und eine höchst amtlich aussehende Krone. Mit einiger Mühe stemmte ich den Deckel auf, und siehe da: sechs unmarkierte Alkoholkompasse, in Stroh und weißes Papier verpackt.

»Sieht fein aus«, sagte ich. »Ich kenne den Dreh. ‚Überschuß' ist ein gefälligerer Ausdruck für ‚veraltet'. Bringt etwas mehr Geld ein beim Verkauf an Zivilstellen. Vielleicht beschäftigt sich Käpt'n Fleck ganz legitim mit dem Vertrieb von ausrangiertem Heeresgut.«

»Oder er besitzt seinen eigenen Stempelsatz«, meinte Mary skeptisch. »Was ist in der nächsten?«

Ich holte die nächste Kiste herunter. Sie war mit Feldstecher beschriftet und enthielt auch Feldstecher, die dritte dagegen knallrote, aufblasbare Rettungsgürtel mit Füllpatronen, die die Aufschrift trugen: Gegen Haifische.

»Zeitverschwendung«, sagte ich. Das Kistenstemmen wurde durch den Seegang nicht gerade erleichtert. Die Hitze nahm unerträglich zu, je höher die Sonne stieg. Der Schweiß lief mir über Gesicht und Rücken. »Ein Feld-, Wald- und Wiesenokkasionshändler, weiter nichts.«

»Okkasionshändler betreiben keinen Menschenraub«, sagte sie bissig. »Nur noch eine Kiste, bitte, ich habe so ein Gefühl ...«

Ich unterdrückte die Bemerkung, daß es leicht sei, »Gefühle« zu haben, wenn man selber nicht zu schwitzen braucht, wuchtete eine vierte und besonders schwere Kiste von dem ständig kleiner werdenden Stapel und stellte sie neben die anderen. Die gleichen amtlichen Markierungen wie zuvor; Inhaltsbezeichnung: Champion-Zündkerzen.

Es kostete mich einen breiten Streifen Haut meines rechten Handrückens, um sie aufzusprengen. Mary vermied es, mich anzusehen. Als der Deckel sich hob, murmelte sie: »Vielleicht besitzt Käpt'n Fleck tatsächlich seinen eigenen Stempelsatz.«

»Sieht fast so aus«, bestätigte ich. Die Kiste war voller Blechtrommeln, aber die Trommeln enthielten keine Zündkerzen. In der Kiste befand sich genug MG-Munition, um eine mittlere Revolution in Gang zu bringen.

»Sei vorsichtig«, mahnte sie. »Wenn Käpt'n Fleck jetzt käme ...«

»Soll er kommen.«

Ich holte eine fünfte Kiste herunter, sah höhnisch auf den Aufdruck, lüpfte den Deckel teils durch Hebelwirkung, teils durch ein paar gutgezielte Fußtritte, starrte auf die Aufschrift auf dem starken, blauen Packpapier – dann klappte ich ihn zart und ehrfurchtsvoll wieder zu.

»Ammonal?« Mary hatte die Aufschrift auch gelesen. »Was ist denn das?«

»Ein besonders starker Sprengstoff. Das Quantum genügt, um den Schoner und alles, was darauf ist, ins Weltall zu befördern.« Ich hob die Kiste vorsichtig auf ihren alten Platz zurück. »Verdammt empfindliches Zeug: falsche Temperatur, falsche Behandlung, etwas Feuchtigkeit – und schon knallt's ganz prächtig. Mir gefällt es hier unten nicht mehr so besonders gut.«

»Stellst du alle Kisten wieder zurück?« Eine kleine Falte stand zwischen Marys Brauen.

»Was hast du denn gedacht?«

»Ängstlich?«

»Nein. Zu Tode erschrocken. In der nächsten wäre vielleicht Nitroglyzerin gewesen. Das hätte erst einen Spaß gegeben.« Ich brachte alle Kisten wieder in ihre ursprüngliche Lage, nahm die Taschenlampe und ging nach achtern, um zu sehen, was es da noch gäbe. Aber es gab nicht viel. Auf der Backbordseite sechs Dieselöltonnen voll Petroleum sowie einige große Wasserkanister, auf der Steuerbordseite ein paar Metallkisten, halbvoll mit verschiedenartigen verrosteten Eisenwaren, wie Bolzen, Muttern, Taljen, Spannschrauben und sogar einigen Marlspiekern. Ich warf den Spiekern einen sehnsuchtsvollen Blick zu, ließ sie aber liegen. Es schien nicht sehr wahrscheinlich, daß Käpt'n Fleck die Möglichkeit übersehen hatte, aber selbst dann war ein Marlspieker immer noch erheblich langsamer als eine Kugel. Und schwerer zu verstecken.

Ich ging zu Mary zurück. Sie war sehr bleich.

»Nichts von Belang. Was machen wir nun?«

»Du kannst machen, was du willst«, sagte sie ruhig. »Ich muß mich übergeben.«

Ich rannte nach vorn, trommelte gegen das Schott und stand unter dem Lukendeckel, als er sich öffnete. Es war Käpt'n Fleck persönlich, strahlend, ausgeruht, frisch rasiert und in dreiviertellangen weißen Leinenhosen. Er nahm höflich die Zigarre aus dem Mund, ehe er sprach.

»Herrlicher Morgen, Bentall. Sicher haben Sie ...«

»Meine Frau ist krank«, unterbrach ich ihn. »Sie braucht frische Luft. Darf sie an Deck?«

»Krank?« Sein Ton veränderte sich. »Fieber?«

»Seekrank«, schrie ich ihn an.

»An einem so schönen Tag?« Fleck richtete sich halb auf und sah auf die bewegte See hinaus, die er für ganz besonders ruhig zu halten schien. »Einen Moment.«

Er schnippte mit den Fingern, sagte etwas, was ich nicht

verstand, und wartete, bis der Schiffsjunge mit einem Feldstecher angerannt kam. Fleck ließ ihn langsam und sorgfältig über den Horizont schweifen, dann nahm er das Glas von den Augen. »Ihre Frau kann heraufkommen. Und Sie auch, wenn Sie wollen.«

Ich rief Mary und ließ sie vor mir die Leiter hinaufsteigen. Fleck empfing sie bekümmert. »Es tut mir wirklich leid, zu hören, daß es Ihnen nicht besonders gutgeht, Mrs. Bentall. Sie sehen auch nicht besonders wohl aus.«

»Zu liebenswürdig, Käpt'n Fleck.« Ihr Ton und Blick hätten mich zu Eis erstarren lassen, von Fleck prallten sie ab. Wieder schnippte er mit den Fingern, und der Schiffsjunge brachte zwei Deckstühle mit Sonnenschutz.

»Sie können bleiben, so lange sie wollen. Wenn man Sie jedoch auffordert, nach unten zu gehen, müssen Sie sofort Folge leisten. Ist das klar?«

Ich nickte stumm.

»Gut. Natürlich werden Sie nicht so töricht sein, irgendwelche Dummheiten zu versuchen. Unser Freund Rabat ist zwar kein Kunstschütze, aber auf diese Entfernung kann er nicht gut danebentreffen.« Ich drehte den Kopf und sah den kleinen Inder, der, immer noch in Schwarz, aber jetzt ohne Jackett, mit der abgesägten Schrotflinte über den Knien auf der anderen Seite der Ladeluke saß. Die Flinte war genau auf meinen Kopf gerichtet, und er sah mich mit einem sehnsuchtsvollen Blick an.

»Ich muß Sie jetzt allein lassen«, fuhr Fleck fort. »Wir Kapitäne haben unsere Pflichten. Bis nachher.«

Er ging nach vorn ins Ruderhaus, hinter der Funkkabine. Mary streckte sich mit einem Seufzer aus und schloß die Augen. Nach zehn Minuten war sie eingeschlafen.

Über uns eine heiße, bleiche Sonne in einem verwaschenen, blauweißen Himmel. Nach Westen blaugrüne See, nach Osten, der Sonnenseite, dunkelgrüne, glitzernde Wasser, die von einem warmen Zwanzigknotenpassat zu einer sanften Dünung aufgetrieben wurden. Im Südosten einige verschwommene Umrisse am Horizont, die ebensogut Inseln wie Gebilde meiner Phantasie sein mochten. Und im übrigen kein einziges Schiff oder Boot in Sicht.

Ich wandte meine Aufmerksamkeit nunmehr dem Schoner zu. Aber obwohl ich die Deckaufbauten, Brücke und Kartenhaus und den verrosteten Ventilator mindestens fünf Minuten lang mit dem intensivsten Mißtrauen musterte, konnte ich nicht herausfinden, was damit nicht in Ordnung war. Oberst Raine wäre dazu wahrscheinlich in der Lage gewesen. Ich war es jedenfalls nicht. Mit dem beruhigenden Gefühl, meine Pflicht getan zu haben, klappte ich meine Augen zu.

Als ich aufwachte, war es ungefähr Mittag. Käpt'n Fleck stand vor mir. Er hatte ein langes, intimes Gespräch mit einer Flasche Whisky geführt. Seine Augen waren leicht verglast, und selbst zehn Meter gegen den Wind vermochte ich den »Scotch« mühelos zu riechen. Aber ihn hatte das Gewissen oder irgend etwas anders gepackt, denn in den Händen hielt er ein Tablett mit Gläsern, eine Flasche Sherry und einen kleinen Steinkrug.

»Wir bringen Ihnen gleich etwas zu essen.« Es klang fast entschuldigend. »Wie wär's vorher mit einem Schlückchen?«

Ich schaute auf den Steinkrug. »Zyankali?«

»Scotch«, sagte er kurz. Er goß zwei Gläser voll, leerte das seine mit einem Schluck und blickte zu Mary hinüber, deren Gesicht von ihrem windverwehten Haar verdeckt wurde. »Wie steht's mit Mrs. Bentall?«

»Lassen Sie sie schlafen. Sie hat's nötig. Wer gibt Ihnen die Befehle für das alles, Fleck?«

Er war aus dem Gleichgewicht geraten, aber nur für eine Sekunde. »Befehle? Was für Befehle?«

»Was haben Sie mit uns vor?«

»Möchten Sie zu gern wissen, wie?«

»Sie sind nicht sehr mitteilsam, nicht wahr?«

»Trinken Sie doch noch einen.«

»Ich habe diesen hier noch nicht mal angefangen. Wie lange haben Sie vor, uns hierzubehalten?«

Er dachte eine kleine Weile nach, dann sagte er langsam: »Ich weiß nicht. Sie haben gar nicht so falsch geraten, ich bin hier nicht der Boß. Jemand war sehr scharf darauf, Sie kennenzulernen.« Er schluckte einen weiteren Whisky. »Aber jetzt ist er nicht mehr sicher, ob er Sie noch sehen will.«

»Das hätte er ihnen gleich verraten können, ehe Sie uns aus dem Hotel geholt haben.«

»Da wußte er's noch nicht. Vor etwa fünf Minuten kam ein Funkspruch durch. Abends um sieben wird er sich wieder melden. Dann werden Sie Ihre Antwort bekommen. Ich hoffe, daß sie Ihnen gefallen wird.« Er ließ seinen Blick zu Mary hinübergleiten. »Nettes Mädchen haben Sie da, Bentall.«

»Das ist meine Frau, Fleck. Sehen Sie gefälligst anderswohin.«

Er wandte sich ab und blickte über das grüne Geglitzer des Ozeans, das Whiskyglas in der Hand. »Ich hab' eine Tochter, nur ein, zwei Jahre jünger als sie. Studiert jetzt an der Universität in Kalifornien. Kunstgeschichte. Denkt, ihr alter Herr sei Kapitän in der australischen Kriegsmarine.« Er schwenkte den Whisky in seinem Glas. »Ist auch besser, wenn sie in dem Glauben bleibt, ist vielleicht besser, wenn sie mich nie wiedersieht. Aber wenn ich wüßte, daß ich sie nie wiedersähe ...«

Ich begriff. Ich bin kein Einstein, aber man braucht mir nur ein paarmal kräftig auf den Kopf zu hauen, dann kapiere sogar ich, was sonnenklar ist. Die Sonne stach heißer denn je, aber mir war gar nicht mehr warm. Ich wollte ihn nicht merken lassen, daß er auch zu mir gesprochen hatte, deshalb sagte ich: »Sie sind kein Australier, Fleck?«

»So?«

»Sie sprechen wie einer, aber der Akzent ist angenommen.«

»Ich bin nicht weniger Engländer als Sie«, knurrte er. »Aber ich lebe in Australien.«

»Wer bezahlt Sie für das alles Fleck?«

Er stand unvermittelt auf, nahm die leeren Gläser und Flaschen und ging davon, ohne noch ein Wort zu sagen.

Erst um halb sechs Uhr abend kam Fleck, um uns hinunterzuschicken. Vielleicht hatte er am Horizont ein Schiff gesichtet und wollte nicht riskieren, daß uns jemand bemerkte, wenn es zu nahe an uns vorüberkam; vielleicht aber fand er auch nur, daß wir lange genug an Deck gewesen waren. Die Aussicht, in dieses stinkende Loch zurückkehren zu müssen, war kein Vergnügen, aber abgesehen davon, daß wir beide fast den ganzen Tag geschlafen hatten und uns ausgeruht fühlten, waren wir auch sonst nicht so sehr dagegen. Schwarze Kumuluswolken waren am Spätnachmittag aus Osten aufgezogen; unter der verhüllten Sonne hatte sich die Luft stark abgekühlt, und der

Regen war nicht fern. Es schien eine nasse, dreckige Nacht werden zu wollen.

Der Lukendeckel klappte hinter uns zu, und der Bolzen wurde vorgeschoben. Mary fröstelte leicht und schlang die Arme fest um ihren Körper.

»Noch eine Nacht im Ritz! Du hättest neue Batterien verlangen sollen – die Taschenlampe wird nicht durchhalten.«

»Das wird sie auch nicht müssen. So oder so haben wir die letzte Nacht auf diesem schwimmenden Abfallkübel zugebracht. Wir verschwinden noch heute abend. Wenn es nach Fleck geht, verschwinden wir mit ein paar Eisenbarren an den Füßen; wenn es nach mir geht, ohne sie. Wenn ich ein gewohnheitsmäßiger Wetter wäre, würde ich mein Geld auf Fleck setzen.«

»Wieso?« flüsterte sie. »Du – du warst doch so sicher, daß uns nichts passieren würde. Du meintest, Fleck wäre kein Totschläger.«

»Das glaube ich immer noch. Er hat den ganzen Tag getrunken, um sein Gewissen zu ersäufen. Aber es gibt eine ganze Menge Dinge, die einen Menschen zwingen können, zu tun, was er nicht will: Drohungen, Erpressungen, Geldnot. Während du schliefst, habe ich mich mit ihm unterhalten. Es sieht so aus, als ob derjenige, der mich haben wollte, mich nicht mehr braucht. Wofür er mich haben wollte, weiß ich nicht. Jedenfalls scheint er seinen Zweck auch ohne mich erreicht zu haben.«

»Er hat dir gesagt, daß ...«

»Direkt hat er mir gar nichts gesagt. Er hat nur angedeutet, daß derjenige, der uns entführen ließ, der Ansicht sei, mich – oder uns – nicht mehr zu brauchen. Die letzte Entscheidung soll um sieben durchkommen. Aber Fleck ließ wenig Zweifel, wie sie ausfallen wird. Ich glaube, er hat eine kleine Schwäche für dich. Er sprach von dir, als ob du schon der Vergangenheit angehörtest. Sehr rührend.«

Sie berührte meinen Arm und blickte mit einem seltsamen Ausdruck, den ich noch nie an ihr entdeckt hatte, zu mir auf und sagte schlicht: »Ich habe Angst. Komisch, plötzlich kann ich nicht mehr in die Zukunft sehen, ich habe Angst. Und du?«

»Natürlich habe ich auch Angst«, sagte ich gereizt. »Was dachtest du denn?«

»Ich glaube, du hast keine, du sagst es nur. Ich weiß, du kennst keine Furcht. Nicht, daß du mutiger wärest als wir anderen, nur, wenn der Tod auf dich zukäme, wärest du so mit Rechnen, Planen, Kalkulieren, Überlisten, Auswegsuchen beschäftigt, daß du ihn gar nicht bemerken würdest. Gerade jetzt rechnest du dir aus, wie du ihn schlagen kannst; du bist ganz sicher, daß du ihn schlagen wirst.«

Sie lächelte mich fast befangen an. Dann fuhr sie fort: »Oberst Raine hat mir viel von dir erzählt. Er sagte, daß es der menschlichen Natur entspräche, sich in das Unvermeidliche zu fügen. Nur du würdest nie kapitulieren, einfach deshalb, weil du nicht einmal wüßtest, wie man das anfängt. Ich glaube, du bist sehr arrogant. Ich glaube, du bist ein Mensch mit einem unerschütterlichen Selbstvertrauen. Aber eines Tages wirst du in eine Lage geraten, wo dein ganzes Selbstvertrauen keinen Pfifferling mehr wert ...«

»Denk an meine Worte«, sagte ich hämisch. »Du hast noch vergessen, hinzuzufügen: Denk an meine Worte.«

Sie wandte sich ab, als die Luke aufging. Es war der braunhäutige Fidschijunge mit Suppe, etwas Zusammengekochtem und Kaffee. Er kam und ging wortlos.

Ich sah Mary an. »Bedenklich, nicht?«

»Was?«

»Unser Fidschifreund. Heute morgen grinste er noch von einem Ohr zum anderen; heute abend der Blick eines Chirurgen, dessen Skalpell gerade ausgerutscht ist.«

»Na und?«

»Es ist eben nicht der Brauch«, sagte ich, »Witze zu reißen, wenn man dem Todeskandidaten die Henkersmahlzeit serviert. In den besseren Strafanstalten gilt das jedenfalls als unfein.«

Die Suppe war gut, der Eintopf noch besser, der Kaffee ausgezeichnet. Der Koch konnte also. Oder sie hatten den alten erschossen. Ich trank meinen Kaffee aus und sah Mary an.

»Hoffentlich kannst du schwimmen.«

»Nicht besonders gut«, sagte sie zögernd. »Ich kann mich über Wasser halten.«

»Hättest du Lust, ein bißchen zu horchen, während ich mich ein wenig beschäftige?«

»Natürlich.« Wir gingen nach vorn, und ich holte ein paar

Kisten herunter, auf denen sie direkt unter dem Entlüftungsschacht stehen konnte.

»Du kannst fast alles hören, was oben gesprochen wird«, sagte ich. »Besonders in oder bei der Funkkabine. Vor sieben wird wohl nicht viel los sein, aber man kann nie wissen. Ich fürchte, du wirst ein steifes Genick bekommen, aber ich löse dich ab, sobald ich hier fertig bin.«

Ich klomm die eiserne Leiter hoch und schätzte die Entfernung zwischen der obersten Sprosse und der Unterseite der Lukenklappe. Dann stieg ich wieder hinunter und kramte in den Eisenwarenkisten nach einer geeigneten Spannschraube, nahm noch ein paar Hartholzstücke mit und verstaute alles hinter einer Kiste. Dann hob ich die Kiste mit den Schwimmgürteln von dem Stapel und leerte sie aus.

Es waren im ganzen zwölf Schwimmgürtel mit Hüllen aus Gummi und verstärktem Leinen und Lederharnischen statt der üblichen Bandgurte. Außer dem Haibekämpfungsmittel gehörte zu jedem Gürtel noch ein wasserdichter Zylinder mit einer Batterie, von dem ein Draht zu einem roten, am linken Schulterriemen befestigten Lämpchen führte. Ich drückte auf einen kleinen Schalter, und sofort leuchtete das Lämpchen auf, ein Zeichen, daß das Gerät, wenn auch veraltet, nicht zu alt war, zugleich ein beruhigendes Gefühl hinsichtlich der Gas- und Wasserdichtigkeit der Schwimmgürtel. Dennoch durfte ich es nicht darauf ankommen lassen. Ich wählte willkürlich vier der Gürtel und löste bei dem ersten den Füllmechanismus aus.

Das Zischen des komprimierten Gases war vielleicht nicht einmal laut, aber in diesem engen Raum hatte man den Eindruck, daß jeder auf dem ganzen Schiff es hören müsse. Mary sprang von ihrer Kiste und kam rasch in den Lichtschein der aufgehängten Taschenlampe herüber.

»Was war das?« fragte sie. »Was war hier für ein Geräusch?«

»Keine Ratten, keine Schlangen, keine neuen Feinde«, versicherte ich ihr. Das Zischen hatte aufgehört, und ich hielt ihr einen runden, prallen, völlig aufgeblasenen Rettungsgürtel zur Ansicht hin. »Ich prüfe sie nur. Scheinen in Ordnung zu sein. Ich probiere noch einige, will versuchen, weniger Krach dabei zu machen. Hast du schon etwas gehört?«

»Nichts. Das heißt, sie reden viel, Fleck und dieser Australier, aber nur über Karten, Kurse, Inseln, Ladungen und solche Sachen. Und über ihre Schätzchen in Suva.«

»Das muß ja hochinteressant sein.«

Sie warf mir einen prüfenden Blick zu, aber ich war ganz damit beschäftigt, die anderen Rettungsgürtel zu testen, wobei ich das Geräusch mit zwei Decken und den Kissen dämpfte. Alle vier funktionierten tadellos, und da nach zehn Minuten keiner an Gas verloren hatte, konnte man mit einiger Wahrscheinlichkeit annehmen, daß die übrigen gleichfalls in Ordnung waren. Ich wählte vier andere aus, versteckte sie hinter Kisten, ließ das Gas aus den geprüften wieder ab und legte sie mit dem Rest in die Kiste zurück. Eine Minute später hatte ich alle Kisten und Lattenwände wieder in ihrer alten Position.

Ich sah auf meine Uhr. Es war dreiviertel sieben. Die Zeit wurde knapp. Ich ging nach hinten und besichtigte die Wasserkanister im Schein der Taschenlampe: schwere Segeltuchtraggurte, die Behälter konkav, dem Rücken angepaßt, Klappdeckel mit Federzug, unten Ablaufzapfen mit Hahn. Sie machten einen recht brauchbaren Eindruck. Ich zog zwei aus der Ecke hervor, ließ den Deckel aufspringen und fand sie fast voll. Ich schloß sie wieder und schüttelte sie, so heftig ich konnte. Kein Tropfen Wasser kam heraus, sie waren völlig dicht. Ich öffnete beide Hähne ganz, ließ das Wasser auf die Planken sprudeln – es war schließlich nicht mein Schoner –, und als ich sie so gut wie leer hatte, trocknete ich sie mit einem Hemd aus meinem Koffer aus und ging nach vorn zu Mary.

»Schon etwas gehört?« flüsterte ich.

»Nichts.«

»Ich löse dich ein bißchen ab. Hier ist die Taschenlampe. Ich weiß nicht, auf was für harte Gegenstände man nachts im Stillen Ozean aufschlagen kann, aber es ist immerhin möglich, daß unsere Schwimmgürtel einen Riß bekommen oder daß sie vom Alter porös geworden sind. Deshalb möchte ich auf alle Fälle ein paar leere Wasserkanister mitnehmen. Sie haben eine sehr hohe Tragfähigkeit, und ich denke, wir können gut noch ein paar Kleidungsstücke darin mitnehmen. Überleg dir, was du am nötigsten brauchst. Übrigens – Frauen haben doch meistens ein paar Cellophanbeutel bei sich, um dies und jenes darin einzupacken. Wie steht's damit?«

»Ich habe ein oder zwei.«

»Gut.« Sie zögerte. »Ich verstehe nicht viel von Schiffen, aber ich glaube, dieses hier hat innerhalb der letzten Stunden ein- oder zweimal den Kurs geändert.«

»Wie kommst du darauf?«

»Wir schlingern nicht mehr. Die Wellen passieren uns vom Heck her. Und das ist schon der zweite oder dritte Kurswechsel, den ich bemerke.«

Sie hatte tatsächlich recht. Die Dünung hatte stark nachgelassen, aber was noch von ihr vorhanden war, kam von achtern. Aber ich maß dem keine besondere Bedeutung bei, ich wußte, die Passatwinde legten sich gegen Abend, und örtliche Strömungen konnten alle möglichen Gegenbewegungen im Meer verursachen. Mary ging, und ich schob mich so nahe wie möglich an die Öffnung des Lüftungsschachts, um zu horchen.

Zuerst konnte ich nichts hören als ein blechernes Rattern, ein Rattern, das mit jeder Sekunde heftiger und anhaltender wurde. Regen, und zwar starker Regen. Er klang wie Dauerregen. Weder Fleck noch ich würden etwas dagegen einzuwenden haben.

Dann hörte ich Flecks Stimme. Erst eilig laufende Schritte, dann seine Stimme. Ich nahm an, daß er an der Tür der Funkkabine stand.

»Zeit, die Kopfhörer aufzusetzten, Henry.« Die Simme hatte eine merkwürdig metallische Resonanz, aber sie war vollkommen klar. »Es ist gleich soweit!«

»Noch sechs Minuten, Boß.«

»Stell schon mal die Welle ein.«

Ich rückte noch näher an die Öffnung, hörte aber nichts mehr. Nach einigen Minuten fühlte ich ein Zupfen an meinem Ärmel.

»Alles erledigt«, sagte Mary leise. »Hier ist die Taschenlampe.«

»Gut.« Ich sprang hinunter, half ihr hinauf und murmelte: »Henry wartet gerade auf den endgültigen Bescheid.«

Ich hatte nicht mehr allzuviel zu erledigen, es dauerte nur vier oder fünf Minuten. Ich stopfte eine Wolldecke in den Cellophansack und band die Öffnung fest zu. Das war Optimismus in Reinkultur. Eine Unmenge von »Wenn« waren mit dieser Wolldecke verbunden. »Wenn« wir den Lukendeckel aufbekamen, »wenn« es uns gelang, ohne allzuviel Löcher im Körper vom Schoner herunterzukommen, »wenn« wir nicht anschließend ertranken, nicht von Haifischen gefressen wurden oder von Barrakudas – dann würde es gar keine so schlechte Idee sein, am folgenden Tag eine nasse Decke gegen den Sonnenstich parat zu haben. Nachts aber wollte ich mir das Bleigewicht einer vollgesogenen Decke ersparen – deshalb der Cellophansack. Ich band den Sack an einem der Kanister fest und hatte gerade ein paar Kleidungsstücke und Zigaretten verstaut, als Mary neben mir auftauchte.

Ohne Vorrede, mit ruhiger, leiser Stimme sagte sie: »Sie brauchen uns nicht mehr.«

»Haben sie es besprochen?«

»Ja. Sie hätten ebensogut über das Wetter reden können. Ich glaube, du hast dich in Fleck getäuscht. Es macht ihm gar nichts aus, jemanden umzubringen. Er sagte: ‚Wir wollen es still und leise und ganz zivilisiert machen. Wir werden ihnen erzählen, der Boß habe es sich überlegt. Wir werden sagen, sie würden so bald wie möglich bei ihm abgeliefert werden. Wir werden sie in die Kabine heraufholen und vor Rührung mit ihnen anstoßen, ihnen die Knockouttropfen dabei verpassen und sie sanft über die Reling rutschen lassen.«

»Ein kluges Köpfchen. Wir ertrinken friedlich, und selbst wenn wir irgendwo angespült werden, sind keine Einschußlöcher da, die irgend jemand neugierig machen könnten.« Ich reichte ihr ein Paar Schwimmgürtel. »Verstell die Tragriemen so, daß du sie beide übereinander um die Taille tragen kannst. Gib acht, daß du nicht aus Versehen an das Ventil der Füllpatronen kommst. Warte mit dem Aufblasen, bis du im Wasser bist. Beeil dich.«

»Wir haben keine Eile«, entgegnete sie. »Henry sagte: ‚Ich nehme an, wir müssen zwei Stunden warten, bevor wir irgend etwas unternehmen; und Fleck: ‚Ja, mindestens.' Vielleicht warten sie, bis es dunkel ist.«

»Vergiß nicht, daß sie nach uns suchen werden. Je eher wir uns empfehlen, desto geringer ist die Chance, wieder aufgefischt zu werden.«

»Daran hatte ich nicht gedacht«, gab sie zu.

Wir beendeten das Anlegen der Schwimmgürtel schweigend. Ich reichte Mary die Taschenlampe und bat sie, mir zu leuchten, während ich mit der Spannschraube und den beiden Hartholzstücken die Leiter hochkletterte und mich daranmachte, die Luke aufzusprengen. Ich spannte die Schraube zwischen die beiden Hölzer, deren eines ich auf die oberste Sprosse gelegt und das andere unter den Lukendeckel geschoben hatte. Ich konnte den Regen auf den Lukendeckel heruntertrommeln hören.

Den Deckel aufzusprengen war halb so schwer. Entweder war das Holz alt und trocken, oder die Schraube, die den Bolzen hielt, war durchgerostet, denn ich brauchte dem Mittelgewinde nur ein halbes Dutzend Drehungen zu geben, als das Holz schon zu krachen und splittern begann. Noch ein halbes Dutzend Drehungen, und der Widerstand gab nach. Der Verschlußbolzen war herausgerissen und der Weg somit frei – vorausgesetzt natürlich, daß Fleck und Genossen nicht schon oben standen und darauf warteten, mir den Kopf wegzuschießen, sobald er aus der Luke kam.

Ich reichte Mary Spannschraube und Hölzer hinunter, überzeugte mich, daß die Wasserkanister griffbereit lagen, befahl ihr leise, die Lampe auszuknipsen, lüftete die Klappe ein paar Zentimeter und fühlte vorsichtig nach dem Bolzen. Er hing genau da, wo er sollte: lose baumelnd oben auf dem Lukendeckel. Ich stieg mit krummem Rücken noch zwei Sprossen höher, ergriff den Deckel und streckte mich plötzlich, sodaß er in den Scharnieren aufschwang und mein Kopf sich mit einemmal einen halben Meter über Deck befand. Niemand schoß auf mich.

In Sekundenschnelle war ich bis auf die Haut durchnäßt. Mit aller Macht mußte ich gegen den Impuls ankämpfen, den Lukendeckel wieder über meinem Kopf zu schließen und mich in den Schutz des Laderaumes zurückzuziehen, der mir plötzlich warm und trocken und unendlich begehrenswert vorkam. Aber dann dachte ich an Fleck und seine Knockouttropfen – und schon stand ich an Deck und rief halblaut nach Mary, ehe ich recht wußte, was ich tat.

Keine halbe Minute später war sie mit den Wasserbehältern an Deck. Ich schloß die Luke, wobei ich den Verschlußbolzen wieder an Ort und Stelle steckte, für den Fall, daß jemand später inspizieren kam.

Infolge der Dunkelheit und des prasselnden Regens konnte man kaum die Hand vor den Augen sehen, und wir mußten uns mehr oder weniger zum Heck hin tasten. Ich lehnte mich weit über die Backbordreling, um festzustellen, wo die Schiffsschraube saß, denn wenn der Schoner jetzt auch kaum mehr als drei Knoten machte, so hätte uns die Schraube doch in Stücke hacken können.

Zunächst konnte ich nichts erkennen als einen brodelnden, milchigweißen Schaumkessel. Aber langsam gewöhnten sich meine Augen an die Finsternis, und nach etwa einer Minute konnte ich unter dem weit überhängenden Heck ein Stück schwarzes Wasser ausmachen. Es war durchsetzt mit glitzernden, phosphoreszierenden Lichtern, und bald hatte ich die Stelle der stärksten Turbulenz entdeckt, die das Phosphoreszieren verursachte. Dort saß die Schiffsschraube – weit genug entfernt, daß wir uns über die Reling gleiten lassen konnten, ohne Gefahr, in den Sog der Schraube zu geraten.

Niemand hörte uns, niemand sah uns verschwinden, sowenig wie wir Fleck und seinen Schoner verschwinden sahen. Er hatte keine Positionslichter gesetzt; wahrscheinlich hatte er vergessen, wo der Schalter war.

DIENSTAG, 19.00, BIS MITTWOCH, 9.00

Etwa eine halbe Minute lang konnte ich Mary nicht entdekken. Ich wußte, sie konnte höchstens ein paar Meter von mir entfernt sein, aber der Regen wirkte wie ein undurchdringlicher Vorhang. Ich rief zweimal, niemand antwortete. Nach einigen Schwimmschlägen mit dem Kanister im Schlepptau rammte ich sie förmlich. Sie hustete und spuckte, als hätte sie Wasser geschluckt, aber sie hielt noch ihren Kanister umklammert und schien in leidlicher Verfassung.

Ich schob meinen Kopf dicht neben ihren und fragte: »In Ordnung?«

»Ja.« Sie hustete wieder. »Mein Gesicht, mein Hals – dieser Regen! Alles fühlt sich wie zerfetzt an!«

Ich angelte nach dem Cellophansack an meinem Wasserkanister, riß ihn auf und breitete die Wolldecke über uns aus. Wir fühlten immer noch den Regen wie Hagelkörner aufschlagen, aber wenigstens nicht mehr auf unsere Haut.

»Was nun?« fragte Mary. »Bleiben wir in unserem Zelt oder schwimmen wir?«

Ich sagte: »Ich glaube, wir sollten machen, daß wir weiterkommen. Schwimmen wir nach Westen mit Wind und Dünung, das ist am leichtesten.«

Wir kamen nur langsam voran. Wie sie gesagt hatte, war Mary keine besondere Schwimmerin. Immerhin legten wir in der ersten Stunde eine ziemliche Strecke zurück, indem wir jeweils zehn Minuten schwammen und uns dann fünf Minuten ausruhten.

Nach etwa anderthalb Stunden, während derer Mary immer stiller wurde, sagte ich: »So, das genügt. Das bißchen Energie, das wir noch haben, brauchen wir zum Überleben. Wenn Fleck so weit vom Kurs abgeht, haben wir eben Pech gehabt und können auch nichts machen.«

Ich ließ meine Beine hinuntersinken und stieß unwillkürlich einen Schrei aus, als hätte mich etwas gestochen oder gebissen. Etwas Großes, Festes hatte mein Bein gestreift, und obgleich es im Meer eine Menge großer, fester Dinge gibt, konnte ich nur an eines denken: etwa fünf Meter lang, mit einer dreieckigen Rückenflosse und einem Maul wie eine offene Bärenfalle. Aber dann fiel mir ein, daß ich gar keinen Wirbel, keine Bewegung im Wasser gespürt hatte, und ich tastete vorsichtig mit dem Fuß umher, gerade als Mary rief: »Was ist los?«

»Ich wünschte Fleck und sein Schoner kämen wirklich«, sagte ich voll Sehnsucht. »Das wäre ihrer beider Ende.« Nicht etwas Großes, Festes hatte nämlich mein Bein gestreift, sondern umgekehrt: mein Bein war an etwas Großes, Festes gestoßen. Das war ein gewaltiger Unterschied. »Wo ich stehe, ist das Wasser etwa einen Meter zwanzig tief.«

Eine kurze Stille entstand, dann sagte Mary: »Bei mir auch. Glaubst du . . .«

»Land, mein liebes Kind«, sagte ich pathetisch. Ich fühlte mich vor Erleichterung übermütig, hätte ich doch keinen roten Heller für unsere Rettung gegeben. »Nach dem ansteigenden Meeresboden zu urteilen, kann es nur Land sein. Gleich werden wir den glitzernden Strand, die fächelnden Palmen und die braunen Schönen erblicken. Reich mir die Hand!«

Mary äußerte weder Erleichterung, geschweige denn Freude: sie gab mir nur schweigend die Hand, während ich die Decke in die andere nahm und begann, mich vorsichtig den steil ansteigenden Meeresboden hinaufzutasten.

Es verging keine Minute, und wir standen auf Felsengrund. Wir holten die Kanister aus dem Wasser, und ich legte Mary die Decke um den Kopf. Der Regen hatte zwar nachgelassen, aber es regnete immer noch so, daß es weh tat. Ich sagte: »Ich gehe mich schnell mal umsehen. In fünf Minuten bin ich wieder da.«

Ich war nicht in fünf, sondern in zwei Minuten wieder da. Nach acht Schritten war ich auf der anderen Seite wieder ins Meer geplumpst, und ich brauchte nicht lange, um zu entdecken, daß unser Inselchen nur etwa viermal so lang war wie breit und aus weiter nichts als aus Felsen bestand.

»Nur ein kleiner Felsen im Meer«, berichtete ich. »Aber wenigstens sind wir für den Augenblick in Sicherheit.«

»Ja.« Sie rieb mit der Sandalenspitze auf dem Felsen herum. »Korallen, nicht wahr?«

»Ich nehme an.« Der Boden war hart, zerklüftet und voll

rasiermesserscharfer, nadelspitzer Ecken und Kanten. Ich war sehr schnell wieder auf den Füßen, ohne dabei mit der Hand die Korallen zu berühren, nahm die beiden Wasserbehälter und stellte sie auf den höchsten Punkt des Riffs nieder. Ich ging zu Mary zurück, nahm sie beim Arm, und wir setzten uns Seite an Seite mit dem Rücken zu Wind und Wetter auf die Kanister. Sie bot mir einen Teil der Decke als Wetterschutz an, und ich war nicht zu stolz, sie anzunehmen. Es war wenigstens die Illusion eines Schutzes.

Ich sprach eine Weile zu ihr, aber sie antwortete nur einsilbig. Dann holte ich aus dem Paket, das ich in meinem Kanister verstaut hatte, ein paar Zigaretten heraus und bot ihr eine an. Sie nahm sie, aber auch dieser Versuch war nicht erfolgreich, denn die Decke leckte wie ein Sieb, sodaß nach einer Minute beide Zigaretten völlig naß waren. Nach etwa zehn Minuten sagte ich: »Was ist los, Mary? Ich gebe zu, dies ist nicht das Grand Pacific Hotel, aber wir sind doch wenigstens am Leben.«

»Ja.« Eine Pause, dann ganz sachlich: »Ich dachte, ich würde heute nacht dort draußen sterben. Ich erwartete es fest. Ich war dessen so sicher, daß dies hier – nicht wirklich ist. Noch nicht. Verstehst du?«

»Nein.« Ich brach einen Augenblick ab. »Du wirst mir doch nicht sagen, daß dich noch dieselben blöden Ahnungen geplagt haben wie in der Nacht zuvor?«

»Es tut mir wirklich leid, aber ich kann's nicht ändern. Vielleicht bin ich krank, ich habe das noch nie erlebt«, sagte sie hilflos. »Man will in die Zukunft schauen, man kann sie nicht mehr entdecken. Und wenn man plötzlich doch noch einen Blick davon erhascht, ist man selbst nicht mehr da. Es ist wie ein Vorhang, der sich zwischen dich und das Morgen schiebt, und weil man nicht durch ihn hindurchsehen kann, hat man das Gefühl, daß es kein Morgen mehr gibt.«

»Dummes Zeug«, sagte ich kurz angebunden. »Nur weil du müde und durchgedreht und bis auf die Haut durchnäßt bist, fängst du an, Gespenster zu sehen. Du bist für mich keine Hilfe. Manchmal denke ich, Oberst Raine hätte recht gehabt, und du könntest einen guten Partner in unserem erbärmlichen Beruf abgeben; aber dann merke ich doch immer wieder, daß du nur ein Mühlstein an meinem Hals bist, der mich noch in die Tiefe ziehen wird.« Das war grausam, aber ich meinte es gut. »Möchte wissen, wie du es bisher fertiggebracht hast, in diesem Geschäft zu überleben.«

Sie berührte meine Hand. »Ich bin schrecklich unfair gegen dich. Es tut mir leid.«

Ich ließ das Thema fallen und beschäftigte mich wieder mit dem Stillen Ozean. Ich kam zu dem Schluß, daß ich mir nicht viel aus ihm machte. Der Regen war der schlimmste, den ich je erlebt hatte. Die Korallen waren ekelhaft, scharf und gefährlich. Das Wasser von mörderischen Individuen bevölkert. Und – eine weitere verlorene Illusion – die Nächte konnten verdammt kalt sein. Wir litten beide unter unkontrollierbaren Schüttelanfällen, die mit dem Fortschreiten der Nacht immer häufiger wurden.

Es wurde die längste und fürchterlichste Nacht meines Lebens. Gegen Mitternacht ließ der Regen nach, aber bis kurz vor Sonnenaufgang nieselte es weiter. Hin und wieder nickte ich ein, hin und wieder auch Mary. Manchmal standen wir auf, stolperten auf dem rauhen und schlüpfrigen Felsenriff herum, um unser Blut wieder in Bewegung zu bringen, aber meistens saßen wir und schwiegen.

Ich starrte in Regen und Finsternis und dachte an Fleck. Ich dachte daran, wieviel ich darum geben würde, ihm noch einmal zu begegnen, und was dann passieren würde. Und ich überlegte, wer der Mann sein mochte, der hinter allem stand. Das eine schien mir gewiß: die verschwundenen Wissenschaftler und ihre Frauen würden für immer verschwunden bleiben. Mich hatte man für überzählig befunden; niemals würde ich nun herausbekommen, wo sie geblieben waren und was mit ihnen geschehen war. Im Moment interessierte mich das allerdings nicht allzusehr. Fleck wiederzutreffen war mein sehnlichster Wunsch. Ein seltsamer Kerl. Ein harter, abgebrühter, unbarmherziger Schurke – und doch hätte ich schwören können, daß er nicht durch und durch schlecht war. Aber ich wußte ja nichts von ihm. Allerdings war mir jetzt klar, weshalb er bis neun Uhr abend warten wollte, ehe er uns über Bord warf. Er mußte ganz genau gewußt haben, daß der Schoner ein Korallenriff passiert hatte. Hätte man uns schon um sieben ins Wasser geworfen, wären wir vielleicht schon vor Morgengrauen dort angespült worden. Hätte man uns dann gefunden, identifiziert und unsere Spur zurück zum Grand Pacific Hotel verfolgt, so wäre Fleck sehr unangenehmen Fragen ausgesetzt gewesen.

Und an Mary Hopeman dachte ich – nicht so sehr an sie als Person, sondern eher als an ein Problem. Ihre merkwürdigen, dunklen Vorahnungen mochten an sich ohne Bedeutung sein, aber sie waren Symptom für etwas anderes: sie war krank, körperlich krank. Das schlechte Flugwetter, die Nacht auf dem Schiff, und nun dieses Abenteuer – kein Wunder, daß ihre Widerstandskraft erlahmt und sie anfällig geworden war. Ungern malte ich mir aus, was aus ihr werden würde, wenn wir noch vierundzwanzig Stunden in unseren durchnäßten Sachen auf diesem nackten Felsen zubringen müßten.

Heiß brannte die Sonne auf meinen Rücken, als ich erwachte. Was mich weckte, waren Stimmen, wirkliche Stimmen.

Ich schüttelte die Decke ab, während Mary sich reckte und sich den Schlaf aus den Augen rieb. Eine glitzernde, herrliche, berückende Welt lag vor unseren Augen, ein friedliches, sonnenwarmes Panorama der Schönheit, das die endlose, kaum vergangene Nacht zu einem unwirklichen Alptraum schrumpfen ließ.

Eine Kette von Koralleninseln und -riffen, in den unmöglichsten grünen, gelben, violetten, braunen und weißen Tönen hingetupft, erstreckte sich nach beiden Seiten in zwei riesigen, geschweiften Hörnern, die eine ungeheure Lagune aus poliertem Aquamarin fast völlig einschlossen. Dahinter erstreckte sich eine bizarr geformte Insel: als habe ein Gigant einen riesigen Herrenhut in der Mitte durchgeschnitten und die eine Hälfte weggeworfen. Ihr höchster Punkt lag im Norden, wo sie senkrecht zum Meer abstürzte. Nach Osten und Süden – und vermutlich auch nach Westen – zogen sich steile Hänge zu einer breiten Ebene herab, deren Küstenstriche in blendendweißen Sandstrand ausliefen, so weiß, daß er selbst in dieser Entfernung die Augen schmerzte. Der Berg, blauviolett im frühen Sonnenlicht, war kahl und ohne jede Vegetation. Auch die Ebene darunter trug nur Gras und Sträucher und an der Küste ein paar verstreute Palmen.

Aber ich hielt mich nicht lange mit der Szenerie auf. Ich habe sonst viel für die Schönheiten der Natur übrig, aber nach dieser fürchterlichen Nacht auf dem Riff war ich doch beträchtlich mehr an dem Eingeborenenkanu interessiert, das durch das spiegelglatte Wasser der Lagune auf uns zugeschossen kam.

Zwei Männer standen darin, große, stämmige, braunhäutige Burschen mit riesigen, krausen Haarschöpfen, und ihre Paddel tauchten in vollendetem Gleichklang in die gläserne Wasseroberfläche, schneller, als ich es je für möglich gehalten hätte, so schnell, daß der Sprühregen der Paddel einen glitzernden Regenbogen bildete. Keine zwanzig Meter vom Riff entfernt, gruben sie ihre Paddel tief in das Wasser ein, bremsten ihr Kanu und brachten es etwa zehn Meter vor uns in einer eleganten Schleife zum Stehen. Einer der beiden sprang ins Wasser, das ihm bis zur Hüfte reichte, watete zu uns herüber und erklomm geschickt das Korallenriff. Sein Gesicht zeigte eine drollige Mischung von Erstaunen und guter Laune: Erstaunen, zwei Weiße zu dieser frühen Stunde allein auf einem Riff zu finden, und gute Laune, weil die Welt schön war und immer bleiben würde. Man sieht solche Gesichter selten, aber wenn man sie sieht, sind sie unverkennbar. Die gute Laune gewann die Überhand. Er bleckte grinsend die weißen Zähne und sagte etwas, das mir völlig unverständlich blieb.

Das begriff er alsbald. Er blickte auf Mary, und als er ihr blasses Gesicht, die roten Flecken auf ihren Wangen und die violetten Schatten unter ihren Augen wahrnahm, schüttelte er den Kopf und schnalzte mit der Zunge. Dann grinste er wieder, machte eine Art von Diener, nahm sie wortlos auf die Arme und watete mit ihr zum Kanu zurück. Ich schleppte mich aus eigener Kraft, wobei ich die beiden Kanister hinter mir herzog.

Das Kanu war mit einem Mast ausgestattet, aber es wehte noch kein Wind, und so mußten wir über die Lagune zur Insel hinüberpaddeln. Das heißt, die beiden braunen Burschen paddelten, und ich überließ es ihnen gern.

Daß es noch andere Leute auf der Insel gab, wurde uns bald klar. Als wir näher kamen, zählte ich mindestens ein halbes Dutzend Häuser; sie standen auf Pfählen, etwa einen Meter über der Erde, und trugen steile, weit überhängende Schilfdächer, die von den Mittelpfosten bis fast zur Erde herunterreichten. Die Häuser hatten weder Fenster noch Türen – wie sollten sie auch, da sie nicht einmal Wände hatten –, bis auf eines, das größte, das unweit vom Strand bei einer Gruppe von Kokospalmen stand. Die anderen Häuser befanden sich landeinwärts weiter nach Süden zu. Noch weiter südlich verschandelte ein grauer Wellblechbau die Gegend, der aussah wie eine altmodische Brechanlage in einem Steinbruch. Dahinter lag ein langer, niedriger Schuppen mit leicht abgeschrägtem Wellblechdach. Es mußte eine wahre Wonne sein, darunter bei hohem Sonnenstand zu arbeiten.

Wir fuhren zur Rechten eines kleinen Landungsstegs ein oder, besser gesagt, einer langen schwimmenden Plattform aus zusammengebundenen Holzblöcken, die mit Seilen an einigen Baumstümpfen am Ufer befestigt war, als ich einen Mann auf dem Strand bemerkte. Einen Weißen, der sich sonnte. Er war ein magerer, drahtiger alter Vogel mit einer dunklen Brille vor den Augen und einem schmuddeligen Handtuch über der Leibesmitte. Er erweckte den Anschein, als schliefe er, aber dem war nicht so, denn als der Bug des Kanus über den Sand kratzte, setzte er sich mit einem Ruck auf, riß die dunkle Brille von der Nase, glotzte kurzsichtig in unsere Richtung, tastete im Sand herum, bis er eine andere Brille fand, setzte sie sich auf, sprang mit einer für sein Alter erstaunlichen Behendigkeit auf und eilte, das Handtuch fest um seine Mitte gepreßt, in eine palmblattüberdachte nahe Hütte.

»Kannst dir was darauf einbilden, Herzchen«, sagte ich. »Siehst aus, wie eben vom Meer ausgespien, und trotzdem hast du bei dem alten Knaben eingeschlagen wie der Blitz.«

»Er schien nicht gerade sehr erfreut, uns zu sehen, finde ich«, sagte sie zweifelnd. »Vielleicht ist er ein Einsiedler. Vielleicht will er überhaupt keine anderen Weißen sehen.«

»Er ist nur weggelaufen, um seinen Sonntagsstaat anzulegen«, sagte ich zuversichtlich. »Gleich taucht er wieder auf und gibt uns einen Galaempfang.«

Und so war es auch. Wir hatten den Strand noch nicht verlassen, als er wieder aus der Hütte auftauchte, in weißem Hemd, weißen Hosen und mit einem Panamahut auf dem Kopf. Er hatte einen weißen Vollbart, einen langen weißen Schnurrbart und volles weißes Haar.

Er kam schnaufend auf uns zu, um uns willkommen zu

heißen, die Hand zum Gruß ausgestreckt. Ich hatte mich hinsichtlich der Wärme der Begrüßung nicht geirrt, wohl aber bezüglich seines Alters. Er war bestimmt nicht älter als sechzig, vielleicht sogar erst fünfundfünfzig, und dabei in bester Verfassung.

»Du liebe Güte!« Er drückte unsere Hände, als hätten wir ihm den ersten Preis in der Irischen Staatslotterie überbracht. »Welch eine Überraschung! Nahm gerade mein Morgenbad, wissen Sie, ließ mich soeben trocknen, traute meinen Augen nicht! Ja, wo kommen Sie um Gottes willen her? Nein, nein, keine Antwort – jetzt nicht – sofort zu mir nach Hause!« Er hastete voran. Mary lächelte mir zu, und wir folgten ihm.

Er führte uns einen kurzen Pfad entlang über eine weiße Kiesterrasse und sechs breite Holzstufen hinauf in sein Haus, das wie die anderen etwas über dem Boden stand. Aber sobald ich drinnen war, erkannte ich, warum es, im Gegensatz zu den anderen, Wände hatte. Sie waren nötig, um die Bücherreihen und Glaskästen zu halten, die beinahe die gesamte Wandfläche einnahmen; den Rest bildeten Fenster und Türen, die Fenster ohne Glas, nur mit geflochtenen Rollvorhängen versehen. Es roch merkwürdig, ich wußte erst nicht, wonach. Der Fußboden schien aus den Mittelrippen von Kokospalmenblättern zu bestehen, die über dichtgefügten Querbalken lagen. Eine eigentliche Decke gab es nicht, nur spitzwinkelige Dachsparren, mit Schilf gedeckt. Ich betrachtete das Schilf sekundenlang mit wachem Interesse. In einer Ecke stand ein großer, altmodischer Schreibtisch und vor der Innenwand ein wuchtiger Geldschrank. Buntfarbige Schilfmatten bedeckten den Boden, auf dem tiefsitzige, bequem aussehende Rohrstühle und Liegen neben niedrigen Tischchen standen. Man konnte hier sicher gemütlich sitzen, besonders mit einem Drink in der Hand.

Der alte Knabe war Gedankenleser.

»Nehmen Sie Platz. Machen Sie es sich bequem. Einen Drink? Ja natürlich, erst einmal einen Drink!« Er nahm eine kleine Glocke, schüttelte sie wütend, als wolle er sehen, wieviel sie aushalten könne, und stellte sie dann wieder hin. »Noch ein bißchen früh am Morgen für Whisky, wie?«

»Nicht an diesem Morgen.«

»Und Sie, junge Dame? Einen kleinen Brandy?«

»Danke.« Sie schenkte ihm jenes Lächeln, zu dem sie sich mir gegenüber nie genötigt fühlte. »Sie sind sehr freundlich.«

Eine Hintertür öffnete sich und ein Chinesenboy huschte herein. Er war sehr klein, sehr dünn, mit einem khakifarbenen Drillichanzug bekleidet.

»Ah, Tommy, da bist du ja. Wir haben Gäste. Drinks, Brandy für die Dame, einen großen Whisky für den Herrn und für mich einen kleinen Whisky. Dann laß ein Bad ein. Für die Dame. Dann Frühstück. Sie haben noch nicht gefrühstückt?«

Ich versicherte ihm, daß wir noch nicht gefrühstückt hätten.

»Ausgezeichnet!« Sein Auge fiel auf die beiden Männer, die uns gerettet hatten; sie standen mit den Wasserkanistern draußen auf dem weißen Muschelkies. Er hob eine seiner buschigen weißen Augenbrauen in meine Richtung und fragte: »Was ist den da drin?«

»Unsere Kleider.«

»Kleider? Ach so, verstehe. Kleider.« Falls er sich über unsere exzentrischen Kleiderbehälter irgendwelche Gedanken machte, so äußerte er sie jedenfalls nicht. Er ging zur Tür. »Laßt sie nur da stehen, James. Das habt ihr sehr gut gemacht. Ausgezeichnet. Wir reden noch darüber.«

Ich sah die Burschen grinsen und sich trollen. Ich sagte: »Die beiden sprechen englisch?«

»Gewiß, natürlich.«

»Mit uns haben sie es nicht gesprochen.«

»Nein? Haben sie nicht?« Er strich sich den Bart. »Haben Sie denn mit ihnen gesprochen?«

Ich dachte nach und lachte. »Nein.«

»Nun also. Sie hätten ja wer weiß welche Nationalität sein können.« Er wandte sich um, als der Boy hereinkam, nahm die Gläser vom Tablett und reichte sie uns. »Auf Ihr ganz spezielles Wohl!«

Ich brummte etwas Unpassendes und stürzte mich auf den Drink wie ein Verdurstender. Ich beleidigte einen ausgezeichneten Whisky, indem ich gleich die Hälfte mit einem Schluck hinunterstürzte, aber trotzdem schmeckte er prächtig, und ich wollte mich gerade an den Rest heranmachen, als der alte Knabe sagte: »So, nun – Vorspiel beendet, Anstand gewahrt – Ihre Geschichte, mein Herr. Heraus damit.«

Ich stutzte und musterte ihn unauffällig. Hatte ich mich geirrt? Vielleicht war er gar kein zappliger, alter Umstandsrat. Stimmt, ich hatte mich geirrt. Die hellblauen Augen blitzten schlau, und sein Gesicht, soweit man etwas davon ablesen konnte, drückte eine gewisse Vorsicht, wenn nicht sogar Wachsamkeit aus.

Ich rückte ohne Umschweife mit der Wahrheit heraus. Ich sagte: »Meine Frau und ich waren mit dem Flugzeug unterwegs nach Australien. Während einen Nachtstopps in Suva wurden wir von einem gewissen Kapitän Fleck und zwei Indern um drei Uhr morgens aus unserem Hotelzimmer geholt, auf einen Schoner verschleppt und dort festgehalten. Letzte Nacht erlauschten wir zufällig, daß man die Absicht hatte, uns zu ermorden. Wir befreiten uns deshalb aus dem Laderaum, in den man uns gesperrt hatte. Das Wetter war so schlecht, daß wir ungesehen über Bord gehen konnten. Schließlich wurden wir an ein Korallenriff gespült. Dort haben uns Ihre Leute heute morgen gefunden.«

»Was für eine außergewöhnliche Geschichte!« Eine Zeitlang beschäftigte er sich mit ausgiebigem Kopfschütteln. Dann sah er mich unter seinen buschigen weißen Augenbrauen hervor an. »Wenn wir das vielleicht etwas ausführlicher hören könnten?«

Ich gab die Story also noch einmal zum besten, wobei ich jede Einzelheit erwähnte, die sich seit unserer Ankunft in Suva zugetragen hatte. Als ich fertig war, schüttelte er wieder den Kopf und sagte: »Nicht zu glauben. Die ganze Sache klingt unglaublich.«

»Meinen Sie das wörtlich?«

»Wie bitte? Daß ich Ihnen nicht glaube? Aber ich glaube Ihnen ja, junger Mann! Es ist nur alles so bizarr, so – so phantastisch. Natürlich ist es wahr. Wie könnten Sie sonst hier sein? Aber – aus welchem Grund mag dieser Schuft, dieser Fleck, Sie nur entführt haben? Und warum wollte er Sie töten?«

»Ich habe keine Ahnung«, erwiderte ich. »Ich kann mir nur einen Grund denken – und selbst der klingt lächerlich: ich bin nämlich Wissenschaftler, Treibstoffspezialist; vielleicht hat jemand mir irgendwelche Kenntnisse entlocken wollen. Warum, kann ich mir beim besten Willen nicht vorstellen. Und wie der

Kapitän eines obskuren Schoners erfahren haben soll, daß wir über die Fidschiinseln nach Australien flogen – also daraus werde ich einfach nicht klug.«

»Nein, das reimt sich auch nicht zusammen, Mister...«

»Bentall. John Bentall. Und das ist Mary, meine Frau.« Ich lächelte ihn an. »Und Sie brauchen mir gar nicht zu sagen, wer Sie sind. Es ist mir eben wieder eingefallen. Dr. Harold Witherspoon – Professor Witherspoon, wollte ich sagen. Der bedeutendste der britischen Archäologen.«

»Dann kennen Sie mich? Sie haben mich erkannt?« Der alte Knabe schien geschmeichelt.

»Nun ja, man sieht Sie doch recht oft in der Zeitung abgebildet«, sagte ich. »Und vor etwa einem Jahr habe ich Ihre Vortragsserie im Fernsehen verfolgt.«

Er sah nicht mehr ganz so zufrieden aus. Plötzlich wurde sein Ausdruck ausgesprochen mißtrauisch. »Interessieren Sie sich für Archäologie, Mr. Bentall? Ich meine, verstehen Sie etwas davon?«

»Soviel wie Millionen andere, Professor. Ich habe von diesem ägyptischen Grab gehört und von diesem Burschen Tutenchamon, der darin lag.«

»Gut, gut. Entschuldigen Sie die Frage. Ich erkläre es Ihnen später. Ich bin aber auch schrecklich unaufmerksam. Die junge Dame fühlt sich gar nicht wohl. Ein Glück, daß ich ein halber Arzt bin.« Er stürzte aus dem Zimmer, kam mit einer Hausapotheke wieder und bat Mary, ein Thermometer in den Mund zu nehmen, während er ihr den Puls fühlte.

Ich sagte: »Ich möchte nicht undankbar oder unhöflich erscheinen, Herr Professor, aber ich habe es ziemlich eilig. Wie lange wird es dauern, bis wir weiterkönnen?«

»Nicht lange.« Er zuckte die Schultern. »Alle sechs Wochen kommt ein Kahn von Kandavu vorbei – das liegt etwa hundert Seemeilen nördlich. Das letztemal war er vor vierzehn Tagen hier. Also in vier Wochen etwa.«

Das war ja hinreißend. Einen Monat. Und das fand er nicht lange. Ich konnte mir nicht vorstellen, daß Oberst Raine besonders erbaut sein würde, wenn ich es mir hier vier Wochen lang bequem machte und die Lagune bewunderte. Ich fragte also: »Wird die Insel angeflogen?«

»Keine Schiffe, keine Flugzeuge, nichts.« Er schüttelte den Kopf und blieb dabei, während er das Thermometer ablas. »Du liebe Güte! Über vierzig, und hundertzwanzig Puls! Sie sind ja krank, Mrs. Bentall! Bad, Bett und danach Frühstück!« Er hob die Hand, als Mary zu protestieren versuchte. »Ich bestehe darauf. Sie können Carstairs Zimmer haben. Red Carstairs ist mein Assistent«, erläuterte er. »Erholt sich zur Zeit in Suva von der Malaria. Erwarte ihn mit dem nächsten Schiff zurück.«

»Als kein Flugzeug? Gibt es vielleicht ein Boot auf dieser Insel, das man mieten könnte?« fragte ich.

»Das einzige Boot auf der Insel ist das Kanu von James und John. Eigentlich heißen sie anders, diese Eingeborenen von Kandavu haben unaussprechliche Namen. Sind hier angestellt, um uns mit frischen Fischen und sonstigen Lebensmitteln zu versorgen. Würden sich ohnehin weigern – aber selbst, wenn sie wollten, würde ich es nicht zulassen.«

»Zu gefährlich?«

»Natürlich. Außerdem verboten. Die Fidschiregierung hat die Benützung dieser Boote im Inselverkehr während der Zyklonperiode strikt untersagt.«

»Keine Funkanlage, mit der wir eine Nachricht durchgeben könnten?«

»Kein Sender. Nicht einmal ein Empfänger.« Der Professor lächelte. »Ich besitze nichts weiter als ein altmodisches Grammophon.«

Er schien ein harmloser alter Trottel zu sein, aber er war der vollendetste und ausgekochteste Schwindler, den ich je getroffen hatte.

MITTWOCH, 15.00 BIS 22.00

Es war Krieg, und ich mittendrin. Ich konnte nicht sehen, wer oder was zu meiner Linken oder Rechten lag, und war nicht einmal sicher, ob es Tag oder Nacht war. Aber es war Krieg, soviel war gewiß. Schwere Artillerie, Trommelfeuer vor dem Angriff. Der Erdboden vibrierte vom Krachen der Explosionen. Ich war kein Held. Ich lief los, schien zu straucheln und fühlte den scharfen Schmerz in meinem rechten Arm. Dann öffnete ich die Augen und merkte, daß ich gar nicht an der Front war. Ich hatte die bewundernswerte Leistung vollbracht, aus einem Rohrsessel zu fallen und auf dem hölzernen Fußboden von Professor Witherspoons Veranda zu landen.

Ich hatte geträumt; aber das Krachen der Explosionen und das Zittern der Erde hatte ich nicht geträumt. Als ich mich hochrappelte und mir den schmerzenden Ellbogen rieb, hörte ich zwei weitere gedämpfte Detonationen, und beidemal vibrierte der Verandaboden ziemlich heftig. Ehe ich darüber nachdenken konnte, woher die Detonationen stammen könnten, fiel mein Blick auf Professor Witherspoon, der an der Verandatür stand. Sein Ausdruck und seine Stimme verrieten Besorgnis.

»Aber lieber Freund!« Er kam mit ausgestreckten Händen auf mich zugestürzt. »Ich hörte Sie fallen. Sie müssen sich weh getan haben.«

»Ich bin vom Stuhl gefallen«, erklärte ich geduldig. »Ich dachte, ich wäre an der Front. Es müssen meine Nerven sein.«

Er flatterte besorgt um mich herum. »Sie haben sich doch hoffentlich nicht verletzt?«

»Nur meinen Stolz.« Ich befühlte vorsichtig meinen Ellbogen. »Woher kommt denn dieser Lärm?«

Er lächelte beruhigend. »Ich dachte mir, daß Sie danach fragen würden. Wollte es Ihnen gerade zeigen. Dachte mir, Sie möchten sowieso den Ort besichtigen.« Er sah mich forschend an. »Hungrig?«

»Danke, nein.«

»Durst? Ein Glas Hongkongbier, ehe wir gehen? Erstklassig. Eisgekühlt.«

»Klingt nicht schlecht.«

Wir gingen ins Zimmer und tranken sein Bier, und es war genauso gut, wie er versprochen hatte. Ich sah mir die verschiedenen Ausstellungsstücke an, die mir wenig sagten: vermoderte Knochen, Fossilien und Muschelschalen, Steinmörser und -stößel, verkohlte Holz- und Tongeräte und merkwürdig geformte Steine.

»Großartige Sammlung, wie?«

»Leider so gar nicht mein Gebiet«, begann ich unsicher. »Ich weiß nicht recht...«

»Natürlich nicht. Kann man ja auch nicht von Ihnen erwarten.« Er ging zu seinem Schreibtisch hinüber, zog eine Handvoll Zeitungen und Magazine aus der Mittelschublade und reichte sie mir. »Vielleicht hilft Ihnen das etwas.«

Ich blätterte sie oberflächlich durch. Es waren acht Tageszeitungen, fünf große englische und drei amerikanische, fast ein halbes Jahr alt. Professor Witherspoon nahm nicht weniger als sieben fette Schlagzeilen auf der ersten Seite ein. Die meisten sprachen von der »archäologischen Entdeckung des Jahrhunderts«. Das sagte man natürlich jeder »neuesten« Entdeckung nach, diesmal schien die Behauptung jedoch begründet zu sein: »Ozeania« war seit langem offenbar ein dunkler Punkt der archäologischen Forschung; nun behauptete Professor Witherspoon, auf der Insel Vardu, südlich der Fidschiinseln, schlüssige Beweise für die Einwanderung der Polynesier aus Südostasien gefunden zu haben. Außerdem hatte er Spuren einer primitiven Kultur entdeckt, die er auf Fünftausend vor Christi Geburt datierte. In den Magazinen fanden sich lange, farbig illustrierte Artikel und ein sehr gutes Bild des Professors mit seinem Assistenten Dr. Red Carstairs. Dr. Carstairs war ein bemerkenswerter Typ, fast zwei Meter lang, mit einem flammendroten, lenkstangenförmigen Schnurrbart.

»Leider habe ich das alles verpaßt«, sagte ich. »Ich hielt mich damals im Mittleren Orient auf und war ziemlich von der Welt abgeschnitten. Ihre Entdeckung muß ja einen großen Wirbel verursacht haben.«

»Sie war die Krönung meines Lebens«, sagte er schlicht.

»Das kann ich mir vorstellen. Wieso hat man in letzter Zeit nichts mehr darüber gelesen?«

»Die Zeitungen werden nichts mehr bringen, bis ich meine Untersuchungen abgeschlossen habe«, sagte er finster. »Ich war leichtsinnig genug, den Journalisten zu gestatten, hierherzukommen, nachdem meine erste Veröffentlichung einiges Aufsehen erregt hatte. Sie charterten ein Sonderschiff in Suva. Gingen auf mich nieder wie die Heuschrecken. Überall stocherten sie herum, zerstörten mir Wochen intensivster Arbeit. Ich war hilflos, vollkommen hilflos.« Sein Ärger verdichtete sich. »Sogar Spione waren darunter!«

»Spione?«

»Rivalen. Kollegen, die meine Entdeckung zu stehlen versuchten. Trauen Sie niemals einem Archäologen.«

Ich versprach es ihm, und er fuhr fort: »Einer hatte tatsächlich die Stirn, vor ein paar Monaten mit einer Jacht aufzukreuzen. Ein amerikanischer Millionär, Amateurarchäologe. Gab vor, sich verirrt zu haben. Habe ihn natürlich rausgeschmissen. Darum war ich Ihnen gegenüber zuerst auch mißtrauisch. Aber jetzt steht die Regierung hinter mir«, fuhr er triumphierend fort. »Die Insel ist britisches Territorium. Betreten verboten, solange ich hier arbeite.« Er leerte sein Glas. »Ich sollte Sie mit meinen kleinen Sorgen eigentlich nicht behelligen. Schauen wir uns etwas um?«

»Gern. Kann ich rasch nach meiner Frau sehen?«

Mary blinzelte mich schläfrig an, als ich die knarrende Tür öffnete. Das Bett war eine primitive Angelegenheit, ein Holzrahmen mit durchflochtenen Gurten, schien aber ganz bequem. Ich sagte: »Tut mir leid, wenn ich dich geweckt habe. Geht's?«

»Du hast mich nicht geweckt. Mir geht's viel besser.« Sie räkelte sich wohlig. »Ich möchte stundenlang faulenzen. Er ist sehr nett, nicht?«

»Wir hätten in keine besseren Hände fallen können«, stimmte ich zu. »Schlaf noch ein bißchen, Liebling.«

Sie ließ den »Liebling« durchgehen. »Das wird mir nicht schwerfallen. Und du?«

»Professor Witherspoon will mir die Insel zeigen. Anscheinend hat er hier außerordentlich wichtige archäologische Entdeckungen gemacht. Wird sicher interessant werden.«

Er wartete draußen auf der Veranda. Tropenhelm auf dem Kopf, Malakkastöckchen in der Hand.

»Dort wohnt Hewell.« Er schwenkte sein Stöckchen in Richtung auf das schilfgedeckte Nachbarhaus. »Mein Aufseher. Amerikaner. Ungehobelt, aber tüchtig. Sehr tüchtig. Das nächste Haus ist mein Gästehaus. Das übernächste Haus ist für die Arbeiter – Minenarbeiter.«

»Und dieses Scheusal?« Ich nickte zu dem Wellblechbau hinüber.

»Gehört der Britischen Phosphatgesellschaft. War die Brechmaschine. Der Schuppen mit dem Flachdach dahinter die Trockenanlage.« Er beschrieb mit seinem Stöckchen einen Halbkreis. »Steht jetzt seit einem Jahr still; aber überall liegt noch der verdammte graue Staub. Hat fast die ganze Vegetation kaputtgemacht.«

»Unerfreulich«, gab ich zu. »Was hatte eine britische Firma hier zu suchen?«

»Nicht rein britisch. International, aber vor allem neuseeländisch. Bergbau natürlich. Kalkphosphat. Noch vor einem Jahr wurden tausend Tonnen pro Tag gefördert. Sehr wertvolles Zeug. Sie müssen sich vorstellen, daß diese Insel einst auf dem Meeresgrund lag, der hier eine Tiefe von mehreren Kilometern hat. Vor vielleicht einer Million Jahren hob ein Erdstoß den Meeresgrund bis vierzig Meter unter die Oberfläche. Das Auftauchen des Riffs fand wahrscheinlich zu Anfang der Guanoperiode statt. Es wurde zur Freistatt für unzählige Vögel. Schließlich entstand eine Guanoschicht von fünfzehn Meter Dicke. Millionen Tonnen Guano – dann versank das Ganze wieder auf dem Meeresgrund.«

Mir schien, als habe diese Insel eine ziemlich abwechslungsreiche Lebensgeschichte hinter sich.

»Geraume Zeit danach«, fuhr er fort, »tauchte sie wieder auf. Inzwischen hatte das Meer den Guano in Kalkphosphat verwandelt. Dann erfolgte der langsame Prozeß der Bodenformierung, das Wachsen von Gras, Sträuchern, Bäumen. Ein wahres Tropenparadies entstand. Und schließlich, mutmaßlich während der letzten Eiszeit, landeten Seefahrer aus Südostasien und ließen sich auf diesem idyllischen Flecken nieder.«

»Wenn es so idyllisch war, warum sind sie wieder weggezogen?«

»Sie sind nicht weggezogen. Wir stehen auf hochvulkanischem Gebiet, Mr. Bentall. Innerhalb weniger Stunden brach ein gigantischer Vulkan aus. Die eine Inselhälfte wurde vom Meer überspült, die andere – Korallen, Phosphate, Vegetation samt den unglücklichen Lebewesen – mit einer gewaltigen Lavaschicht zugedeckt.«

Ich zeigte auf den Berg, der schroff hinter uns anstieg. »Ist das der Vulkan?«

»Allerdings.«

»Was passierte mit seiner anderen Hälfte?«

»Verschwand eines Tages im Meer.«

Er schritt munter drauflos. Wir stiegen allmählich bergan. Knapp dreihundert Meter vor der Brechanlage klaffte in der Bergflanke plötzlich eine vertikale Scharte auf, etwa zwanzig Meter hoch und zehn Meter breit, mit einem flachen Boden, der vor einem kreisförmigen Tunnelloch endete. Schmalspurschienen führten aus dem Tunnel und bogen dann nach Süden ab, um aus dem Blickfeld zu entschwinden. Neben dem Tunneleingang standen drei kleine Schuppen; aus einem kam das brummende Geräusch, das ich beim Aufstieg immer deutlicher vernommen hatte: Generatoren mit Benzinantrieb.

»Da wären wir also«, verkündete der Professor. »Hier ist die Stelle, wo einem neugierigen und intelligenten Schürfer der Phosphatgesellschaft die merkwürdige Beschaffenheit der Bergflanke auffiel. Er begann durch die Oberschicht durchzustechen und stieß nach einem knappen Meter auf Phosphat. Weiß der Himmel, wie viele Millionen Tonnen man hier herausgeholt hat – der ganze Berg ist eine einzige Bienenwabe. Erst kurz bevor die Förderung eingestellt wurde, fand jemand ein paar Scherben und merkwürdig geformte Steine. Sie wurden einem Archäologen in Wellington gezeigt, der sie sofort an mich schickte.« Der Professor hüstelte bescheiden. »Das übrige ist – Geschichte.«

Ich folgte ihm durch den Eingang einen gewundenen, horizontalen Gang entlang, bis wir in eine gewaltige, mit Betonpfeiler abgestützte Grotte von etwa sechzig Meter Durchmesser gelangten. Ein halbes Dutzend winziger elektrischer

Lämpchen, die mehr zur Zierde als zur Beleuchtung dienten, gaben dem schmutzigbraunen Felsen ein geisterhaftes, drohendes Aussehen. Von der Grotte führten fünf weitere Stollen weg, jeder mit einem eigenen Gleis versehen.

»Nun, was sagen Sie dazu, Mr. Bentall?«

»Erinnert an die römischen Katakomben«, sagte ich, »nur nicht ganz so anheimelnd.«

»Diese Anlage stellt eine bemerkenswerte Leistung dar«, sagte der Professor streng. »Schwer zu bearbeiten, dieser Kalkstein; wenn man zudem eine dicke Lavaschicht und einen halben Vulkan darüber abstützen muß, wird die Sache kitzlig. Der ganze Berg ist von solchen Grotten unterhöhlt, die miteinander durch Stollen verbunden sind. Diese gewölbten Decken geben den besten strukturellen Halt, leider sind sie nur bis zu einer bestimmten Größe möglich. Die Bergwerksgesellschaft hat nur etwa ein Drittel des vorhandenen Kalksteins abbauen können, weil die Abstützungskosten zu hoch waren.«

»Macht das nicht die Sprengungen ziemlich riskant?«

»Ein Risiko, das wir eingehen müssen«, sagte er nachdenklich. »Im Interesse der Wissenschaft. Kommen Sie, ich zeige Ihnen, wo wir unsere ersten Funde gemacht haben.«

Er führte mich durch einen neuen Stollen zu einer zweiten Grotte, die ein genaues Gegenstück der ersten war. Die Beleuchtung bestand hier aus einer einzigen Glühlampe, die von dem Lichtkabel baumelte, das sich quer durch die Höhle zog und im hintersten Stolleneingang verschwand. Ihr Licht genügte aber, um mir zu zeigen, daß die beiden linken Stollen durch dicke, senkrechte Balken versperrt waren.

»Was ist denn da passiert, Professor? Eingestürzt?«

»Ja, leider.« Er schüttelte den Kopf. »Zwei Stollen und Teile jener Grotte, zu der sie geführt haben. Vor meiner Zeit natürlich. Ich glaube, drei Arbeiter kamen dabei um. Böse Geschichte.« Er legte eine Schweigeminute ein, um mir zu zeigen, wie böse die Geschichte seiner Meinung nach gewesen war. Dann sagte er in freudigem Ton: »Also, dies ist der historische Ort.« Er zeigte auf eine anderthalb Meter breite Nische rechts neben dem Stollen, durch den wir gekommen waren. Für mich war es einfach ein Felsenloch, für ihn aber ein Tempel und er selbst der Hohepriester.

»Hier«, sagte er ehrfürchtig, »wurde das Geheimnis Polynesiens und der Polynesier gelüftet. An dieser Stelle wurden die ersten Steinbeile, Mörser und Stößel gefunden und damit die größte archäologische Entdeckung unserer Generation ausgelöst. Gibt Ihnen das zu denken, Mr. Bentall?«

»O ja, und wie!« Ich vermied es, meine Gedanken näher zu erläutern. Statt dessen griff ich nach einem Felszacken – er fühlte sich feucht und schleimig an – und brach ihn mühelos heraus. »Ziemlich weich, das Zeug. Man sollte meinen, Hacken oder Preßluftbohrer hätten es genausogut geschafft wie Sprengungen.«

»Ganz richtig. Aber können Sie mit Hacke und Schaufel gegen Basaltlava angehen?« fragte er jovial.

»Das hatte ich ganz vergessen«, gab ich zu. »Was finden Sie denn alles in dem Basalt – Tongefäße, Holzgeräte, Beilgriffe und dergleichen?«

»Um nur einiges Weniges zu nennen«, sagte er. »Offen gestanden stelle ich nur meine schäbigsten Waren ins Schaufenster. Was Sie da in meinem Zimmer gesehen haben, sind für mich nur Kleinigkeiten, bloße Spielereien. Aber ich habe hier ein paar Geheimverstecke, in denen sich eine phantastische Sammlung neolithischer polynesischer Stücke befindet, die die wissenschaftliche Welt in Erstaunen setzen wird.«

Er knipste eine Taschenlampe an und betrat den ersten Stollen zur Rechten, wo er mir die verschiedenen Stellen zeigte, an denen polynesische Überbleibsel gefunden worden waren. Dann durchquerten wir eine dritte Kammer und drangen in einen nur schwach erhellten Stollen ein. »Hier müßten wir Hewell und seine Leute finden.« Er sah auf seine Uhr. »Sie machen wahrscheinlich gerade Feierabend.«

Sie arbeiteten noch, als wir an dem Punkt anlangten, wo der Stollen sich zu einer andeutungsweisen vierten Kammer erweiterte. Es waren im ganzen neun Mann. Einige stemmten Kalksteinbrocken mit Brechstangen aus dem Berg; andere luden den Schutt auf gummibereifte Schubkarren, während ein Riese in Drillichhosen und Lederwams jeden Brocken mit einer starken Stableuchte untersuchte.

Alle neun waren sehenswert: die Arbeiter durchweg Chinesen, für Angehörige ihrer Rasse ungewöhnlich groß und stämmig. Der Führer der Rotte, der sich jetzt aufrichtete und uns entgegenkam, schien der hartgesottenste Bursche der Welt. Er maß über einen Meter achtzig, aber im Verhältnis zu seiner Breite hätte er ruhig noch größer sein dürfen. Seine massiven Arme liefen in zwei fünffingrige Schaufeln aus, die ihm bis auf die Knie hingen. Sein Gesicht sah aus, als sei es aus dem nackten Felsen gehauen, und zwar von einem Bildhauer, der keinen anderen Ehrgeiz hatte, als recht schnell damit fertig zu werden.

Professor Witherspoon machte uns bekannt. Hewell streckte die Hand aus und sagte: »Freut mich, Sie kennenzulernen, Bentall.«

Seine Freude, mich kennenzulernen, glich etwa der Freude eines Kannibalenhäuptlings, der von der Ankunft eines neuen Missionars erfährt.

»Hörte heute morgen von Ihnen«, brummte er, »und daß Ihre Frau nicht ganz auf dem Posten ist. Ja, die Inseln. Muß ja furchtbar gewesen sein.«

Wir unterhielten uns eine Weile darüber, dann sagte ich in meiner Neugier: »Sie haben sich ja Ihre Arbeitskräfte von ziemlich weit hergeholt.«

Witherspoon antwortete: »Mußten wir. Inder taugen nichts, sind finster, feindselig, mißtrauisch und haben auch keine Kräfte. Fidschiinsulaner hätten Kräfte, würden aber einem Herzschlag erliegen, wenn man ihnen vorschlüge zu arbeiten. Chinesen sind anders.«

»Die besten Arbeiter, die ich je gehabt habe«, bestätigte Hewell. Er sprach, ohne sichtbar die Lippen zu bewegen.

Ich ließ eine passende Erwiderung hören und sah mich etwas um. Witherspoon fragte scharf: »Was suchen Sie, Bentall?«

»Natürlich alte Scherben, was dachten Sie denn?« Meine Überraschung klang, glaube ich, echt. »Wäre doch interessant, zuzusehen, wie gerade etwas ausgegraben wird.«

»Wird heute wohl nichts draus werden«, knurrte Hewell.

»Wenn wir Glück haben, taucht einmal in der Woche was auf.«

Als wir zurückkamen, ging ich zu Mary. Sie saß mit einem Buch in der Hand im Bett. Soviel ich sehen konnte, war sie wieder ganz in Ordnung. Ich sagte: »Wolltest du nicht schlafen?«

»Faulenzen wollte ich. Das ist ein kleiner Unterschied.« Sie kuschelte sich wohlig in ihr Kissen. »Heißer Tag, kühle Brise, Windgeraschel in den Palmwipfeln, Meeresrauschen, blaues Wasser, weißer Sand. Ist das nicht wunderbar?«

»Was liest du da?«

»Ein Buch über die Fidschiinseln.« Sie zeigte auf den Bücherstoß auf ihrem Nachttisch. »Noch mehr über die Fidschiinseln und über Archäologie. Tommy hat sie mir gebracht. Du solltest sie auch lesen.«

»Später. Wie fühlst du dich?« Ich deutete mit dem Kopf nach hinten. Sie reagierte sofort.

»Viel besser fühle ich mich. Hast du einen netten Spaziergang gemacht?«

Ich war mitten in der Beschreibung meines netten Spazierganges, als Witherspoon schüchtern an der Tür klopfte. Nach meiner Berechnung mußte er seit drei Minuten davor gestanden haben. Hinter ihm erkannte ich die braunhäutigen Gestalten der beiden Fidschijungen, John und James.

»Guten Abend, Mrs. Bentall. Wie geht es Ihnen? Sie sehen schon viel wohler aus.« Sein Blick fiel auf den Bücherstoß. Er zuckte zusammen und runzelte die Stirn. »Wo haben Sie diese Bücher her, Mrs. Bentall?«

»Ich hoffe, ich habe nichts Unrechtes getan, Herr Professor«, sagte sie ängstlich. »Ich bat Tommy, mir etwas Lektüre zu bringen . . .«

»Es sind seltene und wertvolle Ausgaben«, sagte er nervös. »Äußerst selten. Aus meiner Privatbibliothek. Nun ja, schon gut.« Er lächelte und hatte den Zwischenfall großzügig vergessen. »Ich bringe Ihnen eine frohe Botschaft: Ich habe das Gästehaus in Ordnung bringen lassen. Sie können es fortan bewohnen.«

Mary ergriff seine Hand. »Das ist zu lieb von Ihnen!«

»Aber ich bitte Sie!« Er tätschelte ihren Arm. »Ich dachte, Sie würden gern für sich allein sein.« Er zwinkerte schelmisch. »Mir scheint, Sie beide sind noch nicht sehr lange verheiratet. Nun sagen Sie, liebe Mrs. Bentall, fühlen Sie sich schon kräftig genug, um mit uns zusammen zu Abend zu essen?«

Sie fing mein fast unmerkliches Kopfschütteln auf, obgleich sie nicht einmal in meine Richtung sah.

»Es tut mir leid, ich möchte wirklich brennend gern, aber ich fühle mich doch noch recht schwach. Vielleicht morgen?«

»Natürlich. Wir dürfen die Genesung nicht überstürzen.« Fast hätte er ihre Hand ein zweites Mal ergriffen, aber er besann sich eines Besseren. »Wir schicken Ihnen etwas auf dem Tablett. Und jetzt, wenn Sie gestatten, Sie brauchen nicht aufzustehen ...«

Die beiden Eingeborenen ergriffen das Bett, Tommy trug unser Gepäck, der Professor marschierte voran, und das einzige, was mir zu tun blieb, war, mich besorgt über Mary zu beugen und zu murmeln: »Frag ihn nach einer Taschenlampe.«

Wenn man von Hewells Visage, dem Geschwätz des Professors und dem scheußlichen Wein absah, den Witherspoon »zur Feier des Tages« auftischte, war es eine ganz annehmbare Mahlzeit. Der chinesische Boy verstand wirklich etwas vom Kochen, und es gab weder Vogelnester noch Haifischflossen oder ähnliche Leckerbissen. Aber ich konnte meine Augen nicht von Hewells wüstem, knochigem Gesicht losreißen; der makellos weiße Tropenanzug, in den er sich geworfen hatte, unterstrich nur noch seine neandertalerhafte Scheußlichkeit.

Trotzdem war es gerade Hewell, der die Mahlzeit erträglich machte. Hinter der primitiven Fassade lag ein scharfer Verstand. Seine Geschichten aus dem Leben eines Grubeningenieurs, der die halbe Welt kannte, waren zumindest unterhaltsam.

Nach dem Essen schleppte Witherspoon eigenhändig einen Rohrstuhl für mich herbei und trippelte umher wie eine alte Henne, bis er überzeugt war, daß ich auch wirklich bequem saß. Dann kam Tommy mit dem Kaffee und dem Brandy.

Von diesem Moment an lief alles wie am Schnürchen. Der Pegel der Brandyflasche sank, als wäre ein Loch im Boden. Der Professor war in Form. Als die Flasche leer war, wurde eine neue gebracht. Der Professor erzählte ein paar mild gewürzte Witze und krümmte sich vor Lachen. Hewell lächelte. Ich wischte mir die Freudentränen von der Wange und fing einen schnellen Blick der Verständigung zwischen beiden auf. Ich machte dem Professor mit lallender Zunge Komplimente über seinen Humor. Noch nie war ich so stocknüchtern gewesen.

Offenbar hatten sie die Szene bis ins kleinste geprobt. Witherspoon, ganz der besessene Wissenschaftler, erklärte mir die Stücke aus der Vitrine. Aber nach einer Weile sagte er: »Hewell, wir beleidigen ja unseren Freund mit diesem Zeug. Wir wollen ihm ein paar von unseren richtigen Sachen zeigen.«

Hewell schien zu zögern, aber Witherspoon stampfte mit dem Fuß auf. »Ich bestehe darauf. Was soll es schon schaden?«

»Also gut.« Hewell trat an den großen Geldschrank, der links von ihm stand. Nachdem er eine Weile erfolglos an dem Drehknopf herumgespielt hatte, sagte er: »Die Kombination hakt wieder, Professor.«

»Na, dann öffnen Sie ihn doch mit der hinteren Kombination«, drängte Witherspoon ungeduldig. Er stand rechts von mir, eine Tonscherbe in der Hand. »Sehen Sie sich das mal an, Mr. Bentall. Ich möchte Sie auf etwas ganz Besonderes aufmerksam machen ...«

Aber ich ließ mich von ihm auf nichts mehr aufmerksam machen, sondern beobachtete Hewell und den Geldschrank, den er von der Wand kippte. Der Geldschrank wog gut seine drei Zentner. Und so, wie ich dasaß, in den Sessel zurückgelehnt, das linke Bein über das rechte geschlagen, lag mein rechter ausgestreckter Fuß genau in seiner Fallinie. Und fallen würde der Geldschrank. Seine Oberkante stand schon dreißig Zentimeter von der Wand ab. Ich konnte sehen, wie Hewell an der Seite entlangvisierte, um festzustellen, ob mein Fuß auch noch an der richtigen Stelle war. Dann gab er dem Ungetüm einen Stoß.

»Mein Gott!« rief Professor Witherspoon. »Geben Sie acht!«

Der Entsetzensschrei klang verblüffend echt, denn er kam den Bruchteil einer Sekunde zu spät. Witherspoon hätte sich die Mühe sparen können. Während der Geldschrank auf mein Bein zukam, fiel ich bereits aus dem Stuhl. Ich kantete meinen Fuß dabei so, daß die Länge der Sohle im rechten Winkel zu dem fallenden Koloß zu stehen kam. Eine dicke Sohle – ein Zentimeter bestes Kernleder –, aber trotzdem war es ein Risiko.

Mein Schmerzensschrei war echt. Ich hatte das Gefühl, als würde die derbe Ledersohle in der Mitte gespalten und mein

Fuß desgleichen. Aber der Geldschrank konnte nicht weiter an mich heran.

Stöhnend lag ich da, bis Hewell herbeigestürzt kam, um den Schrank etwas anzuheben, während Witherspoon meinen Fuß hervorzog. Ich richtete mich mit schmerzverzerrtem Gesicht auf, schüttelte den Arm des Professors ab, versuchte einen Schritt und ging wieder zu Boden.

»Sind Sie – sind Sie schwer verletzt?« Der Professor war außer sich vor Sorge.

»Verletzt? Aber nicht doch. Ich war lediglich müde und habe mich ein bißchen hingelegt.« Ich sah wild zu ihm auf, meinen Fuß mit beiden Händen umklammernd. »Wie weit, glauben Sie, daß man mit einem gebrochenen Knöchel laufen kann?«

Mary hatte sich etwas übergeworfen, und das Licht der Petroleumlampe zeichnete einen Heiligenschein um ihr weiches, blondes Haar.

»Sie brauchen sich nicht aufzuregen, Mrs. Bentall«, sagte Witherspoon beruhigend. »Ihr Mann hatte einen kleinen Unfall.«

»Kleiner Unfall!« ächzte ich. »Ich habe mir, verdammt noch mal, den Knöchel gebrochen.« Ich stolperte, schrie auf und lag der Länge nach auf dem Boden. Allmählich bekam ich Übung. Mary kniete neben mir nieder, aber der Professor richtete sie sanft wieder auf, während Hewell mich auf mein Bett legte.

Professor Witherspoon gab eine stockende Erklärung ab, und Mary hörte ihn in stummer Erregung an. Wenn ihr Entsetzen geschauspielert war, dann hatte sie ihren Beruf verfehlt. Ein Mensch, der so blaß wurde, mußte schon mit dem Herzen bei der Sache sein. Als Witherspoon geendet hatte, dachte ich wahrhaftig, sie würde auf ihn losgehen. Hewell schien ihr weder Angst noch Respekt einzuflößen. Aber dann fing sie sich wieder und sagte eisig: »Ich danke Ihnen beiden sehr, daß Sie meinen Mann nach Hause gebracht haben. Es war sehr freundlich von Ihnen. Gute Nacht.«

»Angst?« fragte ich, als die beiden außer Hörweite waren.

»Natürlich habe ich Angst.« Sie seufzte und setzte sich auf meine Bettkante. Eine kleine Weile sah sie auf mich herunter wie jemand, der zögert oder nach einer Entscheidung sucht, dann berührte sie mit ihren kühlen Händen meine Stirn, fuhr mir mit den Fingerspitzen übers Haar, die Hände zu beiden Seiten meines Kopfes aufgestützt, und sah mich prüfend an.

»Du tust mir so leid«, murmelte sie. »Es ist sehr schlimm, nicht wahr, Johnny?« Sie hatte mich noch nie so angesehen.

»Furchtbar.« Ich streckte die Hände aus, legte sie um ihren Hals und zog sie herunter, bis ihr Gesicht auf dem Kissen lag. Sie leistete keinen Widerstand; vielleicht wollte sie nur nett zu einem Kranken sein. Ihre Wange war zart wie ein Blütenblatt, und sie roch nach Sonne und Meer. Ich legte meinen Mund ganz nahe an ihr Ohr und flüsterte: »Sieh nach, ob sie wirklich weg sind.«

Sie wurde steif, als hätte sie einen elektrischen Draht berührt; dann stieß sie sich hoch und stand auf. Sie ging an die Tür, lugte durch die Ritzen der Jalousie und sagte leise: »Sie sind im Wohnzimmer des Professors. Ich kann sehen, wie sie den Geldschrank wieder an die Wand stellen.«

»Mach das Licht aus.«

Sie trat an den Tisch, schraubte den Docht herunter, hielt die gekrümmte Hand über den Zylinder und blies. Es war jetzt stockdunkel. Ich schwang meine Beine vom Bett herunter, zerrte einige Meter Pflaster ab, das man mir um Schiene und Knöchel gewickelt hatte, fluchte, weil es an der Haut festklebte, warf die Schiene beiseite und machte versuchsweise drei Sprünge auf dem rechten Fuß. Ich hüpfte so gut wie eh und je, nur die große Zehe schmerzte etwas, die die Hauptlast des Geldschranks getragen hatte. Ich setzte mich und begann, Socken und Schuhe anzuziehen.

»Sag mal, was tust du da eigentlich?« fragte Mary. Die weiche Besorgtheit war zu meinem Bedauern aus ihrer Stimme verschwunden.

»So was heilt bei mir sehr schnell«. Ich erklärte ihr, wie alles gewesen war.

Am Schluß sagte sie: »Und du fandest es sehr witzig, mich an der Nase herumzuführen?«

Ich hatte mich in meinem bisherigen Leben an weibliche Ungerechtigkeit gewöhnt und ließ es dabei bewenden. Ich hörte, wie sie durch das Zimmer zu ihrem Bett zurückging, und als sie bei mir vorbeikam, sagte sie leise: »Du wolltest doch, daß ich die Chinesen zähle, die bei der großen Hütte ein- und ausgehen. Es waren achtzehn.«

»Ich habe im Bergwerk nicht mehr als acht gezählt.«

»Achtzehn.«

»Konntest du feststellen, ob einer beim Herauskommen etwas trug?«

»Ich habe keinen herauskommen sehen, solange es hell war.«

»Aha. Wo ist die Taschenlampe?«

»Unter meinem Kopfkissen. Hier.«

Sie ging zu Bett, und bald konnte ich ihr langsames, regelmäßiges Atmen hören, aber ich wußte, daß sie nicht schlief. Ich riß das Pflaster in Stücke und klebte sie über den Scheinwerfer der Taschenlampe, sodaß nur ein kleines Quadrat in der Mitte freiblieb. Dann bezog ich meinen Posten an der Jalousie, von wo aus ich das Haus des Professors durch einen Spalt im Auge behalten konnte. Kurz nach elf ging Hewell zu seinem eigenen Haus hinüber. Ich sah bei ihm das Licht an- und nach zehn Minuten wieder ausgehen.

Ich trat an den Schrank, in dem der Boy unsere Sachen untergebracht hatte, suchte mit dem dünnen Lampenstrahl darin herum, bis ich ein Paar graue Flanellhosen und ein blaues Hemd gefunden hatte, und zog mich im Dunkeln schnell um. Dann trat ich an Marys Bett. »Du schläfst noch nicht?«

»Was willst du?« Keine Wärme in ihrer Stimme.

»Also Mary, sei nicht dumm. Um sie zu täuschen, mußte ich dich doch auch täuschen, solange sie da waren. Verstehst du das denn nicht?«

»O doch«, sagte sie nach einer Weile. »Wolltest du mir nur das sagen?«

»Offen gestanden, nein. Mich interessieren deine Augenbrauen.«

»Meine . . .«

». . . Augenbrauen. Dein Haar ist so blond, und deine Brauen sind so schwarz. Sind sie echt?«

»Ist dir ganz wohl?«

»Ich möchte mir das Gesicht schwärzen. Ich dachte, du hättest vielleicht . . .«

»Warum sagst du das nicht gleich, anstatt so dumm herumzureden?« Wenn ihr Verstand mir auch vielleicht verzeihen wollte, irgend etwas in ihrem Köpfchen war dagegen. »Nein, schwarze Schminke habe ich nicht. Nur Schuhcreme, oberste Schublade rechts.«

Mir graute bei dem Gedanken, aber ich sagte: »Danke schön.« Eine Stunde später ließ ich sie allein. Ich hatte aus Decken eine Art menschlicher Gestalt fabriziert und in mein Bett gelegt. Niemand schrie oder schoß, als ich aus dem Haus huschte.

Auf der ersten Etappe meines Ausfluges zwischen unserem und Witherspoons Haus hätte es nicht viel Unterschied gemacht, ob mein Fuß intakt war oder nicht: vor dem Hintergrund des hellen Sandstrandes hätte ich auf jeden Fall eine wunderbare Silhouette abgegeben. Ich kroch deshalb auf Händen, Ellbogen und Knien auf die Rückseite des Professorenhauses zu, die außer Sichtweite der anderen Hütte lag.

Fast hätte mich das Schicksal gleich am Anfang ereilt. Vor dem Hintereingang hing ein geflochtener Bambusvorhang, der, sobald ich ihn berührte, wie wild zu klappern begann. Ich preßte mich flach gegen die Hauswand, die Hand um die Taschenlampe gekrampft. Als fünf Minuten vergingen, ohne daß etwas geschah, schlüpfte ich mit der größten Behutsamkeit zwischen den Stöcken hindurch.

Zwar erwartete ich nicht, irgend etwas zu finden, was ich nicht in jeder anderen Küche auch gefunden hätte, trotzdem fand ich, was ich suchte: die Besteckschublade. Tommy besaß eine herrliche Kollektion von Tranchiermessern. Ich suchte mir ein dreißig Zentimeter langes Prachtstück aus; die Klinge war auf der einen Seite gezahnt, auf der anderen glatt. Ich wickelte es sorgsam in einen Küchenlappen und steckte es in meinen Gürtel.

Die Tür zwischen Küche und Korridor war aus Holz, wahrscheinlich, um die Küchengerüche abzuhalten. Sie hing an Lederscharnieren und ging nach innen auf. Ich schlüpfte in den Korridor und lauschte. Ich brauchte meine Ohren nicht zu überanstrengen: der Professor schnarchte. In der Hoffnung, daß das professorale Konzert meinen eigenen Lärm übertönen würde, schlich ich durch den Korridor ins Wohnzimmer.

Ich schloß die Tür ohne den geringsten Laut und steuerte direkt auf den großen Schreibtisch zu. Wenn mich nicht der Kupferdraht, den ich am Morgen von der Veranda aus im Strohdach hatte blitzen sehen, richtig geführt hätte, so hätte es meine Nase getan: der Geruch von Schwefelsäure, wenn auch noch so schwach, ist unverkennbar.

Witherspoons Schreibtisch hatte auf beiden Seiten unverschlossene Türen. Ich ließ einen dünnen Lichtstrahl zuerst in die linke fallen. In den beiden geräumigen Fächern standen Säureakkumulatoren und Trockenbatterien. In dem oberen

Fach waren zehn der Akkus, serienweise aneinandergeschlossen; unten standen acht parallelgeschaltete Trockenzellenbatterien. Damit konnte einer bis zum Mond funken, vorausgesetzt, er hatte einen Sender.

Und unser Freund besaß einen. Er befand sich in der anderen Schreibtischhälfte. Ich entzifferte die Fabriksmarke: Kuraby-Sankowa Radio Corporation, Osaka and Shanghai. Die Wellenlängen und Empfangsstationen auf der Sendeskala waren auf chinesisch und englisch angegeben, und jemand hatte Futschou eingestellt. Vielleicht gehörte Professor Witherspoon zu dem sozialen Typ von Chef, der seinen heimwehkranken Arbeitern erlaubt, mit ihren Verwandten in China zu sprechen.

Ich schloß die Tür und wandte meine Aufmerksamkeit dem Schreibtischaufsatz zu. Witherspoon mußte mein Kommen geahnt haben, denn weder in den oberen Schubladen noch in den Fächern fand sich irgend etwas von Interesse. Bevor ich ging, warf ich einen Blick auf die Löschunterlage. Ich hob die Löschblätter hoch, und vor mir lag ein dünnes Stück Pergamentpapier.

Es enthielt eine maschingeschriebene Aufstellung von sechs Zeilen; jede Zeile bestand aus einem Doppelnamen und acht Zahlen. Die erste lautete: Pelikan-Takishmaru 20007815, die zweite: Linkiang-Hawetta 10346925, und genauso ging es weiter. Nichtssagende Namen mit Zahlenkombinationen. Nach einem Absatz folgte eine letzte Zeile: Jede Stunde 46 Tombola.

Ich konnte nichts damit anfangen. Möglicherweise hatte ich den wichtigsten Code meines Lebens vor Augen. Doch was nützte es. Ich nahm Papier und Bleistift vom Schreibtisch, schrieb alles ab, legte das Papier wieder an die alte Stelle, zog einen Schuh aus und schob den gefalteten Zettel, in wasserdichtes Cellophan eingeschlagen, zwischen Socke und Sohle. Dann verschwand ich durch ein Fenster.

Der Himmel war fast völlig bedeckt, nur ab und zu zwang mich der plötzlich aus den Wolken tretende, ziemlich volle Mond, mich hinter einen Busch zu werfen und zu warten, bis es wieder dunkel wurde. Ich folgte den Gleisen, die von der Steinbruchanlage und dem Trockenschuppen zur Südseite und dann vermutlich zur Westseite der Insel führten. Mich interessierte dieses Gleis und seine Zweckbestimmung brennend. Witherspoon hatte peinlich vermieden, auch nur mit einem Wort zu erwähnen, was auf der anderen Seite der Insel lag, war aber trotz aller Vorsicht zu schwatzhaft gewesen. Er hatte mir gesagt, daß die Phosphatgesellschaft täglich tausend Tonnen abgebaut hatte, und da das Zeug nicht mehr vorhanden war, mußte man es verschifft haben. Das bedeutete eine Stein- oder Betonmole, ferner einen Kran oder einen erhöhten Trichter mit schräger Laderutsche.

Ich hatte gerade einen kleinen, von Gebüsch fast verborgenen Bach überquert, als ich gedämpfte, rasch anstürmende Tritte hinter mir vernahm. Etwas Schweres prallte mir gegen Rücken und Schulter, und dann, ehe ich noch reagieren konnte, schloß sich etwas anderes mit der Brutalität einer zuschnappenden Bärenfalle um meinen linken Oberarm, direkt über dem Ellbogen. Der Schmerz war unerträglich.

Hewell! Das war mein erster, instinktiver Gedanke, während ich stolperte und fast zu Boden fiel. Es war, als würde mein Arm in Stücke zermalmt. Wütend schwang ich mich im Halbkreis herum und schlug mit dem rechten Arm einen Haken dorthin, wo der Magen sein mußte, aber alles, was ich schlug, war ein Loch in die Dunkelheit. Ich torkelte seitwärts und versuchte krampfhaft, das Gleichgewicht zu halten. Ich kämpfte um mein Gleichgewicht und kämpfte um mein Leben. Nicht Hewell hatte mich gepackt, sondern ein Hund von der Größe und Kraft eines Wolfs.

Ich versuchte, ihn mit der rechten Hand wegzuzerren, erreichte aber nur, daß seine Riesenzähne immer tiefer in meinen Arm eindrangen. Wieder und wieder versuchte ich, meine rechte Faust in diesen kräftigen Leib zu hämmern, aber er hing zu weit links, als daß ich an ihn herangekommen wäre. Ich versuchte vergeblich, nach ihm zu treten; ich konnte ihn weder treffen noch abschütteln, denn es war nichts Festes in der Nähe, um ihn dagegenzuschmettern. Wenn ich versuchte, mich auf ihn zu werfen, würde er loslassen und mich, ehe ich begriff, was geschah, bei der Kehle haben. Er mußte an die achtzig Pfund wiegen. Zu guter Letzt fiel mir das Messer ein. Ich hatte keine Mühe, es aus meinem Gürtel zu ziehen, aber es dauerte zehn endlose Sekunden, bis mir gelungen war, es mit einer Hand auszuwickeln. Danach war alles leicht, die dolchscharfe Spitze drang dicht unter dem Brustbein ein. Die Fangzähne ließen augenblicklich von mir ab. Die Bestie war tot, noch ehe sie auf die Erde rollte.

Ich zerrte den Kadaver an den Bach und stieß ihn dort, wo das Gebüsch am dichtesten war, ins Wasser. Ich packte ein paar schwere Steine darauf, um zu verhindern, daß er nach einem heftigen Regen von der angeschwollenen Flut wieder hervorgewaschen würde, und legte mich dann, Gesicht nach unten, fünf Minuten lang hin, bis die schlimmsten Schmerzen, der Schock und die Übelkeit vergangen waren und mein rasender Puls und das hämmernde Herz sich einigermaßen beruhigt hatten.

Ich verband meine Wunde notdürftig mit Streifen meines Unterhemds und setzte meinen Weg fort, immer den Schienen nach.

Ich mußte inzwischen die Südseite der Insel beinahe erreicht haben. Hier gab es keine Bäume, nur Sträucher und niedriges Buschwerk, das keine Deckung bot, wenn man sich nicht flach hinlegte. Als der Mond plötzlich aus den Wolken brach, ließ ich mich fallen und lugte hinter ein paar dürftigen Büschen hervor, die kaum einem Kaninchen Deckung gewährt hätten.

In dem gleißend hellen Mondlicht erkannte ich nun, daß mein erster Eindruck von der Insel – von jenem Riff aus – nicht ganz korrekt gewesen war. Es stimmte zwar, daß der Streifen Ebene am Fuß des Berges rings um die Insel herumzulaufen schien, aber er war hier erheblich schmaler als auf der Ostseite. Auch senkte sich das Gefälle hier nicht vom Berg auf die Küste zu, sondern eher umgekehrt. Daraus konnte man schließen, daß die Insel weiter im Süden in einer jäh abstürzenden Steilküste, ja vielleicht in einer senkrechten Klippe abbrach. Auch der Berg wirkte von hier aus völlig anders. Seine sonst regelmäßige konische Form war durch eine gewaltige Schlucht wie in der Mitte gespalten – zweifellos eine Folge jener Naturkatastrophe, die seine nördliche Hälfte im Meer verschwinden ließ. Infolgedessen führte der einzige Weg von der östlichen zur westlichen Inselseite über jenen schmalen, kaum hundert Meter breiten Streifen entlang der Südküste.

Ich hatte mich auf Ellbogen und Knien langsam vorangerobbt – den Kopf etwa zwanzig Zentimeter über dem Boden –, als ich plötzlich einen Draht erblickte, der ebenfalls in zwanzig Zentimeter Höhe verlief. Die Tatsache, daß er nicht an Isolatoren hing, machte es klar, daß er nicht mit Starkstrom geladen war. Bloß ein altmodischer Stolperdraht. Er stand wahrscheinlich mit einer Warnvorrichtung in Verbindung.

Ich wartete zwanzig Minuten, ohne mich zu rühren, bis der Mond wieder hinter den Wolken verschwunden war, stand mit steifen Gliedern auf, stieg über den Draht und legte mich wieder hin. Das Gelände senkte sich hier bereits erheblich zum Fuß des Berges hin, und man hatte den Gleiskörper auf der einen Seite erhöhen müssen, um die Neigung auszugleichen.

Nach einer weiteren halben Stunde auf Knien und Ellbogen, während derer ich mit steigender Bewunderung jener Tiere gedachte, die sich ihr Leben lang in dieser Stellung fortbewegen müssen, brach endlich der Mond wieder durch.

Keine dreißig Meter vor mir stand ein Zaun. Ich kannte diese Art von Zäunen, neun Reihen Stacheldraht und fast zwei Meter hoch. Der Zaun stieg aus den unergründlichen Tiefen der senkrechten Schlucht zu meiner Rechten und verlief in südlicher Richtung über die Ebene.

Etwa zehn Meter weiter stand ein Zwilling des ersten Zauns. Was aber meine Aufmerksamkeit noch mehr in Anspruch nahm, waren die drei Leute dahinter. Sie unterhielten sich so leise, daß ich sie nicht verstehen konnte. Einer hatte sich gerade eine Zigarette angezündet. Sie trugen weiße Hosen, runde Mützen, Gamaschen und Patronengurte und hatten Gewehre über die Schulter hängen. Ohne Zweifel Matrosen der Königlich Britischen Kriegsmarine.

Jetzt gab ich es auf. Ich war müde und zerschlagen. Ich wußte nicht mehr, was ich denken sollte. Irgendwann später würde mir vielleicht der eine oder andere Grund einfallen, warum ich plötzlich auf dieser fernen Fidschiinsel auf drei Matrosen der britischen Kriegsmarine gestoßen war. Ich verlegte mein Gewicht von den Ellbogen auf die Handballen und begann mich hochzurappeln.

Drei Meter von mir bewegte sich ein Strauch. Der Schreck ließ mich zu völliger Bewegungslosigkeit erstarren. Der Strauch beugte sich zu einem anderen Strauch hinüber und murmelte ihm etwas ins Ohr. Ich preßte mich flach wie eine Spielkarte an den Boden. Daß der Mensch Sauerstoff braucht, ist reiner Aberglauben – es ging auch ohne zu atmen ganz gut. Ich klammerte mich an den Messergriff, wie ich mich noch nie im Leben an etwas geklammert hatte.

Ewigkeiten vergingen. Die Marineposten, die ihre Pflichten freizügig auslegten wie alle Marineposten in der ganzen Welt verschwanden nach und nach in einer Hütte. Nach einer Minute erklang das Geräusch eines Primuskochers, der aufgepumpt wird. Der Strauch vor mir bewegte sich wieder, kam aber nicht auf mich zu. Er kroch, parallel zu dem Stacheldraht, zu einem anderen Strauch, der etwa dreißig Meter entfernt stand und sich bei seinem Herannahen bewegte. Die ganze Gegend wimmelte von sich bewegenden Sträuchern. Ich war längst davon abgekommen, noch etwas erreichen zu wollen. Für heute war es vielleicht doch klüger, ins Bett zu gehen und nachzudenken, vorausgesetzt, daß es mir gelang, mein Bett zu erreichen, ohne von Hunden zerrissen oder von Hewells Chinesen erdolcht zu werden.

Es ging auf fünf Uhr morgens, als ich die Ecke der auf der Seeseite hängenden Jalousie hochhob und ins Haus schlüpfte. Mary schlief. Ich wusch mir die Schuhcreme vom Gesicht, war aber zu müde, um den Verband an meinem Arm zu erneuern. Auch zum Nachdenken war ich zu müde. Ich stieg ins Bett und schlief ein.

DONNERSTAG MITTAG BIS FREITAG, 1.30

Als ich erwachte, war es schon Mittag. Nur eine Jalousie war hochgezogen, diejenige auf der Lagunenseite. Es war erstikkend heiß unter dem Strohdach. In meinem linken Arm pochte es furchtbar. Aber ich lebte noch.

Mary saß auf einem Stuhl an meinem Bett. Sie trug weiße Shorts und eine weiße Bluse; ihre Augen waren klar und ausgeruht, die Farbe war in ihre Wangen zurückgekehrt, und je länger ich sie ansah, desto elender fühlte ich mich selbst. Ich sagte: »Du siehst großartig aus. Wie fühlst du dich?«

»Gesund wie ein Pudel. Keine Spur von Fieber mehr. Tut mir leid, daß ich dich geweckt habe, aber in einer halben Stunde gibt es Mittagessen. Der Professor hat dir diese Krücken anfertigen lassen, falls du hinüberhumpeln möchtest. Du kannst aber auch hier essen. Sicher hast du Hunger, aber ich wollte dich nicht wegen des Frühstücks wecken.«

»Ich bin erst gegen fünf zurückgekommen.«

»Ach?« sagte sie nur. »Wie fühlst du dich?«

»Schauerlich.«

»So siehst du auch aus. Kannst eben nichts vertragen.«

»Mit mir ist nichts los. Was hast du den ganzen Vormittag getrieben?«

»Ich habe mir vom Herrn Professor den Hof machen lassen. Morgens waren wir schwimmen, und nach dem Frühstück nahm er mich mit ins Bergwerk.«

»Wo ist dein Verehrer jetzt?«

»Er sucht nach einem Hund. Sie können ihn nirgends finden. Der Professor ist außer sich. Scheint sein Lieblingshund gewesen zu sein, er hing sehr an ihm.«

»Ich bin dem Liebling begegnet, und er hing sehr an mir. Die Sorte, die schwer loszuwerden ist.« Ich schlug die Decke zurück und wickelte die blutgetränkten Lappen ab.

»Mein Gott!« Ihre Augen weiteten sich, und die gesunde Farbe wich aus ihren Wangen. »Das – das sieht ja greulich aus.«

Ich untersuchte meinen Arm mit einer Art von trübseligem

Stolz und fand, daß sie nicht im mindesten übertrieben hatte. Von der Schulter bis zum Ellbogen war er blauviolett bis schwarz verfärbt und zu doppelter Dicke angeschwollen. In dem Fleisch klafften fünf tiefe, dreikantige Risse, und aus einigen sickerte noch das Blut.

»Was ist mit dem Hund?« flüsterte sie.

»Ich habe ihn getötet.« Ich griff unter das Kissen und brachte das blutbefleckte Messer zum Vorschein. »Hiermit.«

»Wo hast du das her?«

Ich berichtete schnell und leise, während sie meinen Arm wusch und neu verband. Die Beschäftigung lag ihr nicht, aber sie machte ihre Sache gut. Als ich geendet hatte, sagte sie: »Was befindet sich nun auf der anderen Inselseite?«

»Ich weiß es nicht«, sagte ich wahrheitsgemäß. »Aber ich komme langsam auf verschiedene Vermutungen, und mir gefällt keine davon.«

Sie schwieg dazu, machte den Verband fest und half mir in ein Hemd mit langen Ärmeln. Dann erneuerte sie auch noch den Schienenverband an meinem rechten Knöchel, trat an den Schrank und kam mit ihrer Handtasche wieder.

Ehe ich wußte, wie mir geschah, hatte sie mir irgendeine Creme ins Gesicht geschmiert und Puder darüber gestäubt. Befriedigt betrachtete sie ihr Werk.

»Du siehst einfach süß aus«, murmelte sie und reichte mir ihren Taschenspiegel.

Ich sah jämmerlich aus. Jeder Versicherungsagent hätte mich nach dem ersten Blick als hoffnungslos abgetan. Die Erschöpfung und die blutunterlaufenen Augen mit den blauen Schatten darunter waren mein eigener Beitrag. Aber die geisterhafte und höchst überzeugende Blässe meines übrigen Gesichts ging allein auf Marys Konto.

»Großartig«, sagte ich anerkennend. »Und was geschieht, wenn der Professor den Gesichtspuder riecht?«

Sie zog einen winzigen Parfümzerstäuber aus ihrer Tasche. »Wenn ich mir ein paar Gramm Night of Mystery verabreicht habe, wird er auf zwanzig Meter im Umkreis nichts anderes mehr riechen.«

Ich zog die Nase kraus. Night of Mystery war allerdings von beträchtlicher Durchschlagskraft, zumindest in der Quantität, die Mary verspritzte. »Und was passiert, wenn ich zu schwitzen anfange? Gibt das keine Streifen auf der Haut?«

»Garantiert nicht.« Sie lächelte. »Andernfalls verklagen wir den Fabrikanten.«

Ich sagte: »Meinst du nicht, daß die halbe Stunde jetzt um ist?«

Sie nickte. »Ja, gehen wir.«

Als ich mich die Stufen hinuntergequält und die ersten sechs Schritte in der Sonne hinter mir hatte, war mir klar, daß Marys Bemühungen mit Creme und Puder ziemlich überflüssig gewesen waren. So, wie ich mich fühlte, hätte nichts mehr mein Aussehen verschlimmern können. Nur ein Bein in Funktion, das andere geschient über dem Boden baumelnd, war ich gezwungen, mein Gewicht auf die Krücken zu verlagern. Und jedesmal, wenn die linke Krücke auf dem harten Erdboden aufstieß, fuhr mir ein messerscharfer Schmerz durch den Arm, von den Fingerspitzen bis zur Schulter und dann den Hinterkopf hinauf.

Witherspoons strahlendes Willkommenslächeln verwandelte sich in Kummer, als er mein Gesicht erblickte.

»Sie hätten das Bett gar nicht verlassen dürfen«, schalt er. »Töricht, sehr töricht. Wir hätten Ihnen das Mittagessen doch hinübergeschickt. Ich fühle mich ganz schuldig.«

»Sie können doch nichts dafür«, beruhigte ich ihn. Er half mir die Stufen hinauf, und ich nahm mit Verwunderung wahr, daß sein Haus hin- und herschwankte. »Sie konnten doch nicht wissen, daß der Fußboden nachgeben würde.«

»Aber ich wußte es doch. Das ärgert mich ja so.« Er komplimentierte mich in einen Sessel. »Sie sehen wirklich krank aus. Ein Brandy gefällig?«

»Ich wüßte nicht, was ich lieber hätte«, sagte ich ehrlich.

Er wartete, bis ich mein Glas ausgetrunken hatte und sagte dann: »Meinen Sie nicht, ich sollte mir Ihren Knöchel noch einmal ansehen?«

»Danke vielmals«, sagte ich leichthin. »Meine Frau hat mir heute morgen einen neuen Verband angelegt. Ich war so klug, eine diplomierte Krankenschwester zu heiraten. Ich höre übrigens, daß Sie selbst Unannehmlichkeiten hatten. Haben Sie Ihren Hund gefunden?«

Er schüttelte sorgenvoll den Kopf. »Ich fürchte, ihm ist ein Unglück zugestoßen.«

»Ein Unglück?« Mary starrte ihn aus aufgerissenen Augen an. »Auf dieser kleinen, friedlichen Insel?«

»Leider gibt es Schlangen. Äußerst giftige Vipern. Auf der Südseite wimmelt es geradezu davon. Sie hausen in den Felsen unten am Berg. Carlo – mein Hund – wurde vielleicht von einer gebissen. Gehen Sie auf keinen Fall dorthin. Äußerst gefährlich.«

»Vipern!« Mary schüttelte sich. »Kommen sie – kommen sie in die Nähe der Häuser?«

»Nein.« Der Professor tätschelte ihre Hand in zerstreuter Zärtlichkeit. »Nur keine Sorge, meine Beste. Die Schlangen können den Phosphatstaub nicht ausstehen. Achten Sie nur darauf, hier auf dieser Inselseite zu bleiben.«

»Das werde ich bestimmt tun«, stimmte Mary zu. »Aber sagen Sie, Professor, wenn die Vipern Ihren Hund erwischt hätten, würden Sie nicht seinen Kadaver gefunden haben?«

»Nicht wenn er zwischen den Felsbrocken am Fuß des Berges liegt. Sehr unübersichtliches Gelände. Aber er kann natürlich noch wiederkommen.«

»Vielleicht ist er auch baden gegangen«, warf ich ein.

»Baden?« Der Professor runzelte die Stirn.

»Ging er gern ins Wasser?«

»Ja, in der Tat. Ich glaube, Sie haben es getroffen. In der Lagune wimmelt es von Tigerhaien. Manche sind wahre Ungeheuer, bis zu fünf Meter lang. Und nachts kommen sie nahe an die Küste, das weiß ich. Was für ein Ende für einen Hund.« Witherspoon schüttelte traurig den Kopf und räusperte sich. »Ich werde ihn vermissen. Er war mir ein treuer und zärtlicher Freund.«

Ein paar Minuten lang saßen wir alle in schweigender Trauer. Dann machten wir uns ans Mittagessen.

Es war noch hell, aber die Sonne war schon hinter dem Berg verschwunden, als ich erwachte. Ich fühlte mich frisch und ausgeruht, der Arm war noch steif und wund, aber ohne das stechende Pochen vom Morgen.

Mary war noch nicht zurück. Sie war nach Tisch mit Witherspoon angeln gegangen, während ich mich wieder ins Bett gelegt hatte.

Als sie zurückkamen, hatte ich mich schon gewaschen, rasiert und mir allgemein ein etwas respektableres Aussehen gegeben. Die Fische, hinter denen sie hergewesen waren, hatten anscheinend nicht angebissen, aber das schien sie nicht weiter zu verdrießen. Der Professor war abends bei Tisch in großer Form, ein charmanter, aufmerksamer Gastgeber, voll Mühe, uns zu unterhalten, und es bedurfte keines außergewöhnlichen Scharfsinns, um zu merken, daß er sich nicht für mich so anstrengte oder für Hewell, der finster und stumm am anderen Tischende saß. Mary lachte und redete fast soviel wie Witherspoon. Sein Charme und seine Laune schienen sie anzustecken; mich dagegen steckten sie überhaupt nicht an. Ich hatte eine gute Stunde lang nachgedacht, bevor ich am Nachmittag eingeschlafen war, und das Nachdenken hatte zu Schlüssen geführt, die mich in schweren Schrecken versetzten. Ich erschrecke nicht allzuleicht, aber ich weiß, wann Erschrecken angebracht ist. Dann nämlich, wenn man die Entdeckung macht, daß man ein Todeskandidat ist. Und ich war ein Todeskandidat.

Nach dem Essen stand ich auf, langte nach meinen Krücken, dankte dem Professor und sagte, wir könnten unmöglich seine Gastfreundschaft länger in Anspruch nehmen. Wir wüßten, daß er ein vielbeschäftigter Mann sei. Er protestierte, aber nicht allzu heftig, und fragte, ob er uns irgendwelche Bücher herüberschicken könne. Ich sagte, das wäre sehr freundlich, aber ich würde gern erst ein paar Schritte am Strand spazierengehen. Er fragte, ob das nicht zu anstrengend für mich wäre. Aber ich beruhigte ihn darüber, er könne sich ja durch einen Blick aus dem Fenster überzeugen, wie wenig ich mich dabei verausgabte, und er schien wiederstrebend damit einverstanden. Wir sagten gute Nacht und gingen.

Es fiel mir schwer, den steilen Weg zum Strand hinunterzukommen, aber danach wurde es besser. Der Sand war trocken und fest, und die Krücken sanken kaum ein. Wir liefen ein paar hundert Meter, immer in Sichtweite von Witherspoons Fenster, bis wir an die Lagune kamen. Dort setzten wir uns nieder. Der Mond kam und ging – wie am Abend zuvor. Ich konnte in der

Ferne die rollende Brandung hören, die sich am Lagunenriff brach, und die schwach in den Palmwipfeln raschelnde Nachtbrise.

Mary berührte zart meinen Arm. »Wie fühlst du dich?«

»Besser. War es nachmittag nett?«

»Nein.«

»Warum warst du dann so animiert? Hast du irgend etwas Nützliches erfahren?«

»Wie konnte ich«, sagte sie angewidert. »Er hat nichts wie Unsinn geredet.«

»Das liegt an Night of Mystery und deinem Kleid«, erläuterte ich liebenswürdig. »Du raubst dem Alten ja den Verstand.«

»Dir scheine ich ihn jedenfalls nicht zu rauben«, sagte sie spitz.

»Nein«, gab ich zu und fügte nach kurzer Pause bitter hinzu: »Du kannst mir nicht rauben, was ich gar nicht besitze.«

»Woher auf einmal die Bescheidenheit?«

»Sieh dir diesen Strand an«, sagte ich. »Ist dir klar, daß – noch ehe wir in London gestartet sind – schon jemand ganz genau gewußt hat, daß wir heute abend hier sitzen würden? Wenn ich hier noch mal rauskomme, spiele ich für den Rest meines Lebens nur noch Murmeln. Für diesen Beruf tauge ich nicht. Ich hatte recht, Fleck war kein Killer.«

»Etwas sprunghaft, deine Logik«, meinte Mary. »Natürlich hätte er uns nicht eigenhändig umgebracht, der liebe Käpt'n Fleck. Er hätte uns nur auf den Kopf getippt und über die Reling fallen lassen. Die schmutzige Arbeit hätten ihm die Haie abgenommen.«

»Erinnerst du dich, wie wir oben an Deck saßen? Weißt du noch, wie ich dir sagte, irgend etwas stimme nicht, ich wüßte nur nicht, was?«

»Ja, ich erinnere mich.«

»Bentall, der Tausendsassa«, sagte ich wütend, »merkt aber auch alles. Der Entlüfter, an dem wir gelauscht haben und dessen Öffnung nach der Funkkabine ging, hätte natürlich nicht nach der Funkkabine, sondern nach draußen gehen müssen. Kein Wunder, daß wir keine frische Luft bekamen.«

»Deshalb brauchst du doch nicht gleich ...«

»Entschuldige. Aber dir ist doch jetzt alles klar, oder nicht?

Fleck wußte, daß sogar ein Vollidiot wie Bentall darauf kommen würde, daß man Stimmen aus der Funkkabine durch den Entlüfter hören konnte. Ich wette, er hatte unten ein Mikrophon versteckt, durch das er feststellen konnte, wann Bentall, der Meisterspion, diese abendfüllende Entdeckung machen würde. Er wußte, daß wir wegen der Kakerlaken nicht in den Kojen schlafen würden. Also schiebt der liebe Henry eine Lattenwand beiseite, damit wir's bequem haben, nach Büchsen und Flaschen zu suchen, nachdem wir das ungenießbare Frühstück stehen lassen mußten. Mich wundert, warum Fleck nicht gleich ein Schild mit der Aufschrift Schwimmgürtel in der dritten Kiste hingehängt hat, aber viel hat wirklich nicht gefehlt. Dann jagt uns Fleck ordentlich Angst ein und läßt uns mehr oder weniger deutlich wissen, daß die Entscheidung, ob wir umgebracht werden sollen oder nicht, um sieben durchkommt. Wir klemmen uns also an den Entlüfter, und als das Stichwort fällt, verschwinden wir per Schwimmgürtel. Würde mich nicht wundern, wenn er die Schrauben des Verschlußbolzens gelokkert hätte, um uns die Sache zu erleichtern; wahrscheinlich hätte ich den Lukendeckel mit dem Finger aufbekommen.«

»Aber – aber wir hätten doch dann immer noch ertrinken können«, sagte Mary langsam. »Wir hätten doch das Riff genausogut verfehlen können.«

»Wie willst du ein zehn Kilometer langes Ziel verfehlen? Fleck wechselte ständig den Kurs, du hattest ganz recht. Er wollte absolut sichergehen, daß wir unmittelbar vor dem Riff ins Wasser hüpften. Er hat sogar die Fahrt gestoppt, damit wir uns beim Überbordgehen ja nicht weh täten. Wahrscheinlich lachte er sich einen Bruch an, als wir auf Katzenpfötchen zum Heck hinschlichen.«

Ein langes Schweigen entstand. Ich zündete zwei Zigaretten an und gab ihr eine. Mary sagte: »Fleck und der Professor – sie müssen also Hand in Hand arbeiten.«

»Gibt es eine andere Möglichkeit?«

»Was wollen sie von uns?«

»Ich bin mir noch nicht ganz klar darüber.« Ich war mir im klaren, das aber konnte ich ihr nicht sagen.

»Aber wozu dieses ganze Theater? Wieso hat Fleck uns dem Professor nicht einfach ausgehändigt?«

»Auch darauf wird es eine Antwort geben. Derjenige, der hinter dieser ganzen Sache steckt, ist ein ganz ausgekochter Bursche. Er tut nichts ohne Grund.«

»Du glaubst, der Professor sei der Mann, der dahintersteckt?«

»Ich weiß nicht, was ich von ihm halten soll. Denk an den Stacheldraht. Die britische Marine ist hier. Vielleicht nur zu einem Kegelausflug, aber ich glaube es nicht. Es geht etwas auf der anderen Inselseite vor, was sehr groß und sehr geheimnisvoll ist. Der Verantwortliche wird kein unnötiges Risiko wagen, man weiß, daß Witherspoon hier forscht. Dieser Zaun hat weiter keine Bedeutung; er soll lediglich verhindern, daß die Arbeiter überall herumspazieren. Man wird Witherspoon unter die Lupe genommen haben, bis zum letzten Schuhnagel. Darauf verstehen sich die Leute von der Abwehr. Und wenn man nichts dagegen hat, daß er sich hier aufhält, muß er in Ordnung sein. Er weiß natürlich, daß die Marine hier sitzt. Der Professor und die britische Kriegsmarine unter einer Decke – was machst du dir für einen Reim darauf?«

»Dann traust du also dem Professor? Wenn du sagst, er sei in Ordnung?«

»Ich sage gar nichts. Ich denke nur laut.«

»Du hast es gesagt«, beharrte sie. »Wenn die Marine ihn akzeptiert, muß er in Ordnung sein. Wenn das der Fall ist, weshalb dann die lebenden Büsche, der dressierte Bluthund, der Stolperdraht? Und schließlich, was hat das alles mit uns zu tun?«

»Ich kann's mir eben nicht erklären. Aber je länger ich darüber nachdenke, desto mehr komme ich zu der Überzeugung, daß ich nur ein kleiner Bauer in diesem Spiel bin. Und Bauern müssen meistens geopfert werden, um eine Schachpartie zu gewinnen.«

»Aber warum? Welchen Grund kann so ein harmloser alter Trottel haben ...«

»Wenn dieser harmlose alte Trottel Professor Witherspoon ist«, unterbrach ich sie heftig, »dann bin ich die Maikönigin.«

»Jetzt reicht es mir aber«, sagte sie. »Du hast selbst behauptet, du hättest ihn auf dem Bildschirm gesehen.«

»Er ist auch keine schlechte Nachahmung«, gab ich zu, »vielleicht heißt er sogar wirklich Witherspoon, aber Archäologieprofessor ist er ganz bestimmt nicht. Er ist der einzige Mensch, dem ich begegnet bin, der noch weniger von Archäologie versteht als ich. Und dazu gehört schon was, glaube mir.«

»Aber er weiß doch so viel ...«

»Er weiß überhaupt nichts. Er hat in ein paar Büchern über Archäologie und über Polynesien geblättert, ist aber nie über die ersten hundert Seiten hinausgekommen. Er hat nicht weit genug gelesen, um zu wissen, daß es in dieser Gegend weder Vipern noch Malaria gibt. Darum wollte er auch nicht, daß du seine Bücher liest. Du hättest ja klüger werden können als er. Er erzählte von Holzgeräten, die er in der Lava gefunden haben will. Aber die glühende Lava hätte das Holz zu Asche verbrannt. Und was die Idee betrifft, Archäologie mit Dynamit statt mit Pickel und Schaufel zu betreiben, so wollen wir das lieber nicht weitersagen, sonst fallen die echten Archäologen vor Schreck wie die Kegel um.«

»Aber alle diese Funde ...«

»Vielleicht sind sie echt. Professor Witherspoon ist vielleicht wirklich auf etwas gestoßen, und dann kam der Marine der Gedanke, daß Vardu der ideale Ort für ein Geheimvorhaben sei. Man konnte den Zugang zu der Insel aus völlig harmlosen Gründen verbieten, und das war eine glänzende Tarnung, während die Welt andernfalls vor Argwohn umkommen würde, wenn sie wüßte, was die Marine hier treibt. Was es auch immer sein mag, die Fundstelle kann schon längst ausgeschaltet sein. Vielleicht arbeitet Witherspoon irgendwo im Verborgenen, während ein Doppelgänger für zufällige Besucher paratgehalten wird. Oder aber die Funde sind nur Attrappen. Vielleicht ist hier überhaupt nie etwas gefunden worden. Vielleicht ist das Ganze nur so eine glorreiche Idee, die die Abwehr sich ausgedacht hat. Auch dann würde man Witherspoons Mitarbeit brauchen, aber nicht unbedingt ihn selber in Person. Womit der falsche Professor schon erklärt wäre.«

»Ich verstehe trotzdem nicht, warum man versucht hat, dich kampfunfähig zu machen«, sagte sie zweifelnd.

»Heute nacht werde ich die Antwort wissen. Ich werde sie im Bergwerk finden. Ich gehe jetzt zurück und lege mich für ein paar Stunden hin. Du solltest dem alten Herrn noch ein bißchen

Gesellschaft leisten. Er verschlingt dich ja geradezu mit den Augen. Vielleicht findest du auf deine Art eine ganze Menge mehr heraus als ich auf meine Tour.«

»Was willst du damit sagen?«

»Der alte Mata-Hari-Trick«, sagte ich ungeduldig. »Flüstere ihm süße Nichtigkeiten in den Silberbart. Ehe du bis drei zählen kannst, ist er butterweich. Wer weiß, was für zarte Geheimnisse er zurückflüstert?«

»Ich verstehe«, sagte sie sanft und ging.

Ich stand auf, schob mir die Krücken unter die Achseln und humpelte los. Es war schon ziemlich dunkel, und ohne die Krücken wäre ich dreimal schneller vorangekommen, aber es war dem alten Knaben durchaus zuzutrauen, daß er über einen Nachtfeldstecher verfügte.

Der Damm am Strandende war nur einen Meter hoch, aber für mich noch immer zu steil. Ich löste das Problem, indem ich mich auf die Kante setzte und mich mit den Krücken hochstemmte, aber als ich mich zum Abstieg umdrehte, brachen die Krücken durch den weichen Boden, und ich fiel rückwärts wieder herunter.

Es war eigentlich kein schlimmer Sturz, und ich fluchte nur verhalten. Ich schnappte jedoch nach Luft, um etwas lauter zu fluchen, als ich schnelle, leichte Schritte sich nähern hörte und jemand über den Damm gerutscht kam. Meine Augen erhaschten etwas Weißes, meine Nase einen Hauch Night of Mystery. Mary war zurückgekommen. Sie hatte sich zu mir niedergebeugt und starrte mich an.

»Ich – ich sah dich fallen.« Ihr Stimme war heiser. »Hast du dir weh getan?«

»Ich leide fürchterlich. Vorsicht – mein schlimmer Arm!«

Aber sie sah sich nicht im mindesten vor. Sie küßte mich. Sie küßte mich ohne die geringste Zurückhaltung.

Ich weiß nicht mehr, was wir geflüstert haben, aber es kommt im Augenblick auch nicht darauf an. Allmählich stand sie auf, half mir hinüber auf die andere Seite, und ich humpelte an ihrem Arm zum Haus zurück. Jetzt war ich nicht mehr dafür, daß sie den Professor besuchte.

Kurz nach zehn schlüpfte ich wieder durch die Jalousie ins Freie. Ich hielt die Taschenlampe in der einen, das Messer in der anderen Hand. Diesmal hatte ich die Klinge nicht umwikkelt. Ich hätte mich sehr täuschen müssen, wenn es auf der Insel Vardu nicht noch gefährlichere Feinde als Bluthunde gab.

Der Mond war verdeckt, aber ich wollte nichts riskieren und legte den größten Teil der Strecke bis zum Stollen auf Händen und Knien zurück, was meinem kranken Arm nicht sonderlich guttat. Dafür kam ich heil dort an.

Ich wußte nicht, ob der Professor eine Wache am Eingang postiert hatte. Deshalb lauschte ich eine Viertelstunde, vernahm aber nur das ferne Tosen der Brandung und das nahe meines eigenen Herzens. Kein ahnungsloser Wachtposten konnte eine Viertelstunde lang so still stehen. Ich trat in das Bergwerk ein.

Dank meiner Gummisohlen kam ich geräuschlos auf dem weichen Kalkstein voran. Bald befand ich mich in tiefer Finsternis. Ich tastete mich mit dem Handrücken an der Stollenwand entlang und gab acht, daß das Messer nicht an den nackten Felsen schlug.

Nach einer Minute hatte ich die erste Grotte erreicht. Ich durchquerte sie, indem ich mich an den Schienen entlang zum gegenüberliegenden Stolleneingang hintastete. Ich brauchte fünf Minuten für diese siebzig Meter. Niemand rief, niemand schaltete das Licht ein, niemand sprang mich an. Ich war allein.

Eine halbe Minute später betrat ich die zweite Grotte. Hier waren nach Witherspoons Behauptung die ersten Funde gemacht worden. Es war die Grotte mit den beiden eingestürzten Stollen zur Linken, den geradeaus laufenden Bahnschienen und dem Stollen rechter Hand, in dem wir Hewell und seine Leute bei der Arbeit getroffen hatten. Witherspoon hatte mir zwar zu verstehen gegeben, daß von hier die Explosionen stammten, die mich am ersten Nachmittag aus dem Schlaf geschreckt hatten, aber die Handvoll loses Gestein, das ich hier hatte herumliegen sehen, hätte man auch mit einem Knallfrosch losbekommen. Ich folgte den Schienen quer durch die Grotte bis zum gegenüberliegenden Stollen.

Er führte zu einer dritten und vierten Kammer, von denen keine einen Ausgang nach Norden, aber jede zwei Öffnungen nach Süden hatte. Ich ging geradeaus. Es folgten keine Kammern mehr, es gab nur noch den Stollen, der immer weiterging.

Ich dachte schon, ich würde niemals an sein Ende kommen. Ich mußte jetzt auf den Schwellen gehen, denn er war nur noch halb so breit wie zuvor. Allmählich nahm ich eine leichte Steigung wahr. Ferner fiel mir auf, daß die Luft mindestens zweieinhalb Kilometer vom Eingang entfernt immer noch gut war. Ich fand in dieser Tatsache die Erklärung für das Ansteigen des Stollens: er wurde absichtlich dicht unter dem Berghang entlanggeführt, damit man senkrechte Entlüftungsschächte anbringen konnte. Ich mußte jetzt schon mindestens den halben Weg zur Westseite der Insel zurückgelegt haben, und es war unschwer zu erraten, daß der Stollenboden bald horizontal und dann bergab verlaufen würde.

Das stimmte auch. Der horizontale Abschnitt war nur hundert Meter lang, dann ging es wieder hinunter. Gleich zu Beginn des Abstiegs vermißte meine rechte Hand die Stollenwand. Ich riskierte ein kurzes Aufblitzen der Taschenlampe und sah zu meiner Rechten eine zehn Meter tiefe Ausschachtung, halb gefüllt mit Felsblöcken und Geröll. Im ersten Augenblick dachte ich, dies wäre der Schauplatz der gestrigen Sprengungen. Das lose Gestein war jedoch viel zuviel für einen Arbeitstag. Was hätte es auch für einen Sinn gehabt, plötzlich nach Norden in das Berginnere vorzustoßen. Es war einfach eine Geröllablagestelle. Wahrscheinlich hatte man sie schon längere Zeit ausgehoben, um das aus dem Stollen gesprengte Gestein jederzeit schnell wegräumen zu können.

Keine dreihundert Meter weiter »stieß« ich auf das Stollenende. Ich rieb mir die Beule an meiner Stirn und ließ den feinen Strahl meiner Lampe wieder aufleuchten. Auf dem Boden lagen zwei kleine Kisten. Jede enthielt noch ein paar Sprengsätze mit Zündern. Zweifellos war dies der Ort der gestrigen Sprengungen. Ich leuchtete das Tunnelende an: eine zwei Meter hohe, einen Meter breite kompakte Felswand. Dann sah ich, daß sie nicht ganz kompakt war. Etwa in Augenhöhe war ein runder, unbehauener Stein in ein Loch gerammt. Ich holte den Brocken heraus und spähte hinein. Es reichte ungefähr einen Meter tief in den Felsen, am Ende bis auf fünf Zentimeter verengt. Ganz hinten sah ich einen Stern aufblinken, rot, grün und weiß. Ich rückte den Stein wieder an seinen Platz zurück und machte mich auf den Rückweg. Ich brauchte eine halbe Stunde, um in die erste Kammer zurückzugelangen. Ich untersuchte die beiden Ausgänge nach Süden, aber sie führten nur zu zwei weiteren Sackkammern. Ich ging in die dritte Kammer zurück und untersuchte auch ihre beiden Ausgänge. Und dann durchforschte ich die zweite Kammer.

Von den beiden Stollen, die nach Norden führten, überging ich den, in welchem Hewell gearbeitet hatte. Dort würde ich doch nichts finden. In dem andern fand ich allerdings auch nichts. Ebensowenig würde hinter den Holzbalken zu entdecken sein, mit denen die eingestürzten Stollen abgestützt waren. Ich setzte mich schon wieder in Bewegung, als mir der Gedanke kam, daß ich eigentlich nur deshalb annahm, die beiden Stollen seien eingestürzt, weil Witherspoon es mir erklärt hatte. Und abgesehen davon, daß er nichts von Archäologie verstand, stand nur noch eines über ihn mit Sicherheit fest: die Tatsache nämlich, daß er am laufenden Band log. Was den ersten der beiden verbarrikadierten Stollen anbetraf, hatte er jedoch nicht gelogen. Hinter den schweren, senkrecht stehenden Balken, die den Eingang blockierten, konnte ich den Trümmerhaufen klar erkennen, der vom Boden bis zur eingestürzten Decke reichte. Hatte ich dem Professor Unrecht getan?

Wahrscheinlich nicht: zwei Balken vor dem zweiten Stollen waren lose.

Ich entfernte den ersten mit dem Fingerspitzengefühl eines Taschendiebs. Ein kurzes Aufleuchten der Taschenlampe enthüllte einen Stollen mit glattem, graubraunem Boden, der sich in die Ferne verlor. Ich hob auch den zweiten Balken heraus und schlüpfte durch die Lücke.

Als nächstes mußte ich feststellen, daß sich die Balken von innen her nicht wieder in die alte Lage rücken ließen. Da nichts zu machen war, ließ ich sie stehen und drang in den Stollen ein.

Nach etwa zehn Metern bog er plötzlich nach rechts ab. Ich tastete mich, immer wie zuvor, mit dem Handrücken an der Wand entlang. Plötzlich traf ich auf etwas Kaltes, Metallisches. Ein Schlüssel, der an einem Haken hing. Dahinter fühlte ich die Umrisse einer schmalen, niedrigen Holztür an einem schweren, senkrechten Holzpfosten. Ich nahm den Schlüssel vom Haken, fand das Schlüsselloch, schloß leise auf und öffnete die Tür zentimeterweise. Der scharfe Geruch von Öl und Schwefelsäure schlug mir entgegen. Ich trat rasch durch die Tür, schloß sie hinter mir und knipste die Taschenlampe an.

Ein schnelles Ausleuchten der Höhle zeigte mir, daß sie im Augenblick leer war, daß sich aber jemand drin befunden hatte, und zwar erst kürzlich.

Ich machte ein paar Schritte, stieß meine Zehen heftig an etwas Hartem, schaute zu Boden und erblickte eine große Säurebatterie. Drähte führten von ihr zu einem Wandschalter. Ich drückte auf den Knopf, und die Höhle war von Licht überflutet.

»Überflutet« – verglichen mit dem schwachen Lichtstrahl meiner Taschenlampe. Eine nackte Glühbirne von vielleicht vierzig Watt hing von der Mitte der Decke. Für mich war sie hell genug.

In der Mitte der Grotte standen zwei Stapel gelber Kisten. Ich kannte sie ganz gut. Das letztemal hatte ich diese Kisten mit der Bezeichnung Champion-Zündkerzen im Laderaum von Käpt'n Flecks Schoner gesehen. MG-Munition und Ammonal-Sprengstoff. Vielleicht waren es also in jener Nacht auf dem Riff doch keine Gespenster, sondern höchst natürliche Lichter: Käpt'n Fleck, der seine Fracht auslud.

An der rechten Wand standen zwei Regale mit zwanzig Maschinenpistolen und automatischen Karabinern eines Typs, den ich nicht kannte, gegen die feuchte Höhlenluft dick eingefettet. Neben den Regalen standen drei viereckige Metallkisten, sicherlich die Munition für die Schußwaffen. Ich blickte auf die MPs, Karabiner und Munitionskisten, und zum erstenmal in meinem Leben konnte ich das Gefühl eines Gourmets nachempfinden, der zu einem achtgängigen Dinner Platz nimmt und, als er sich schon die Serviette in den Kragen steckt, erfährt, daß das Lokal an diesem Abend geschlossen sei, denn: nicht eine einzige MP- oder Karabinerpatrone befand sich in den Kisten, sondern schlichtes schwarzes Sprengpulver, eine Blechtrommel mit Schrotpatronen, Zünder verschiedener Art und etwa hundert Meter Zündschnur – lauter Dinge, die Hewell für seine Sprengungen brauchte. Sonst nichts. Mein Traum von einer geladenen Maschinenpistole blieb ein Wunschtraum. Munition ohne ein Gewehr, sie abzuschießen, Schußwaffen ohne passende Munition. Sinnlos, zwecklos.

Ich schaltete das Licht aus und ging. Ich hätte höchstens fünf Minuten gebraucht, um sämtliche Karabiner und Maschinenpistolen unbrauchbar zu machen. Ich sollte mein Leben lang bereuen, daß ich nicht daran gedacht hatte.

Zwanzig Meter weiter kam ich an eine ähnliche Tür in der rechten Stollenwand. Ein Schlüssel war nicht da, aber sie war unverschlossen. Vorsichtig drehte ich den Türknauf und öffnete sie einen Spalt breit. Der Gestank, der herausquoll, war wie ein Schlag ins Gesicht. Meine Nackenhaare sträubten sich. Ich fror plötzlich.

Ich trat ein und schloß die Tür hinter mir. Der Lichtschalter befand sich an der gleichen Stelle wie in der vorigen Kammer. Ich drückte darauf und sah mich in der Höhle um.

Aber dies war keine Höhle. Dies war eine Gruft.

Die Zusammensetzung der Luft, vielleicht die Mischung von Feuchtigkeit und Kalkphosphat, hatte die Leichen fast völlig konserviert. Die dunklen Flecken auf den weißen und khakifarbenen Hemdbrüsten ließen unschwer erkennen, welchen Tod sie gestorben waren.

Sechs von ihnen waren mir völlig unbekannt, Arbeiter, nach Händen und Kleidung zu urteilen. Aber den siebenten erkannte ich sofort. Weißes Haar, weißer Vollbart. Hier lag der richtige Professor Witherspoon; selbst im Tod war seine Ähnlichkeit mit dem Betrüger, der seinen Platz eingenommen hatte, verblüffend. Neben ihm lag ein Riese, ein Mann mit rotem Haar und einem großen roten lenkstangenförmigen Schnurrbart: das mußte Dr. Red Carstairs sein, dessen Bild man mir in einem Magazin gezeigt hatte. Den neunten erkannte ich auf den ersten Blick. Seine Anwesenheit in dieser Höhle bestätigte, daß die Firma, die nach einem zweiten Treibstoffspezialisten inseriert hatte, wirklich einen brauchte. Es war Dr. Charles Fairfield, mein alter Chef vom Forschungsinstitut in Hepworth, einer der acht Wissenschaftler, die nach Australien gelockt worden waren.

Obwohl mir der Schweiß übers Gesicht lief, zitterte ich vor Kälte. Warum war Dr. Fairfield hier? Warum hatte man ihn umgebracht? Fairfield war der letzte, der hinter irgendein Geheimnis gekommen wäre. Brillant auf seinem Forschungsgebiet, war er schwer kurzsichtig und an allem und jedem uninteressiert, was nicht seine Arbeit und seine verzehrende Leidenschaft für Archäologie betraf. Das Verbindende des archäologischen Interesses zwischen Fairfield und Witherspoon lag auf der Hand, ergab hier aber keinen Sinn. Was auch immer hinter dem plötzlichen Verschwinden Fairfields aus England steckte, soviel war sicher, daß es nichts mit seiner Vorliebe für Ausgrabungen zu tun hatte.

Ich fühlte mich wie in einem Eisschrank, aber der Schweiß lief mir in Strömen den Nacken hinab. Während ich ihn abwischte, fing mein Auge das sekundenlange Aufblitzen von etwas Glänzendem an der Höhlenwand ein, von etwas Metallischem, das den Strahl meiner Taschenlampe reflektierte. Ich verharrte völlig bewegungslos. Der Reflex an der Höhlenwand war immer noch da. Ich stand steif wie eine Statue, die Augen fest auf den Lichtfleck gerichtet. Da bewegte er sich.

Mein Herz stand still. Die Medizin mag sagen, was sie will, aber mein Herz stand still. Langsam ließ ich Lampe und Taschentuch sinken, ergriff die Lampe mit der Linken, wie um mit der Rechten mein Taschentuch wegzustecken, packte plötzlich den Messergriff und wirbelte im gleichen Sekundenbruchteil herum.

Es waren ihrer zwei. Zwei Chinesen, die sich getrennt auf mich zubewegten, um mich in die Mitte zu nehmen. Der eine in Kniehosen und Baumwollhemd, der andere in Shorts, beide groß und muskulös, beide barfuß. In beiden Händen hielten sie tödlich aussehende, zweischneidige Wurfmesser.

Es wäre lächerlich, zu bestreiten, daß ich Angst hatte, und ich bestreite es auch nicht. Ich hatte wahnsinnige Angst. Zwei gesunde Männer gegen einen halben Krüppel. Vier gute Waffen gegen eine; zwei ganz bestimmt erfahrene Messerkämpfer gegen einen Mann.

Wie ich mich ihrer erwehrt hatte, vermag ich nicht mehr zu sagen. Ich leuchtete die beiden Gesichter zu meinen Füßen an: die beiden würden mir nie wieder Schwierigkeiten machen. Ich hob mein Messer vom Boden und schloß die Tür hinter mir. Sobald ich draußen war, lehnte ich mich gegen die Stollenwand, ließ die Hände zu beiden Seiten herunterhängen und sog in vollen Zügen die reine, frische Luft ein. Ich fühlte mich hundeelend und schwach, schob es aber auf meinen verletzten Arm und die verpestete Luft in der Grabkammer.

In diesem Augenblick hörte ich den Gesang. Mein erster Gedanke war, daß der Schock meinen Verstand überfordert hätte. Jetzt war es passiert: Bentall war übergeschnappt, total verrückt geworden. Was hätte Oberst Raine gesagt, wenn er gewußt hätte, daß sein verläßlichster Mann durchgedreht hatte?

Wahrscheinlich hätte er sein kleines, unsichtbares Lächeln aufgesetzt und erklärt, daß das Hören von Gesang, selbst in einem stillgelegten Bergwerk noch kein Beweis für Geistesgestörtheit sei. Worauf sein zuverlässiger Agent erwidert hätte: Nein, Gesang allein vielleicht noch nicht; aber einen englischen Frauenchor das schöne Lied God save the King singen zu hören, sei denn doch ein Zeichen von akutem Wahnsinn.

Und genau das hörte ich: englische Frauenstimmen, die God save the King sangen. Keine Grammophonplatte, denn eine der Stimmen sang etwas unrein. Wie in Trance, aber doch mit der größten Behutsamkeit, um jedes Geräusch zu vermeiden, drückte ich mich von der Tür ab und schlich in dem Stollen vor.

Der Klang der Stimmen schwoll merklich an, als der Gang scharf nach links abbog. In etwa zwanzig Meter Entfernung konnte ich einen matten Lichtreflex an der Stollenwand erkennen, dort wo der Gang wieder nach rechts schwenkte. Ich schob den Kopf unendlich vorsichtig um die Ecke.

Sechs bis sieben Meter vor mir war der Weg durch vertikale Eisenstäbe versperrt, in deren Mitte eine Gittertür eingelassen war. Nach drei weiteren Metern folgte ein ebensolches Gitter. Dazwischen hing eine nackte Glühbirne von der Decke herunter und warf ihr grelles Licht auf einen kleinen Tisch, an dem zwei Männer in Overalls sich gegenübersaßen. Zwischen ihnen lag ein Haufen merkwürdig geformter Holzklötzchen; vermutlich ein mir unbekanntes Spiel. Es schien höchste Konzentration zu erfordern, jedenfalls nach den irritierten Blicken zu urteilen, die die Spieler fortgesetzt in Richtung auf den dunklen Raum hinter dem zweiten Gitter sandten. Der Gesang machte keine Anstalten aufzuhören.

Nach einer Weile schlug einer der Männer mit der Faust auf den Tisch, sprang auf, ergriff einen Karabiner, trat an das Gitter und schlug mit dem Kolben gegen die Eisenstangen. Ich verstand nicht, was er brüllte, konnte es aber leicht erraten: er verlangte Ruhe, bekam sie aber nicht. Nach einer kurzen Pause setzte der Gesang von neuem ein, noch lauter und unreiner als zuvor. Der Mann schüttelte verzweifelt den Kopf und kehrte an den Tisch zurück. Die Situation ging über seine Kräfte.

Über meine auch. Als ich daran dachte, welche Chance mein kleines Messer gegen ihre großen Karabiner hatte und daß meine Glücksquote für diese Nacht schon mehr als überzogen war, trat ich den Rückzug an.

Als ich wieder in unserer Hütte ankam, schlief Mary friedlich, und ich weckte sie nicht.

Geistig, körperlich und auch seelisch war ich völlig erschöpft. So erschöpft wie noch nie in meinem Leben. Auf dem Rückweg aus dem Bergwerk war ich zu der Erkenntnis gelangt, daß es überhaupt nur eins zu tun gab: nämlich Witherspoon (den falschen) und Hewell einfach im Schlaf zu töten. Aus der Tatsache, daß der Tunnel bis zur anderen Seite der Insel vorgetrieben war, sowie aus dem Waffenlager im Innern des Berges ging klar hervor, daß ein Generalangriff auf die Marinestation im Süden der Insel unmittelbar bevorstand. Waren Witherspoon und Hewell tot, würden die Chinesen den Plan wahrscheinlich fallenlassen. Und für mich kam es im Augenblick einzig und allein darauf an, den Angriff zu verhindern.

Aber ich hatte Witherspoon und Hewell nicht im Schlaf getötet, aus dem einfachen Grund, weil sie nicht in ihren Betten lagen. Sie hatten beide im Haus des Professors gesessen, gekühltes Bier getrunken, das der Chinesenboy von Zeit zu Zeit hereinbrachte, und sich dabei, über Karten gebeugt, leise unterhalten.

Ich hatte mich vom Fenster des Professors zurückgezogen und war einfach stehengeblieben, stumpf, ohne mich um die Gefahr der Entdeckung zu scheren, bis nach vielleicht fünf Minuten ein paar Zellen in meinem Gehirn wieder zu arbeiten anfingen. Dann war ich schwerfällig bis zum Bergwerk zurückgegangen, hatte einige Längen Zündschnur und ein paar Sprengkapseln aus dem Waffenlager geholt, dann im Generatorenraum so lange herumgestöbert, bis ich einen vollen Benzinkanister fand, und war wieder zurückgekommen.

Jetzt holte ich mir Bleistift und Papier, blendete die Taschenlampe ab und begann, einen Text in Blockschrift niederzuschreiben. Ich brauchte nur drei Minuten dazu, und als ich fertig war, war ich durchaus nicht damit zufrieden, aber es mußte so genügen. Ich trat ans Bett und rüttelte Mary an der Schulter.

Sie erwachte langsam, widerwillig, murmelte etwas mit schläfriger Stimme, dann setzte sie sich plötzlich steil im Bett auf. Ich konnte ihre Schulter blaß in der Dunkelheit schimmern sehen, und ihre Hand, die das zerzauste Haar aus ihrer Stirn strich.

»Johnny?« flüsterte sie. »Was ist los?«

»Laß mich jetzt sprechen. Wir haben wenig Zeit. Verstehst du etwas vom Funken?«

»Funken? Ich habe den üblichen Kurs gemacht. Ich kann morsen, aber nicht sehr schnell.«

»Morsen kann ich allein. Weißt du, welche Wellenlängen Schiffe in Seenot benutzen?«

»Du meinst SOS? Ich bin mir nicht sicher. Niedrige Frequenzen, nicht? Oder lange Wellen?«

»Ist dasselbe. Weißt du nicht mehr, auf welchem Band?«

Sie dachte nach, und ich spürte in der Dunkelheit ihr Kopfschütteln mehr, als ich es sah. »Es tut mir leid, Johnny.«

»Macht nichts. Aber Raines Privatcode kennst du doch?«

»Natürlich.«

»Gut, dann verschlüßle bitte diesen Text.« Ich drückte ihr Papier, Bleistift und Taschenlampe in die Hände. »So schnell du kannst.«

Sie fragte nicht nach dem Zweck, obgleich das Ganze ihr wie purer Irrsinn vorkommen mußte. Sie wölbte nur die Bettdecke über die Taschenlampe und las leise den Text ab.

RIDEX COMBON LONDON STOP GEFANGEN INSEL VARDU CA 150 MEILEN SÜDLICH VITI LEVU STOP ENTDECKTE ERMORDET DR CHARLES FAIRFIELD ARCHAEOLOGEN PROFESSOR WITHERSPOON DR CARSTAIRS SECHS ANDERE STOP BILEX FRAUEN VERMISSTER WISSENSCHAFTLER HIER GEFANGEN STOP URHEBER PLANT FRÜHMORGENS GENERALANGRIFF MARINESTATION WESTSEITE VARDU STOP LAGE ERNST STOP SOFORTIGE LUFTLANDEHILFE UNERLÄSSLICH BENTALL

Der schwache Lichtschimmer erlosch, als sie die Lampe ausknipste. Eine Zeitlang war nur das ferne Murmeln der Brandung am Riff zu hören, und als sie endlich etwas sagte, schwankte ihre Stimme.

»Das hast du alles heute nacht herausgefunden, Johnny?«

»Ja. Sie haben einen Tunnel bis zur anderen Seite der Insel vorgetrieben. Sie besitzen in einer der Höhlen, wo sie ihren Sprengstoff aufbewahren, eine wohlausgerüstete Waffenkammer. Und ich habe Frauenstimmen singen hören.«

»Singen?«

»Ich weiß, es klingt verrückt. Es müssen die Frauen der vermißten Wissenschaftler sein. Beeil dich mit dem Verschlüsseln. Ich muß wieder fort.«

»Wie willst du den Text denn durchgeben?« fragte sie hilflos.

»Mit Witherspoons Sender.«

»Witherspoon... Aber damit weckst du ihn doch auf!«

»Er schläft ja gar nicht. Er unterhält sich mit Hewell. Ich muß ihn ablenken. Erst wollte ich etwa einen Kilometer nach Norden gehen und ein paar Block Ammonal mit Zeitzünder hochgehen lassen, aber das würde nicht ausreichen. Ich zünde lieber die Arbeiterhütte an. Benzin und Zünder habe ich hier.«

»Du bist wahnsinnig.« Ihre Stimme flackerte noch immer, aber wahrscheinlich hatte sie gar nicht so unrecht. »Die Arbeiterhütte ist nur hundert Meter von Witherspoons Haus entfernt. Wenn du deine Ammonalblöcke in größerer Entfernung zündest, gäbe es genug Zeit, um...« Sie brach ab. »Wozu eigentlich diese verrückte Eile? Woher weißt du denn so sicher, daß sie morgen früh schon angreifen wollen?«

»Die Antwort ist immer dieselbe«, sagte ich müde. »Es würde sie zwar fortlocken, wenn ich ein paar Bomben im Norden der Insel hochgehen ließe, aber sehr bald würden sie sich fragen, wo der ganze Feuerzauber herkäme, und schnell herausfinden, daß er nur aus der Waffenkammer stammen kann. Das erste, was sie dort feststellen würden, wäre, daß ihnen zwei chinesische Wachen abhanden gekommen sind, und es würde nicht lange dauern, bis sie sie gefunden hätten. Selbst wenn ich keine Bomben hochgehen lasse, würde ihr Fehlen spätestens bis morgen früh entdeckt werden. Aber dann sind wir nicht mehr hier. Sonst bringen sie uns um. Mich auf jeden Fall.«

»Wieso fehlen zwei Wachen?« fragte Mary zögernd.

»Tot.«

»Hast du sie umgebracht?« flüsterte sie.

»Mehr oder weniger.«

Ich nahm Benzinkanister, Zündschnur und Sprengkapseln. »Mach dich jetzt an die Arbeit.«

Ich ließ mich, den Kanister im Arm, hinter der Jalousie zu Boden gleiten. Im Haus des Professors brannten die Lichter.

Ich schlich bis zur Hinterseite der Arbeiterhütte, wo das tief heruntergezogene Schilfdach nur einen guten Meter über der Erde hing. Langsam und behutsam, um auch das leiseste Glukkern zu vermeiden, begoß ich über die halbe Länge der Hütte einen schmalen Dachstreifen mit Benzin, wickelte eine Lage Zündschnur ab und verband das benzingetränkte Schilfdach mit einer Sprengkapsel. Ich legte die Kapsel auf einen kleinen Stein, schlug mit dem stumpfen Messerende darauf, behielt die Zündschnur lange in der Hand, um durch den geflochtenen Mantel hindurch die plötzliche Erwärmung der glimmenden Pulverseele zu spüren, und machte mich schnell aus dem Staub. Den leeren Benzinkanister ließ ich unter dem Fußboden von Hewells Haus.

Mary saß am Tisch, als ich wiederkam, über sich und Tisch und Lampe hatte sie eine Decke drapiert. Als ich behutsam die Jalousie auf der Seeseite lüftete, ging die Lampe aus. Sie lugte unter der Decke hervor und fragte leise: »Johnny?«

»Bist du fertig?«

»Hier.« Sie reichte mir ein Blatt Papier.

»Danke.« Ich steckte es in die Brusttasche und fuhr fort: »Der Spaß beginnt in etwa vier Minuten. Wenn Hewell und Witherspoon angestiefelt kommen, stehst du mit weitaufgerissenen Augen an der Tür, raffst verängstigt dein Negligé vor der Brust zusammen und stellst die bei solchen Gelegenheiten üblichen idiotischen Fragen. Dann drehst du dich um und sprichst in die Dunkelheit, ich solle ruhig liegen bleiben, ich könnte in meiner Verfassung doch nichts helfen. Dann ziehst du dich schnell an, Hosen, Socken, Strickjacke, alles so dunkel wie möglich; bedecke soviel von dir, wie du kannst, dann bist du für die Haie weniger appetitanregend als im Bikini.«

»Gehen wir schwimmen?« unterbrach sie mich. »Wozu denn?«

»Um unser Leben zu retten. Jeder von uns nimmt zwei Behälter und einen Schwimmgürtel, damit wir schneller vorwärts kommen.«

»Aber dein Arm, Johnny? Und die Haifische?«

»Mein Arm wird mir nicht mehr viel nützen, wenn ich tot bin«, sagte ich dumpf, »und die Haifische sind mir immer noch lieber als Hewell. Noch zwei Minuten. Ich muß gehen.«

Als ich beim Hinterfenster von Witherspoons Haus anlangte, steckten die beiden noch tief in ihrer strategischen Besprechung. Der Professor zeigte auf eine Seekarte, die einen Teil des Stillen Ozeans darzustellen schien, während Hewells granitene Gesichtszüge sich von Zeit zu Zeit zu einem kalten, kleinen Halblächeln verzogen. Sie waren ganz vertieft, aber nicht vertieft genug, um ihr Bier zu vergessen.

Der Chinesenboy war gerade mit frischem Nachschub für die Strategen hereingekommen, als ein leuchtendgelber Blitz das schwarze Fensterrechteck hinter Hewells Kopf erhellte. In wenigen Sekunden war aus dem Gelb ein tiefes Orangerot geworden, als die Flammen fünf bis sieben Meter in die Höhe schossen. Benzin und Binsen ergaben zusammen einen bemerkenswerten Zündstoff.

Tommy und der Professor bemerkten das Feuer im gleichen Augenblick. Für einen Mann, der so viel Bier getrunken hatte, bewies Witherspoon erstaunlich viel Geistesgegenwart. Er warf seinen Stuhl um und startete wie eine Raumrakete. Der Boy und Hewell keuchten hinter ihm her.

Kurz darauf saß ich am Schreibtisch. Ich riß die rechte Schranktür auf, nahm Kopfhörer und Morsetaste vom Haken, stülpte mir den Kopfhörer über und stellte die Morsetaste auf den Tisch. An dem Gerät befanden sich ein Drehknopf und ein Schalter, und es schien mir logisch, daß sie zum Stromeinschalten und zum Senden dienten. Ich drehte an dem einen und knipste den anderen an. In den Ohrmuscheln begann es sofort zu knacken und zu krachen, was bedeutete, daß jedenfalls die Empfangsantenne jetzt eingeschaltet war.

Niedrige Frequenz, hatte Mary gesagt. Ich starrte auf die fünf halbkreisförmigen, unterteilten Skalen, von denen die mittlere schon erleuchtet war, und wußte nicht, wie ich herausfinden sollte, wo die lange und wo die kurze Welle war.

Ob meine Sendung auch in meinem Kopfhörer zu vernehmen war, wußte ich nicht. Ich setzte versuchsweise ein paar Morse-SOS ab, hörte aber nichts. Ich brachte den Schalter am Apparat wieder in die vorige Stellung, drückte die Morsetaste – wieder nichts. Dann entdeckte ich einen Knopf, den ich herauszog, setzte wieder das SOS ab, und diesmal kam es klar im Hörer durch. Offensichtlich konnte ich also entweder gleichzeitig senden und empfangen oder, wenn es mir Spaß machte, nur senden, ohne zu empfangen.

Auf den Einstellskalen standen nur dünne schwarze Striche für die Wellenbänder, aber keine Zahlen, aus denen man entnehmen konnte, welche Bänder es waren. Einem Fachmann hätte das nichts ausgemacht, für mich war es verhängnisvoll. Bei näherem Hinsehen entzifferte ich an den oberen zwei Bändern ein KHz, bei den unteren ein MHz: Kilohertz und Megahertz. Das oberste der fünf Bänder würde also die größte Wellenlänge und demnach die niedrigste Frequenz sein. Auf diese Länge mußte ich gehen. Ich probierte, bis ich den richtigen Knopf fand, und als ich ihn hineindrückte, verschwand das Licht auf der mittleren und erschien auf der obersten Skala.

Ich drehte den Wählknopf so weit nach links wie möglich und begann abzusetzen. Ich gab immer eine Gruppe von drei SOS, wartete eine Sekunde, wiederholte, wartete drei, vier Sekunden, drehte einen Strich nach rechts und begann wieder von vorn. Es war eine stumpfsinnige Beschäftigung, aber das Bier half.

Es vergingen zehn Minuten, während derer ich auf mindestens dreißig verschiedenen Wellenlängen gesendet haben mußte. Nichts, keine Empfangsbestätigung, gar nichts. Ich schielte auf die Wanduhr. Eine Minute vor drei. Wieder ein SOS. Wieder nichts.

Langsam ging ich an die Decke. Ich nahm noch immer den Reflex des roten Feuerscheins an den Wänden wahr, aber wer garantierte mir, daß der Professor abwarten würde, bis das letzte Stück Glut sich in Asche verwandelt hatte? Jede Sekunde konnte er zurückkehren oder irgendeiner der Chinesen, der zufällig an einem Fenster oder der offenen Tür vorbeikam, mich sehen. Aber ich fand, daß das nicht mehr viel ausmachte. Wenn ich meinen Notruf nicht durchbekam, war ich sowieso erledigt.

Der Kopfhörer lärmte schrecklich in meinen Ohren. Ich beugte mich vor, als könne mich das dem fernen Empfänger näher bringen, und hämmerte wieder mein SOS. Wieder brummten die Morsezeichen in meinen Ohren. Ich konnte die einzelnen Buchstaben verstehen, aber nicht die Worte, die sie bildeten. Akita Maru, Akita Maru . . . Ein japanisches Schiff! Ein japanischer Funker! Bentalls sprichwörtliches Glück!

Langsam drehte ich auf der Skala weiter. Ich sendete unablässig weiter und entwarf im Geist eine kleine Ansprache, die ich Oberst Raine halten würde, wenn ich zurückkam – falls ich zurückkam.

Schnelle Morsezeichen flossen aus den Ohrmuscheln. Erst die Empfangsbestätigung, dann US-Fregatte Novair County ... Position ... Name?

Eine US-Fregatte. Vielleicht nur hundert Meilen entfernt. Herrgott, das wäre alles, was ich brauchte. Eine Fregatte. Geschütze, Bewaffnete, alles. Dann ebbte meine Begeisterung etwas ab. Position? Name?

»Hundertfünfzig Meilen südlich Fidschi«, gab ich durch, »Vardu.«

»Länge und Breite?«

»Unbestimmt.«

»Welches Schiff?«

»Kein Schiff. Insel Vardu ...«

»Insel?«

»Ja.«

»Geh zum Teufel, Idiot, und bleib dort. Dies ist eine Notruffrequenz.« Damit endete die Übertragung abrupt.

Ich hätte den Apparat vor Wut in die Lagune schmeißen können, desgleichen den Funker auf der Novair County. Ich sendete wieder auf derselben Wellenlänge, aber der Funker der Novair County saß auf seiner Morsetaste und blieb darauf sitzen, bis ich es aufgab. Ich ging ein Stückchen weiter auf der Skala. Ich hatte etwas außerordentlich Wichtiges dazugelernt: ich war auf der Notruf-Wellenlänge.

Das Feuer brannte weiter, und ich sendete weiter. Nach zwanzig Sekunden hatte ich wieder eine Antwort. S. S. Annandale. Position?

»Australier?« fragte ich an.

»Wiederhole Position!« Der Funker war leicht irritiert, und das war verständlich. Wenn jemand um Hilfe schreit, sollte er sich nicht zuerst um den Stammbaum seines Retters kümmern. Ich zögerte eine Sekunde, ehe ich antwortete. Ich mußte einen starken Eindruck auf den Funker machen, sonst würde ich genauso abserviert werden wie von der US-Marine. Die Notrufwelle ist bei allen Nationen mit Recht sakrosankt.

»Spezialbeauftragter britischer Regierung erbittet sofortige Weitergabe verschlüsselter Meldung via Radio an Admiralität Whitehall London. Äußerst dringend.«

»Sinkt Ihr Schiff?«

Nach kurzem Überlegen: »Ja.« In Anbetracht der Umstände würde das eine Reihe von Mißverständnissen ausschalten. »Sind Sie empfangsbereit?«

Eine lange Pause entstand. Jemand ließ sich eine Menge Zeit, um zu einem Entschluß zu kommen. Dann: »Vorrang?«

»Telegrammanschrift schließt Sondervorrang vor allen anderen Durchgaben nach London ein.«

Das wirkte.

»Geben Sie durch.«

Ich begann. Ich zwang mich, langsam und genau zu morsen. Der rote Widerschein auf den Zimmerwänden verblaßte langsam. Das harte Prasseln der Flammen war zu einem müden Knistern geworden, und ich glaubte Stimmen zu hören. Ich endete mit den Worten: »Bitte sofort weitergeben.«

Eine halbe Minute Pause. Dann: »Kapitän gestattet sofortige Weitergabe. Sind Sie in Gefahr?«

»Schiff nähert sich«, gab ich. Das würde sie zum Schweigen bringen. Plötzlich hatte ich einen Einfall. »Ihre Position?«

»Zweihundert Meilen östlich Newcastle.«

Davon konnte ich mir etwa soviel Hilfe versprechen, als wenn sie in einem Satelliten um die Erde kreisen würden.

Ich hängte Morsetaste und Kopfhörer wieder an ihren Platz, schloß die Schranktüren, ging zum Fenster und schob vorsichtig den Kopf um die Ecke. Wo die Arbeiterhütte gestanden hatte, war jetzt nur noch ein anderthalb Meter hoher, glühender Aschenhaufen. Hewell und der Professor sprachen miteinander, während die Chinesen eimerweise Wasser auf die schwelenden Trümmer gossen. Ich ging durch den Korridor und wandte mich nach rechts zur Küche, in der das Licht noch brannte. Dann blieb ich plötzlich stehen, als wäre ich gegen eine unsichtbare Mauer geprallt.

Was mich so plötzlich gestoppt hatte, war der Anblick eines Haufens leerer Bierbüchsen. Ich hatte im Zimmer die beiden Gläser ausgetrunken und die leeren Gläser einfach stehen lassen. Trotz aller Aufregung würden weder der Professor noch

Hewell vergessen haben, daß die Gläser frisch gefüllt waren. Ich holte zwei neue Büchsen aus der Kiste, öffnete sie, raste in den Wohnraum zurück, füllte die beiden Gläser wieder, schmiß die leeren Büchsen zu den anderen in die Küche und huschte aus dem Haus.

Mary beobachtete die letzten Zuckungen des Feuers. Ich flüsterte ihren Namen, und sie kam mir entgegen.

»Johnny.« Sie schien sich so über meinen Anblick zu freuen, wie sich noch nie jemand darüber gefreut hatte. »Ich bin inzwischen an die hundertmal gestorben!«

»Ist das alles?« Ich legte meinen gesunden Arm um sie und drückte sie an mich. »Ich habe die Meldung durchgekriegt.«

»Wirklich? O Johnny, wie wunderbar!«

»Glück gehabt. Ein aufgeweckter Bursche auf einem Australier. Muß jetzt schon bald in London sein. Und dann passiert was. Was, weiß ich nicht. Wenn irgendwelche britischen, amerikanischen oder französischen Schiffe in der Nähe sind, dann werden sie in ein paar Stunden noch bedeutend näher sein. Oder sie schicken Truppen per Flugboot nach Sydney. Vielleicht. Ich weiß es nicht. Das einzige, was ich weiß, ist, daß sie zu spät kommen . . .«

Sie berührte meine Lippen mit dem Finger. »Es kommt jemand.«

Ich hörte die beiden Stimmen, eine schnell und scharf, die andere wie ein Lastwagen, der im ersten Gang bergauf keuchte. Witherspoon und Hewell. Vielleicht zehn Meter entfernt, vielleicht weniger. Durch die Jalousieritze sah ich die Laterne hin und her schwingen, die einer von den beiden in der Hand hielt. Ich sprang zum Bett, tastete wild nach einer Pyjamajacke, fand eine, schlüpfte hinein, knöpfte sie bis an den Hals zu und tauchte unter meine Decke. Ich landete auf dem Ellbogen meines verletzten Arms, und als ich mich auf die andere Seite stützte und es an die Tür klopfte und die beiden, ohne eine Antwort abzuwarten, hereingestiefelt kamen, fiel es mir gar nicht schwer, bleich und elend auszusehen.

»Sie müssen gütigst entschuldigen, Mrs. Bentall«, sagte der Professor mit einer reizvollen Mischung von Geschmeidigkeit, Besorgtheit und unverdünnter Öligkeit, »wir wollten nur mal nach Ihnen sehen. Furchtbare Geschichte, ganz furchtbar.« Er klopfte Mary väterlich auf die Schulter und brachte die Laterne in meine Nähe, um mich genau zu inspizieren. «Gütiger Himmel, Sie sehen aber gar nicht wohl aus! Geht es Ihnen schlechter?«

»Nachts nehmen die Beschwerden immer etwas zu«, sagte ich tapfer. »Morgen geht's mir wieder besser. Das war ja ein schreckliches Feuer, Professor. Wie ist es denn ausgebrochen?«

»Die verfluchten Schlitzaugen«, knurrte Hewell. »Pfeifenraucher, und immer kochen sie Tee auf ihren kleinen Spirituskochern. Ich habe sie oft genug gewarnt.«

»Und dabei ist es streng verboten«, fiel der Professor aufgebracht ein. »Das wissen die Kerle ganz genau. Nun, wir werden ja nicht mehr lange hierbleiben; inzwischen können sie im Trockenschuppen schlafen. Wir lassen Sie jetzt allein. Können wir noch irgend etwas für Sie tun, meine Liebe?«

Mary sagte: »Nein, danke.«

»Gute Nacht also.« Er tätschelte Marys Schulter noch ein wenig und ging.

Ich wartete, bis Mary meldete, daß die beiden Witherspoons Haus betreten hatten, und sagte dann: »Also Hilfe wird kommen, aber nicht rechtzeitig genug, um unsere Haut zu retten. Jedenfalls nicht, wenn wir hierbleiben. Hast du die Schwimmgürtel parat?«

Mary stieß einen langen, zitternden Seufzer aus und beugte sich über mich. Als ich sie küßte, waren ihre Lippen wie Eis, und sie wandte sich ab und vergrub ihr Gesicht an meinem Hals. So hielt ich sie eine ganze Minute lang, dann lösten wir uns gleichzeitig voneinander und begannen, die Schwimmgürtel anzulegen.

FREITAG, 3.30 BIS 6.00

Der Regen ließ nach, aber die Nacht blieb schwarz. Und die Haifische verschonten uns tatsächlich. Wir kamen wegen meines kranken Arms nur langsam vorwärts, aber vorwärts kamen wir doch, und nach einer Stunde, als wir meiner Berechnung nach schon fast einen Kilometer über die Stacheldrahtzone hinaus sein mußten, schwammen wir langsam auf die südliche Küste zu.

Knapp zweihundert Meter davor bemerkte ich, daß wir die Richtung zu früh geändert hatten, denn die schroffe Klippe erstreckte sich sehr viel weiter nach Süden, als ich angenommen hatte. Es blieb uns nichts übrig, als langsam weiterzuschwimmen und zu hoffen, daß uns der Orientierungssinn in dem wieder einsetzenden Sprühregen nicht verlassen würde.

Das Glück blieb uns treu. Als der Regenschleier sich endlich hob, konnte ich erkennen, daß wir uns nur etwa hundertfünfzig Meter vor dem schmalen Sandstrand befanden, der hier im Süden die Küste bildete.

Endlich fühlte ich Grund und torkelte in hüfthohem Wasser. Ich schwankte und wäre gestürzt, hätte Mary mich nicht am Arm ergriffen; sie war in weitaus besserer Verfassung als ich. Seite an Seite wateten wir langsam an Land und ließen uns schwer auf den Sand fallen.

»Gott sei Dank!« keuchte ich. »Ich dachte, wir schaffen es nie!«

»Sah auch ganz danach aus«, stimmte mir eine schneidige Stimme zu. Wir fuhren herum, wurden aber von dem grellweißen Strahl zweier Scheinwerfer geblendet. »Sie haben sich jedenfalls Zeit gelassen. Machen Sie bitte keinen Versuch ... Guter Gott! Ein weibliches Wesen!«

Ich kam mühsam auf die Beine und sagte: »Sie haben uns schwimmen sehen?«

»Seit zwanzig Minuten«, antwortete er lässig. »Wir haben Radar und Infrarotgeräte, die eine Krabbe erfassen, wenn sie den Kopf aus dem Wasser streckt. Führen Sie Waffen bei sich?«

»Nur ein Messer«, sagte ich todmüde. »Im Augenblick könnte ich keinen Spargel damit abschneiden. Ich schenke es Ihnen, wenn Sie wollen.« Das Licht stach nicht mehr direkt in unsere Augen, und ich konnte die Umrisse von drei Gestalten in Weiß erkennen, zwei von ihnen trugen Gewehre im Arm. »Mein Name ist Bentall. Sie sind Marineoffizier?«

»Anderson. Leutnant zur See Anderson. Wo, zum Teufel, kommen Sie beide her? Und zu welchem Zweck ...«

»Hören Sie«, fiel ich ihm ins Wort, »das alles kann warten. Bitte führen Sie mich sofort zu Ihrem Kommandanten. Es ist äußerst wichtig. Ich bin von der britischen Abwehr, und Miß Hopeman auch. Wie weit ist es bis zu Ihrem Kommandanten?«

Vielleicht war es die Dringlichkeit in meiner Stimme, jedenfalls sagte er nach sekundenlangem Zögern: »Zweieinhalb Kilometer. Aber hier ist ein Radarposten mit Telefon.« Er zeigte in die Richtung des Stacheldrahts. »Wenn es wirklich brennt ...«

»Schicken Sie bitte einen Ihrer Leute hin. Lassen Sie Ihrem Kommandanten melden ... Wie heißt er übrigens?«

»Kapitän Griffiths.«

»Lassen Sie Kapitän Griffiths melden, daß mit allergrößter Wahrscheinlichkeit in Kürze ein Angriff auf Sie versucht werden wird, vielleicht schon in ein bis zwei Stunden«, sagte ich schnell. »Professor Witherspoon, der die Ausgrabungen auf der anderen Inselseite leitet, und seine Assistenten sind ermordet worden und ...«

»Ermordet!« Er trat einen Schritt auf mich zu. »Sagten Sie ermordet?«

»Lassen Sie mich ausreden. Man hat einen Tunnel quer durch die Insel vorgetrieben. Es sind nur noch wenige Meter Kalkstein zu durchstoßen, um auf dieser Seite herauszukommen. Wo, weiß ich nicht, wahrscheinlich zirka dreißig Meter über dem Meeresspiegel. Setzen Sie Horchtrupps ein. Man wird wahrscheinlich nicht sprengen, sondern mit Hacke und Schaufel arbeiten.«

»Guter Gott!«

»Über wieviel Mann verfügen Sie?«

»Achtzehn Zivilisten, alles übrige Marine. Rund fünfzig Mann.« Noch ein sekundenlanges Zögern, dann wandte er sich an einen seiner Begleiter: »Haben Sie alles begriffen, Johnston?«

»Jawohl, Sir. Witherspoon und die anderen tot. Angriff durch Tunnel baldigst zu erwarten. Horchposten.«

»Gut. Ab mit Ihnen.« Johnston verschwand im Eiltempo, und Anderson wandte sich zu mir. »Ich schlage vor, wir gehen jetzt zu Kapitän Griffiths. Sie haben wohl nichts dagegen, wenn Obermaat Allison hinter uns geht. Sie haben unbefugt Militärschutzgebiet betreten, und solange ich keinen schlüssigen Beweis für Ihre Vertrauenswürdigkeit habe, darf ich mich auf nichts einlassen.«

»Solange er sein Gewehr gesichert hat, ist es mir egal«, sagte ich verdrießlich. »Ich bin nicht hergekommen, um mir in den Rücken schießen zu lassen, wenn der Mann über seine eigenen Füße stolpert.«

Wir marschierten im Gänsemarsch los, Anderson mit einer starken Taschenlampe voran, Allison mit der anderen als Nachhut. Mir war schlecht und schwindlig. Die ersten grauen Streifen der Morgendämmerung tasteten sich am östlichen Horizont empor. Nach etwa dreihundert Metern auf einer nur schwach markierten Fährte, die erst durch ein zerzaustes Palmenwäldchen und später durch Gebüsch führte, hörte ich Allison »Sir!« rufen.

Anderson blieb stehen und wandte sich um. »Was ist los?«

»Dieser Mann ist verletzt, Sir. Schwer verletzt, würde ich sagen. Sehen Sie sich seinen linken Arm an.«

Wir betrachteten alle meinen linken Arm, niemand mit größerem Interesse als ich selbst. Trotz meiner Bemühungen, ihn beim Schwimmen zu schonen, schien die Anstrengung die Wunde wieder geöffnet zu haben; meine linke Hand war über und über mit Blut verkrustet.

Anderson verlor keine Zeit mit Beileidsbezeugungen, sondern sagte: »Kann ich den Ärmel aufschneiden?«

»Nur zu«, sagte ich. »Aber geben Sie acht, daß Sie den Arm dranlassen. Ich glaube, er sitzt nicht mehr sehr fest.«

Mit Hilfe von Allisons Messer säbelten sie den Ärmel herunter, und ich sah, wie Allisons gebräuntes, intelligentes Gesicht sich spannte, als er die Wunde betrachtete.

»Ihre Freunde drüben im Phosphatlager?«

»Ja. Sie hatten einen Hund.«

»Die Wunden sind infiziert oder brandig oder beides. Auf jeden Fall sieht es ziemlich böse aus. Zu Ihrem Glück haben wir einen Marinearzt hier. Bitte, halten Sie mal, Miß.« Er gab Mary seine Taschenlampe, zog sein Hemd aus und riß es in breite Streifen, mit denen er meinen Arm fest verband. »Damit wenigstens die Blutung nachläßt. Die Zivilbaracken sind knapp einen Kilometer entfernt. Glauben Sie, Sie schaffen es?« Der reservierte Ton war aus seiner Stimme verschwunden.

»Es geht schon. So schlimm ist es wieder nicht.«

Zehn Minuten später tauchte ein langgestrecktes, niedriges Gebäude mit Wellblechdach aus der grauen Dämmerung auf. Anderson klopfte an eine Tür, trat ein und knipste die Deckenbeleuchtung an.

Es war ein langer, scheunenartiger Bau, dessen erstes Drittel als eine Art Gemeinschaftsraum eingerichtet war, während dahinter ein schmaler Mittelkorridor zwei Reihen kleiner Schlafkabinen trennte, die nach oben zu offen waren.

Anderson ging zu einem kleinen Alkoven, nahm den Hörer von einem Telefon und kurbelte einen Generator an, wie er bei der Marine verwendet wird. Er lauschte ein paar Minuten, dann legte er den Hörer wieder auf.

»Die Leitung ist tot«, sagte er gereizt. »Immer, wenn man sie mal wirklich braucht. Tut mir leid, Allison, Sie müssen laufen. Ich lasse Marinearzt Brookman herbitten, und er möchte seine Instrumententasche gleich mitbringen. Berichten Sie ihm, warum. Und melden Sie dem Kapitän, wir kämen so bald wie möglich.«

Allison verschwand. Ich sah Mary an, die mir gegenübersaß, und gab ihr Lächeln zurück.

Die Tür der vordersten Schlafkoje öffnete sich, und ein langer, hagerer, ziemlich junger Mann mit frühzeitig ergrautem Haar und einer starken Hornbrille trat – nur mit Unterhosen bekleidet – auf den Mittelgang, die Brille halb in die Stirn hinaufgeschoben und sich den Schlaf aus den kurzsichtigen Augen reibend. Sein Blick fiel auf Anderson, er öffnete den Mund, um etwas zu sagen, dann sah er Mary, ließ vor Staunen den Unterkiefer herunterklappen, stieß einen merkwürdigen Laut aus und trat in großer Hast den Rückzug an.

Nicht er allein war erstaunt, und sein Erstaunen war nichts im Vergleich zu meinem. Ich stand langsam auf, stützte mich auf die Tischplatte und starrte ihm nach mit offenem Mund, als hätte ich einen Geist gesehen. Ich starrte immer noch, als er ein paar Sekunden später, in einen Morgenrock gehüllt, wiederkam, und diesmal fiel sein Blick zuallererst auf mich. Er blieb wie angewurzelt stehen, den langen Hals vorgestreckt, und kam dann langsam auf mich zu.

»Johnny Bentall?« Er berührte meine rechte Schulter, vielleicht um festzustellen, ob ich wirklich da war.

Ich hatte mich genügend gefaßt, um sprechen zu können.

»Derselbe. Sie hätte ich hier auch nicht gerade erwartet, Dr. Hargreaves.« Das letztemal hatte ich ihn vor über einem Jahr gesehen. Damals war er der Leiter der Überschallabteilung in Hepworth gewesen.

»Und die junge Dame?« Selbst in den prekärsten Augenblicken war Hargreaves ein Muster an Korrektheit. »Ihre Gattin, Bentall?«

»Dann und wann«, sagte ich. »Mary Hopeman, verflossene Mrs. Bentall. Was machen Sie denn hier?«

»Ihre Schulter«, sagte er erregt. »Ihr Arm. Sie haben sich verletzt!«

»Ein Hund hat mich gebissen«, sagte ich geduldig. »Ich werde Ihnen alles erklären, was Sie wollen, aber schnell erst ein, zwei andere Dinge. Es ist wichtig. Arbeiten Sie hier, Dr. Hargreaves?«

»Selbstverständlich.« Er beantwortete die Frage, als empfände er sie als ziemlich schwachsinnig, was sie von seinem Standpunkt wohl auch war.

»Und als was?«

»Wie bitte?« Er sah mich durch seine dicken Gläser zögernd an. »Ich verstehe nicht recht . . .«

»Mr. Bentall behauptet, von der Abwehr zu sein«, schaltete sich Anderson leise ein.

»Abwehr?« Heute hielt es Dr. Hargreaves mit dem Wiederholen. Er blinzelte mich mißtrauisch an. »Sie müssen schon entschuldigen, Bentall, aber ich bin etwas verwirrt. Was ist denn aus dem Maschinen-Im-&-Exportladen geworden, den Sie vor etwa einem Jahr von Ihrem Onkel geerbt haben?«

»Nichts. Hat natürlich niemals existiert. Irgendwie mußten wir meinen Absprung doch tarnen. Ich plaudere Staatsgeheimnisse aus, aber es kann wohl nichts schaden, wenn ich Ihnen sage, daß ich einer Abteilung des Geheimdienstes zugeteilt wurde, um dem Verrat von Geheimformeln fester Treibstoffe nachzugehen, an denen wir damals arbeiteten.«

»Hm.« Er dachte eine Weile nach, dann entschloß auch er sich, die Karten auf den Tisch zu legen. »Feste Treibstoffe, soso. Deshalb sind wir nämlich hier. Praktische Tests. Streng geheim und so weiter. Na, Sie wissen ja.«

»Ein neuer Raketentyp?«

»Genau das.«

»Natürlich. Man braucht ja nicht nach Niemandsland ans andere Ende der Welt zu fahren, wenn es sich nicht um Sprengstoffe oder um Raketen handelt.«

Inzwischen hatten sich auch die anderen Kojen geöffnet, und verschlafene Männer, mehr oder weniger bekleidet, lugten heraus, um zu sehen, was los sei. Anderson sprach leise auf sie ein, klopfte an ein paar weitere Türen und lächelte mich entschuldigend an.

»Es ist vielleicht besser, wenn alle versammelt sind, Mr. Bentall. Wenn Ihre Angaben stimmen, ist es sowieso höchste Zeit zum Wecken.«

»Danke.« Ich schloß die Hand um ein großes Glas Whisky, das geheimnisvoll aus dem Nichts gekommen war. Zwei, drei zögernde Schlückchen, und der Schmerz in meinem Arm begann nachzulassen.

»Also los, Bentall«, sagte Hargreaves. »Wir warten.«

Ich blickte auf. Sie warteten. Sieben an der Zahl, außer Anderson. Und der tote Dr. Fairfield war der fehlende achte.

»Pardon«, sagte ich. »Ich will mich kurz fassen. Aber noch eins. Kann einer von Ihnen ein Kleidungsstück entbehren? Miß Hopeman hat gerade eine fiebrige Erkältung hinter sich, und ich fürchte ...«

Das verschaffte mir noch eine kurze Atempause und Zeit genug, um mein Glas auszutrinken und es von Anderson nachfüllen zu lassen. Um Marys Versorgung war ein scharfer Wettkampf entbrannt. Nachdem sie mir einen dankbaren und ziemlich müden Blick zugeworfen hatte und in einer der Kojen verschwunden war, erzählte ich meine Geschichte in zwei Minuten, knapp, haargenau und ohne etwas auszulassen, außer der Tatsache, daß ich in dem verlassenen Bergwerk Frauen singen hörte. Als ich geendet hatte, blickte mir einer der Wissenschaftler, ein pausbäckiger alter Vogel, der wie ein Metzgermeister aussah und, wie ich später erfuhr, der führende Fachmann für Trägheits- und Infrarotlenksysteme war, kalt ins Gesicht und stieß hervor: »Phantastisch, absolut phantastisch. Unmittelbare Angriffsgefahr. Glaube kein Wort davon.«

»Was ist dann Dr. Fairfield Ihrer Meinung nach zugestoßen?«

»Meiner Meinung nach?« fauchte er. »Brauche gar keine Meinung. Fairfield hat Witherspoon regelmäßig besucht, waren alte Freunde, fuhren zum Fischen hinaus und . . .«

»Und da ist er über Bord gefallen, und die Haie haben ihn gefressen. Je intelligenter das Köpfchen, desto leichter fliegt es auf jede plumpe Lüge herein.« Ich mußte jetzt deutlich werden. »Ich kann den Beweis erbringen, aber leider nur durch schlechte Nachrichten. Ihre Frauen werden in dem Bergwerk gefangengehalten.«

»Sind Sie verrückt geworden, Bentall?« Hargreaves starrte mich mit offenem Mund durch seine dicken Linsen an.

»Leider nein. Wahrscheinlich glauben Sie, Gentlemen, daß Ihre Frauen noch in Sydney oder Melbourne oder sonst irgendwo sind. Ohne Zweifel schreiben sie Ihnen regelmäßig. Ohne Zweifel bekommen sie regelmäßig Antwort. Oder irre ich mich?«

Niemand behauptete das.

»Wenn also Ihre Frauen von verschiedenen Orten aus schreiben, sollte man annehmen dürfen, daß sie unterschiedliches Schreibmaterial benützen und daß die einzelnen Poststempel unterschiedliche Druckfarben aufweisen. Ich schlage vor, ihre Briefe und Umschläge einmal zu vergleichen. Oder«, – ich blickte zu dem Pausbäckigen hinüber – »haben Sie Angst, die Wahrheit zu erfahren?«

Fünf Minuten später wußten sie die Wahrheit. Für sieben Briefumschläge waren drei verschiedene Papiersorten verwendet worden, genug, um der eingehenden Post ein unverdächtiges Aussehen zu geben. Die Stempel auf den Umschlägen waren sämtlich von der gleichen Farbe. Nur zwei Schreibwerkzeuge, ein Füllfederhalter und ein Kugelschreiber, waren für sieben Briefe benutzt worden. Und schließlich der endgültige Beweis: alle Briefe – außer einem – standen auf demselben Briefpapier.

Als ich mit der Inspektion fertig war und den Besitzern ihre Briefe wiedergegeben hatte, warfen sie sich beklommene Blicke zu. Sie glaubten mir jetzt.

»Ich fand den Ton in den letzten Briefen meiner Frau ein wenig sonderbar«, sagte Hargreaves langsam. »Sie hatte sonst immer viel Humor und machte sich gern über Gelehrte lustig, und jetzt . . .«

»Mir ging es genauso«, murmelte ein anderer. »Aber ich erklärte es mir damit . . .«

»Erklären Sie sich's mit Zwang«, sagte ich brutal. »Es ist nicht leicht, witzig zu schreiben, wenn einem eine Pistole an den Kopf gehalten wird. Ich kann Ihnen nicht verraten, wie die Briefe in Ihre übrige Post hineinpraktiziert wurden, aber für einen so brillanten Kopf wie Witherspoons Mörder kann das nicht besonders schwierig gewesen sein.«

»Und – was bedeutet das alles?« Hargreaves Hände ballten und öffneten sich nervös. »Was werden sie mit unseren Frauen anfangen?«

»Lassen Sie mich eine Minute nachdenken«, sagte ich matt. »Für mich war es derselbe Schreck, Sie hier vorzufinden, wie für Sie, zu hören, wo Ihre Frauen sind. Ich glaube, im Augenblick sind Sie in Sicherheit und die Raketenanlagen auch, aber Ihre Frauen schweben wahrscheinlich in Lebensgefahr. Man muß den Tatsachen ins Auge sehen. Die Männer, mit denen wir es zu tun haben, kennen keinerlei Menschlichkeit. Ein falscher Schritt von Ihrer Seite, und Sie sehen sie vielleicht nie mehr wieder. Lassen Sie mich bitte nachdenken.«

Ich hatte darauf verzichtet, zu fragen, ob die sieben Herren über die Annoncen im Daily Telegraph orientiert waren. Sie mußten es sein. Da die absolute Geheimhaltung des Vorhabens von entscheidender Wichtigkeit war, hätte es sich die Regierung nicht leisten können, acht der führenden Wissenschaftler Großbritanniens ohne Erklärung auf einen Schlag verschwinden zu lassen. Jeder einzelne war schon lange vor Erscheinen der Inserate ausgewählt worden, und die Inserate dienten nur dem Zweck, ihre Abreise auf einleuchtende Weise zu begründen. Und da diese Wissenschaftler England angeblich für immer verließen, war es nötig, daß ihre Frauen mitfuhren. Sonst war die Täuschung nicht vollkommen. Denn wenn es darum geht, für immer in der Fremde zu leben, vergißt der zerstreute Professor nicht, seine Ehehälfte mitzunehmen.

Da es sich um ein Regierungsprojekt handelte, war ferner klar, daß Raine genau darüber Bescheid wußte, wahrscheinlich war er es sogar, der alles hinter den Kulissen arrangiert hatte. Ich mußte daran denken, wie willig ich das Märchen des Herrn Oberst mit Haut und Haaren geschluckt hatte, und ich verfluchte ihn für seine Hinterhältigkeit.

Raine konnte nicht anders handeln. Irgendwie – seine Gewährsmänner saßen in jedem Winkel der Welt – mußte er herausgefunden haben, daß man die Frauen der Wissenschaftler verschleppt hatte und vermutlich als Geiseln gefangenhielt, um später ihre Männer erpressen zu können. Aber er hätte sich nicht träumen lassen, daß sie auf Vardu waren; denn er selbst hatte höchstwahrscheinlich zusammen mit dem nun ermordeten Witherspoon den Plan ausgeheckt, Vardu wegen der archäologischen Funde zum Sperrgebiet zu erklären. Ob die Funde echt waren oder nicht, spielte keine Rolle. Auch Witherspoons Assistenten hatte man sicher vorher gründlich unter die Lupe genommen, wie sollte Raine also annehmen ... Nein, Vardu war bestimmt der letzte Ort, wo er nach den verschollenen Frauen gesucht hätte. Er hatte einfach keine Ahnung, wo sie steckten.

So hatte er mir also den Bären aufgebunden, ich würde ausgeschickt, um die verschwundenen Wissenschaftler zu suchen. In Wirklichkeit aber sollte Mary deren verschwundene Frauen aufspüren. Das war nur möglich, wenn sie, genau wie jene – und aus den gleichen Gründen – entführt würde. Im übrigen war nur zu hoffen, daß wir beide uns der Situation gewachsen zeigen würden. Ich fragte mich jetzt, wieviel von alledem Mary wohl wußte.

In diesem Augenblick trat sie in Erscheinung. Sie hatte sich das Haar getrocknet und gekämmt und Flanellhosen und ein Polohemd übergestreift, die offensichtlich nicht nach ihren

Maßen gearbeitet waren. Sie lächelte mir zu, und ich lächelte zurück, aber ziemlich mechanisch. Je mehr ich darüber nachdachte, desto stärker wurde mein Verdacht, daß Oberst Raine sie über seine Pläne genau informiert hatte. Vielleicht betrachtete Raine mich nur als einen Amateur, der Glück gehabt hatte, und in unserem Beruf traute man Amateuren nicht. Aber was mich schmerzte, war nicht der Mangel an Vertrauen, sondern der Gedanke, daß Mary, falls meine Mutmaßungen der Wahrheit entsprachen, mich von Anfang an an der Nase herumgeführt hatte. Und wenn sie mich in diesen Dingen beschwindeln konnte, dann war sie auch in manchen andern dazu fähig. Ich fühlte mich müde und schwach, und der Gedanke ätzte wie Säure in meinem Kopf. Sie sah mich an, mit einem Ausdruck, wie ich ihn mir immer auf dem Gesicht eines Wesens wie Mary erträumt hatte. Ich wußte plötzlich, es war ausgeschlossen, daß sie mich anlog.

Ich wollte ihr gerade mit ein paar raffinierten Fragen auf den Zahn fühlen, als Dr. Hargreaves mit den anderen Wissenschaftlern auf mich zukam. Sie waren jetzt angekleidet, und die Angst stand ihnen deutlich sichtbar im Gesicht geschrieben.

»Wir haben die Sache besprochen; wir zweifeln nicht mehr daran, daß sich unsere Frauen in großer Gefahr befinden«, begann Hargreaves ohne Vorrede. »Ihr Schicksal ist im Moment unsere einzige Sorge. Haben Sie einen Vorschlag, was wir unternehmen sollen?«

»Verdammt noch mal, Mann!« Der alte Metzgermeister hatte wieder Farbe im Gesicht. »Was sollen wir schon unternehmen? Wir befreien sie natürlich!«

»Natürlich«, stimmte ich bei. »Wir befreien sie einfach. Und wie stellen Sie sich das vor?«

»Nun . . .«

»Glauben Sie mir, Sie haben keine blasse Ahnung. Ich will es Ihnen erklären. Wir haben drei Möglichkeiten: Wenn die Chinesen den Tunnel durchbrochen haben, schlüpfen wir schnell hinein, rennen zum anderen Ende und befreien die Damen. Inzwischen haben Hewells Killer mit Ihren Matrosen kurzen Prozeß gemacht und nehmen uns in Empfang, wenn wir zurückkommen. Oder wir blockieren den Tunnelausgang, dann werden sie den Damen die Pistole an die Stirn halten und uns so oder so zur Aufgabe zwingen. Es gibt eine dritte Möglichkeit, die einzig durchführbare. Sobald der Tunneldurchbruch erfolgt, fahren drei oder vier von uns, mit Vorschlaghämmern und Brecheisen bewaffnet, im Boot auf die andere Inselseite und befreien Ihre Frauen, ehe Witherspoon und Hewell auf den Gedanken kommen, sie als Geiseln zu benutzen. In einem schnellen Motorboot sollten wir in fünfzehn Minuten dort sein.«

»Das wird leider nicht möglich sein«, sagte Anderson kleinlaut. »Wir haben nämlich keine Boote.«

»Sagen Sie das bitte noch mal.«

»Nicht einmal ein Ruderboot. Tut mir leid.«

»Hören Sie«, sagte ich, mühsam beherrscht, »mir ist bekannt, daß bei der Marine gewisse Einsparungen stattgefunden haben. Aber können Sie mir erklären, wie eine Flotte funktionieren soll, die keine ...«

»Wir hatten Boote«, unterbrach Anderson. »Vier Stück. Gehörten zum Leichten Kreuzer Wales, der während der letzten drei Monate fast ständig in der Lagune lag. Vorgestern ist er abgedampft, mit Konteradmiral Harrison an Bord, dem hiesigen Oberbefehlshaber, und Dr. Davies, dem die Oberaufsicht über die Entwicklung der Schwarzen Hornisse übertragen war.«

»Schwarze Hornisse?«

»So heißt die Rakete. Sie war noch nicht ganz startklar, aber wir erhielten vor achtundvierzig Stunden einen dringenden Funkspruch aus London, daß die Arbeiten sofort abzuschließen seien. Die Wales erhielt Marschbefehl Richtung Zielgebiet – rund tausend Meilen südlich von hier. Das ist auch der Grund, warum die Insel ausgewählt wurde: offenes Meer nach Südost, falls etwas mit der Rakete schiefgeht.«

»Wunderbar«, sagte ich. »Ein Funkspruch aus dem fernen London. Und ich wette, er war korrekt verschlüsselt: mit den Geheimerkennungsziffern an den richtigen Stellen und den korrekten Funkanschriften. Da kann man Ihrem Nachrichten- und Dechiffrierpersonal natürlich keinen Vorwurf machen, daß es darauf hereingefallen ist.«

»Ich verstehe nicht recht ...«

»Zu welchem Zweck sollte die Wales ablegen, wenn die Rakete noch gar nicht startklar war?« fiel ich ihm ins Wort.

»Es fehlte wohl nicht mehr viel«, meldete Hargreaves. »Dr. Fairfield war mit seinem Teil der Arbeit schon fertig, ehe er verschwand. Es mußte nur noch ein Spezialist für feste Treibstoffe die Rakete fertig verdrahten und scharfmachen. Der Funkspruch mit dem Marschbefehl enthielt die Nachricht, daß heute ein Fachmann für feste Treibstoffe hier eintreffen würde.«

Ich verzichtete darauf, mich vorzustellen. Der Funkspruch mußte wenige Stunden, nachdem Witherspoon erfahren hatte, daß ein gewisser Bentall eine feuchte und unbequeme Nacht auf dem Riff in der Lagune verbrachte, abgegangen sein. Daß dieser Mann ein Verbrecher war, war keine Frage. Aber ebensowenig war es eine Frage, daß er ein genialer Verbrecher war. Ich war kein Verbrecher und noch weniger ein Genie. Ich fühlte mich, wie David sich gefühlt hätte, wenn er Goliath begegnet wäre und gemerkt hätte, daß er seine Schleuder zu Hause gelassen hatte. Mir kam langsam zum Bewußtsein, daß Anderson und der Pausbäckige, den er mit »Farley« anredete, sich unterhielten. Plötzlich hörte ich ein paar Worte, die mich hellwach machten.

»Ließ nicht eben jemand den Namen ‚Käpt'n Fleck' fallen?« fragte ich vorsichtshalber.

»Ja«, sagte Anderson. »Fleck. Der Mann fährt einen Schoner und bringt uns regelmäßig Vorräte und unsere Post von Kandavu herüber. Wir erwarten ihn heute nachmittag.«

Hätte ich noch gesessen, so wäre ich wahrscheinlich vom Stuhl gefallen. »Vorräte und Ihre Post bringt er herüber?«

»Allerdings.« Farleys Stimme klang ungeduldig. »Australier. Händler, hauptsächlich in Heeresgut. Wir haben ihn gechartert. Natürlich vorher gründlich überprüft, absolut zuverlässiger Mann.«

Ich sah Fleck geradezu, wie er eifrig Post vom einen Ende der Insel zum anderen und dann wieder zurück transportierte. »Weiß er, was hier vor sich geht?«

»Natürlich nicht«, sagte Anderson. »An den Raketen – es sind zwei – wird nur in verschlossenem Raum gearbeitet.«

»Ich glaube, Anderson, wir suchen jetzt am besten Ihren Kapitän Griffiths auf. Wir haben nicht mehr viel Zeit.«

Ich wandte mich zur Tür, als es draußen klopfte. Anderson

sagte »Herein«, und die Tür ging auf. Obermaat Allison stand da und blinzelte in das helle Licht.

»Der Marinearzt ist hier, Sir.«

»Kommen Sie herein, Dr. Brookman, wir . . .« Anderson brach ab und sagte scharf: »Wo haben Sie Ihr Gewehr, Allison?«

Allison stöhnte vor Schmerz auf, als ihn etwas mit furchtbarer Kraft in den Rücken traf, sodaß er in den Raum hineinstolperte und gegen Farley prallte. Beide torkelten gegen die Kojenwand, als Hewells massive Gestalt im Türrahmen auftauchte – gewaltig wie der Everest, das grimmige Granitgesicht regungslos, die schwarzen Augen tief hinter den buschigen Brauen verborgen. Offenbar hatte er Allison gezwungen, voranzugehen, um seine eigenen Pupillen erst an das blendende Licht zu gewöhnen. In seiner Riesenfaust steckte ein Revolver, auf dessen Lauf ein Schalldämpfer saß.

Leutnant zur See Anderson beging den letzten Fehler seines Lebens. Er trug einen Colt am Gürtel, und sein Fehler war, daß er danach griff. Ich stieß einen Warnruf aus, versuchte, an ihn heranzukommen, um seinen Arm herunterzuschlagen, aber er stand auf meiner Linken, und mein verletzter Arm war viel zu langsam.

Eine Sekunde lang sah ich in Hewells Gesicht, und ich wußte, es war zu spät. Seine Züge waren unbewegt und leblos, als er abdrückte. Ein leiser, gedämpfter Laut, ein leicht erstaunter Ausdruck auf Andersons Gesicht, als er beide Hände an die Brust legte und langsam nach hinten schwankte. Ich versuchte ihn aufzuhalten – ein sinnloses Unterfangen: den Fall eines Menschen abzuschwächen, der niemals wieder etwas fühlen wird.

Hewell winkte mit der Linken, und zwei leichtfüßige Chinesen, jeder mit einer Maschinenpistole in der Hand, kamen hinter ihm durch die Tür.

»Irgend jemand bewaffnet?« fragte Hewell mit seiner tiefen, autoritären Stimme, »wenn ja, gebt sie freiwillig raus. Jeder, bei dem ich Waffen finde, wird umgelegt.«

Niemand hatte Waffen.

»Gut.« Hewell trat einen Schritt vor und sah auf mich herunter. »Sie haben uns angeführt, Bentall. Sie sind gerissen. Ihr Fuß war ganz in Ordnung. Aber Ihr Arm ist nicht in Ordnung, ich nehme an, der Dobermann hat ihn zerfetzt, bevor Sie ihn töteten. Und zwei meiner besten Leute haben Sie ausgelöscht, nicht wahr, Bentall? Ich fürchte, dafür werden sie bezahlen müssen!«

Ich zweifelte nicht daran.

»Aber wir müssen noch ein wenig warten. Wir können Sie noch nicht sterben lassen.« Er sprach ein paar schnelle Worte zu dem Chinesen auf seiner Rechten. Dann wandte er sich wieder an mich. »Ich lasse Sie jetzt einen Moment allein – wir müssen die Wachen am Zaun erledigen. Hauptareal und Garnison sind schon in unserer Hand und alle Telefonleitungen zu dem Wachtposten durchschnitten. Hang wird auf euch aufpassen. Versuchen Sie keine Kunststücke mit ihm. Vielleicht denkt jemand, ein einzelner Chinese, selbst mit Maschinenpistole, könne nicht neun Mann in einem kleinen Raum in Schach halten. Wer von euch so denkt und dementsprechend handelt, wird auf diese Weise schnellstens herausfinden, warum Hang Hauptfeldwebel eines MG-Bataillons in Korea war.«

Dann verschwand Hewell mit dem anderen Chinesen. Ich wechselte einen Blick mit Mary. Ihr Gesicht sah müde und irgendwie traurig aus. Alle anderen schauten auf Hang. Er schien keinen der Männer zu beachten.

Farley räusperte sich und sagte im Unterhaltungston: »Ich

glaube, wir können ihn über den Haufen rennen, Bentall. Jeder von einer Seite.«

»Rennen Sie nur«, sagte ich. »Ich bleibe, wo ich bin.«

Seine Stimme klang leise und entschlossen. »Es ist vielleicht unsere letzte Chance.«

»Unsere letzte Chance haben wir schon gehabt. Ihr Mut ist bewundernswert, Farley, was man von Ihrer Intelligenz nicht behaupten kann. Seien Sie kein verdammter Narr.«

»Aber . . .«

»Hören Sie auf Bentall.« Hang sprach ein fehlerloses Englisch mit starkem amerikanischen Akzent. »Seien Sie kein verdammter Narr.«

Farley sank in sich zusammen.

»Setzen Sie sich mit gekreuzten Beinen auf den Boden«, fuhr der Posten fort. »Es ist sicherer – für Sie. Ich möchte keinen töten.« Er machte eine Pause und fügte dann hinzu: »Außer Bentall. Sie dürfen rauchen, wenn Sie wollen«, fuhr er fort. »Sie dürfen sprechen, aber nicht im Flüsterton.«

»Du knobelst noch, nicht wahr, Johnny?« Mary lächelte mich wieder so an, wie ich sie noch niemand anders hatte anlächeln sehen. »Oberst Raine hatte recht. Noch auf dem elektrischen Stuhl rechnest du dir eine Chance aus.«

»Natürlich rechne ich«, sagte ich säuerlich. »Ich rechne mir aus, wie lange ich noch zu leben habe.«

Ich sah ihr schmerzliches Zusammenzucken und wandte mich fort. Hargreaves schaute mich nachdenklich an.

»Sie sind noch kein Todeskandidat«, sagte er. »Soviel ich sehe, würden weder Hewell noch dieser Chinese zögern, Sie umzubringen. Sie tun es aber nicht. Hewell sagte: ‚Wir können Sie noch nicht sterben lassen.' Sie haben damals in derselben Abteilung gearbeitet wie Dr. Fairfield. Sind Sie vielleicht der Treibstoffachmann, den wir erwarten?«

»Wahrscheinlich.« Es hatte wenig Sinn, zu leugnen.

»Wären Sie dazu imstande?«

»Zu was?«

»Die Rakete scharfzumachen?«

»Wüßte nicht, wie ich das anfangen sollte«, log ich.

»Aber Sie waren doch Fairfields Mitarbeiter«, beharrte Hargreaves.

»Ich weiß nichts über seine letzte Festtreibstoffentwicklung«, sagte ich schroff. »Es ist viel zuviel Geheimniskrämerei um diese Sache gemacht worden. Man hat euch den falschen Fachmann hergeschickt.«

»Na, das ist ja sehr erfreulich«, murmelte Hargreaves.

»Allerdings. Ich habe nicht mal von der Existenz eurer Schwarzen Hornisse eine Ahnung gehabt. Möchten Sie mich nicht aufklären?«

Er zögerte. Dann sagte er langsam: »Tut mir leid, aber ...«

». . . aber alles ist streng geheim«, sagte ich ungeduldig. »Bestimmt ist es ein großes Geheimnis – aber nicht mehr auf dieser Insel. Die Zeiten sind vorbei.«

»Das dürfte wohl stimmen«, meinte Hargreaves unsicher. Er dachte ein wenig nach und lächelte dann. »Sie erinnern sich doch noch an die verblichene und tiefbetrauerte Rakete Blaue Möwe?«

»Unser einziger Beitrag zum interkontinentalen Raketenwettrennen«, sagte ich. »Natürlich erinnere ich mich. Sie konnte alles, was ein Ferngeschoß können muß, nur fliegen konnte sie nicht. Das wurde allgemein als peinlich empfunden. Als die Regierung den Typ fallenließ, gab es viel Gemunkel. Die Regierung war damals nicht sehr populär.«

»In Wirklichkeit tat man ihr Unrecht. Die Regierung ließ das ganze Projekt deshalb fallen, weil einige unserer besten militärischen und wissenschaftlichen Köpfe bewiesen hatten, daß die Blaue Möwe für unsere Zwecke ungeeignet war. Wir brauchten aber eine Rakete, die von überall abgeschossen werden kann, eine Rakete, die mobil und transportabel ist. Das war mit irgendeinem der bekannten Treibstoffe nicht möglich. Bis Fairfield mit einer verblüffend einfachen Idee für einen festen Treibstoff kam – das Ganze ist so wunderbar einfach«, gestand Hargreaves, »daß ich nicht weiß, wie es funktioniert.«

Das wußte ich allerdings auch nicht. Ich hatte jedoch genug von Fairfield aufgeschnappt, um zu wissen, wie man es zum Funktionieren bringen konnte. Aber hier und jetzt würde ich das nie tun.

»Sind Sie sicher, daß es wirklich funktionieren wird?« fragte ich.

»Das müssen wir eben herausfinden. Dazu sind wir hier.«

»Wissen die Amerikaner etwas davon?«

»Nein.« Hargreaves lächelte verträumt. »Aber wir hoffen, ihnen die Schwarze Hornisse eines Tages liefern zu können.«

Ich sah ihn an.

»Sie glauben doch nicht im Ernst, daß Witherspoon und Hewell für die Amerikaner arbeiten?«

Er schob sich die Brille auf die Nasenspitze und blickte mich über die dicken Hornränder mit weitaufgerissenen Augen an. »Wie meinen Sie das?«

»Ich meine nur, daß ich mir anders nicht vorstellen kann, wie die Amerikaner je eine Hornisse zu Gesicht bekommen, geschweige denn sich die Finger danach lecken sollten.«

Er nickte, schweigend und bedrückt. Es war ein Jammer, seinen wissenschaftlichen Enthusiasmus zerstören zu müssen.

Hewell kam im Morgengrauen zurück, und zwar allein. Auch ohne seinen blutbesudelten Unterarm hätte ich gewußt, warum er allein war. Die drei Wachen am Stacheldraht mußten wachsamer gewesen sein, als er erwartet hatte. Aber es hatte ihnen trotzdem nichts genützt.

Hewell war nicht in redseliger Stimmung. Er zog seinen Revolver, gab Hang einen Wink, die Baracke zu verlassen, sah uns der Reihe nach ausdruckslos an und sagte nur: »Raus!«

Wir gingen hinaus. Abgesehen von vereinzelten Palmen am Strand gab es auf dieser Seite der Insel ebensowenig Vegetation wie auf der anderen.

Hewell ließ uns keine Zeit, die Aussicht zu bewundern. Er hieß uns zu zweien antreten – Hände über den Kopf – und marschierte mit uns nach Nordwesten.

Nach dreihundert Metern bemerkte ich oberhalb eines Ausläufers – vor uns lag noch ein anderer – rechter Hand einen frischen Geröllhaufen. Von meinem niedrigen Standort aus konnte ich nicht sehen, was dahinter lag, aber auch so war mir klar, daß dies der Tunnelausgang sein mußte, wo Witherspoon und Hewell in den frühen Morgenstunden durchgebrochen waren. Ich sah mich aufmerksam um, um mir die Stelle genau einzuprägen, bis ich sicher war, sie auch in der dunkelsten Nacht mühelos wiederzufinden.

Fünf Minuten später hatten wir die niedrige Kuppe des zweiten Ausläufers erreicht, und vor unseren Augen erstreckte sich die Ebene der westlichen Inselseite. Sie lag noch im Bergschatten, aber es war jetzt taghell und jede Einzelheit zu erkennen.

Der Streifen war etwas umfangreicher als derjenige der Ostseite. Vielleicht anderthalb Kilometer lang, vierhundert Meter breit, begrenzt vom Meer und dem Fuß des Berges. Nicht ein Baum war zu sehen. Im Südwesten schob sich ein langer und breiter Pier aus Beton oder aus Korallenblöcken weit in die glitzernde Lagune hinaus. Aus seinem äußersten Ende ragte ein schwerer Kran. Dies mußte der Kran sein, den die Phosphatgesellschaft zum Laden ihrer Schiffe benutzt hatte; sein Vorhandensein dürfte eine wesentliche Rolle bei der Entscheidung der Marine gespielt haben, die Raketenversuchsstation gerade auf dieser Insel anzulegen.

Zwei schmalspurige Schienenpaare liefen über den Pier. Vor ein paar Jahren waren wohl auf dem einen die vollgeladenen Phosphatloren zum Kran gerollt, auf dem anderen die leeren zurückgefahren. Noch heute konnte man das eine alte Schienenpaar, rostig und grasüberwuchert, in einer Kurve in Richtung des Phosphatbergwerks verschwinden sehen; das andere hatte man durch neue, blanke Schienen ersetzt, die in ein hangarartiges Gebäude von zirka neun Meter Höhe, zwölf Meter Breite und dreißig Meter Länge führten. Von unserem Standpunkt – fast unmittelbar hinter dem Hangar – konnte man nicht sehen, wo die Schienen endeten, aber es war anzunehmen, daß sie bis in den Hangar hineinliefen. Der Hangar selbst war mit einer weißgestrichenen Stoffhülle überzogen, vermutlich, um die Sonnenstrahlen abzuhalten, damit man in dem Wellblechgebäude arbeiten konnte.

Etwas abseits standen die Wohnquartiere, eine Gruppe von wahllos hingestellten Baulichkeiten, niedrig, häßlich und genormt. Weiter nördlich, einen guten Kilometer von dem Hangar entfernt, ragte etwas, das wie ein kompakter Betonwürfel aussah, aus dem Boden. Es war auf die Entfernung schwer zu schätzen, aber er schien weniger als einen Meter hoch. Mindestens ein halbes Dutzend Eisenstangen ragten aus dem Beton. Jede trug eine andere Art von Radioantenne oder Radarsucher.

Hang führte uns zu der nächstgelegenen und größten der genormten Hütten. Zwei Chinesen mit automatischen Karabinern standen davor. Einer der beiden nickte, und Hang ließ uns durch die offene Tür vorangehen.

Es war offenbar der Unterkunftsraum für die Mannschaften. Dreibettige Kojen bedeckten beide Längswände, freigebig mit Pin-ups übersät. Zwischen jedem Kojenpaar standen dreiteilige Mannschaftsschränke. Vier Kantinentische, schneeweiß geschrubbt wie der Boden, auf dem sie standen, füllten die ganze Länge des Raumes aus. In der hintersten Querwand führte eine Tür der Aufschrift nach zur Maatsmesse.

Auf den Bänken um die beiden hintersten Tische saßen etwa zwanzig Mann, Maate und Matrosen; einer von ihnen lag mit dem Oberkörper über dem Tisch wie ein Schlafender, seine Arme und der Tisch waren mit geronnenem Blut bedeckt. Keiner der Männer sah entsetzt oder ängstlich aus, sie zeigten nur verbissene, ärgerliche Gesichter. Sie machten keineswegs den Eindruck, als ob sie sich leicht einschüchtern ließen, die Marine hatte sicher ihre besten und erfahrensten Leute für dieses Unternehmen ausgesucht. Das erklärte auch, warum Hewell und die Seinen trotz Überraschung und Hinterhalt so schlecht abgeschnitten hatten.

Vier Männer saßen nebeneinander auf einer Bank am vordersten Tisch und hielten, wie die anderen, die Hände gefaltet vor sich auf der Tischplatte. Alle trugen noch die Rangabzeichen auf den Schultern. Der große, grauhaarige Offizier zur Linken mit dem angeschwollenen, blutenden Mund und den vier Goldstreifen war vermutlich Kapitän Griffiths. Neben ihm ein dünner, hakennasiger Mann mit schütterem Haar, wohl ein Kapitänleutnant. Neben ihm saß ein blonder junger Mann mit Rot zwischen seinen Goldstreifen: das mußte Marinearzt Brookman sein. Und schließlich noch ein Leutnant zur See, ein junger Rotfuchs mit bitteren Augen und einem zusammengepreßten weißen Mund.

Fünf chinesische Wachen waren an den Wänden postiert, alle mit automatischen Karabinern. Am Kopfende des ersten Tisches stand, einen Glimmstengel im Mund, ein Malakkastöckchen (nicht etwa einen Revolver) in der Hand, gütiger und schulmeisterlicher blickend denn je, der Mann, den ich als Professor Witherspoon gekannt hatte. Erst als er sich umwandte und mir direkt in die Augen sah, erkannte ich trotz der

Ausdruckslosigkeit seines Gesichts, daß ich mich hinsichtlich der Güte vielleicht doch täuschte. Zum erstenmal sah ich seine Augen ohne die dunkle Brille, und sie gefielen mir ganz und gar nicht: Augen von dem flachen, trüben Aussehen billiger Murmeln.

Sein Blick ging zu Hewell. »Nun?«

»Okay«, sagte Hewell. »Wir haben sie erledigt. Sie waren mißtrauisch geworden und erwarteten uns, aber wir haben sie erledigt. Ich habe einen Mann verloren.«

»So.« Witherspoon wandte sich an den Kapitän: »Waren das nun alle?«

»Ihr elenden Mörder«, sagte der grauhaarige Alte. »Ihr Teufel! Zehn meiner Leute umgebracht!«

Witherspoon gab einen kleinen Wink mit seinem Rohrstock, und einer seiner Leute trat vor und drückte den Lauf seines Karabiners gegen den Nacken des Matrosen, der neben seinem toten Kameraden saß.

»Alle«, sagte Kapitän Griffiths rasch. »Ich schwöre, daß es alle waren.«

Witherspoon winkte wieder, und der Mann trat zurück. Hewell deutete mit einem Kopfnicken auf den Toten.

»Was war los?«

»Ich fragte diesen jungen Narren hier« – Witherspoon zeigte auf den rothaarigen Leutnant –, »wo die Gewehre und die Munition seien. Der junge Narr wollte es mir nicht sagen. Ich ließ den Mann dort erschießen. Als ich ihn das nächstemal fragte, hat er brav geantwortet.«

Hewell nickte abwesend, als sei es die natürlichste Sache der Welt, einen Menschen zu erschießen, weil ein anderer etwas nicht verraten will.

»Sind das die Wissenschaftler?« fragte Witherspoon.

Hewell nickte, und Witherspoon zeigte mit dem Stöckchen auf die Tür zur Maatsmesse.

Hewell und einer seiner Leute begannen, die sieben Männer zur Maatsmesse hinzudirigieren. Als sie bei Witherspoon vorbeikamen, blieb Farley stehen und baute sich mit geballten Fäusten vor ihm auf.

»Sie Ungeheuer«, sagte er mit erstickter Stimme. »Sie verdammtes ...«

Witherspoon schien ihn nicht einmal anzusehen. Sein Malakkastöckchen pfiff durch die Luft, und Farley schrie vor Schmerz auf und taumelte, das Gesicht mit beiden Händen haltend, gegen die Kojen. Hewell packte ihn beim Kragen und zog ihn torkelnd und stolpernd durch den ganzen Raum. Witherspoon nahm keine Notiz mehr von ihm.

Als die Männer durch die Tür getrieben wurden, hörte man erregte, ungläubige Frauenstimmen.

»Sie haben sie also unter Verschluß gehalten, solange, bis die Marine die Arbeit für Sie verrichtet hat«, sagte ich langsam zu Witherspoon. »Und jetzt, wo Sie die Marine nicht mehr brauchen, wohl aber die Experten – höchstwahrscheinlich für den Bau weiterer Raketen, wo immer das auch stattfinden soll –, jetzt also brauchen Sie die Frauen auch. Wie wollen Sie sonst die Männer zwingen, für Sie zu arbeiten?«

Er wandte sich zu mir um. Die lange elastische Gerte wippte in seiner Hand. »Wer hat Sie zum Sprechen aufgefordert?«

»Schlagen Sie mich mit dem Stock«, sagte ich, »und ich bringe Sie um.«

Alles war plötzlich unheimlich still. Hewell, der gerade zurückkam, hielt mitten im Schritt an. Keiner atmete. Zehn Sekunden, jede von etwa fünf Minuten Dauer, vergingen. Dann stieß Witherspoon ein amüsiertes Lachen aus und wandte sich an Kapitän Griffiths.

»Dieser Bentall ist nämlich aus anderem Holz als Ihre Leute und unsere Professoren«, sagte er. »Bentall ist zum Beispiel ein erstklassiger Schauspieler. Noch nie hat mich jemand so lange und so erfolgreich hinters Licht geführt. Bentall läßt sich von wilden Hunden zerfleischen, und man merkt ihm nichts an. Bentall trifft mit einem lahmen Arm in einer dunklen Höhle auf zwei erfahrene Messerkämpfer und legt sie beide um. Ein geübter Brandstifter ist er auch.« Er zuckte, fast bedauernd, die Schultern. »Aber man muß natürlich gewisse Qualitäten haben, wenn man in den britischen Geheimdienst will.«

Wieder allgemeines Schweigen. Alle sahen, vielleicht zum erstenmal in ihrem Leben, einen waschechten Beamten des Secret Service. Sie dürften kaum beeindruckt gewesen sein.

»Sie sind doch britischer Geheimagent, Bentall, nicht wahr?« fragte Witherspoon leise.

»Ich bin Wissenschaftler«, sagte ich probeweise. »Treibstoffforscher. Flüssiger Treibstoff.«

Ein Wink, und eine Wache trat vor und drückte seinen Karabinerlauf gegen Kapitän Griffiths' Nacken.

»Abwehr«, sagte ich.

»Danke.« Die Wache trat zurück. »Einfache, ehrliche Wissenschaftler sind keine Funk-, Chiffrier- und Morsespezialisten. Vielleicht interessiert es Sie, daß zwei Minuten, nachdem ich heute nacht von der Brandstelle zurückgekehrt war, eine Meldung auf unserem Empfangsgerät durchkam. Von einem Schiff namens Pelikan, an dem ich stark interessiert bin.«

Der Pelikan! Das war doch der erste Name gewesen, den ich auf dem Pergament gelesen hatte, der Liste unter dem Löschblatt, deren Abschrift sich in meinem rechten Schuh befand.

»Der Pelikan hörte befehlsgemäß eine bestimmte Wellenlänge ab«, fuhr Witherspoon fort. »Sie können sich wohl das Erstaunen des Funkers vorstellen, als ein SOS auf dieser Wellenlänge durchkam, einer Wellenlänge, die weit von der Notruffrequenz entfernt ist.«

Ich bewegte immer noch keinen Gesichtsmuskel, und ich brauchte keine Willenskraft dazu: der Schock hatte mich erstarren lassen, der Schock über die Erkenntnis, was für einen Schnitzer ich begangen hatte. Aber es war wirklich nicht meine Schuld. Ich konnte unmöglich wissen, was die Zahl Sechsundvierzig auf der Liste bedeutete: daß der Pelikan und die anderen Schiffe (die anderen Namen waren sicherlich auch Schiffsnamen) jeweils sechsundvierzig Minuten nach jeder vollen Stunde mit dem Abhören der Welle beginnen sollten. Und, soviel ich mich erinnerte, hatte ich meine ersten versuchsweisen SOS-Rufe um genau diese Zeit hinausgeschickt, und zwar auf der bereits eingestellten Wellenlänge, die natürlich ausgerechnet die des Pelikans war.

»Dieser Funker war ein kluger Junge«, fuhr Witherspoon fort. »Er verlor Sie und erriet sofort, daß Sie auf die Notrufwelle gegangen waren. Er fand Sie dort wieder und blieb Ihnen auf den Fersen.«

Ich saß noch immer steif wie eine Statue. Das konnte nicht

das Ende sein, das durfte nicht das Ende sein. Aber es war das Ende, ich wußte es.

»Ridex Combon London – die Funkanschrift Ihres Geheimdienstchefs, stimmt's, Bentall?« fragte er. Ich nickte.

»Das dachte ich mir«, sagte er. »Und hielt es für ganz nützlich, selbst etwas zu senden. Während Hewell – der inzwischen Ihr Verschwinden entdeckt hatte – schon mit seinen Leuten das Tunnelende durchstieß, setzte ich eine zweiten Meldung auf. Natürlich konnte ich Ihre verschlüsselte Meldung nicht entziffern, aber ich glaube, das, was ich an Ridex Combon London durchgab, dürfte den Zweck erfüllen: Erste Durchgabe überholt – alles in bester Ordnung – wünsche keinen Kontakt für achtundvierzig Stunden – dies ist wichtig – keine Zeit zum Verschlüsseln. Ich war so frei, Ihren Namen hinzuzufügen.«

Ich blickte in die Runde, aber niemand sah mich mehr an, alle starrten stumm auf ihre Hände. Ich warf einen Blick in Marys Richtung, aber selbst sie wich meinem Blick aus. Ich sagte zu Witherspoon: »Würden Sie jetzt Dr. Brockman gestatten, sich meinen Arm anzusehen?«

Er betrachtete mich lange und nachdenklich. Dann sagte er: »Ich könnte es fast bedauern, daß wir auf verschiedenen Fronten kämpfen. Ich kann gut verstehen, warum Ihr Chef Sie auf diese Aufgabe angesetzt hat. Sie sind ein höchst gefährlicher Mann.«

»Mehr als das«, sagte ich. »Ein Mann mit Glück. Ich werde noch Ihren Sarg tragen.«

Er sah mich kurz an, dann wandte er sich an Brookman. »Behandeln Sie ihn.«

»Danke, Professor Witherspoon«, sagte ich höflich.

»LeClerc«, verbesserte er gleichgültig. »Nicht mehr Witherspoon.«

Der Arzt machte seine Sache gut. Als er fertig war, fing der Raum sich zu drehen an. Ich bedankte mich; ohne zu fragen, ging ich wacklig zum Tisch und ließ mich Kapitän Griffiths gegenüber auf den Stuhl fallen. LeClerc setzte sich neben mich.

»Fühlen Sie sich besser, Bentall?«

»Schlechter wäre nicht gut möglich. Wenn es eine Hölle für Hunde gibt, hoffe ich, daß Ihr Köter darin schmort.«

»Wer ist der Rangälteste unter den Wissenschaftlern, Kapitän?«

»Was für eine Teufelei haben Sie jetzt schon wieder vor?« fragte der grauhaarige Alte.

»Ich frage nicht noch einmal, Kapitän Griffiths«, sagte LeClerc. Seine blassen Augen zuckten sekundenlang zu dem Toten auf dem Tisch hinüber.

»Hargreaves«, sagte Griffiths müde. Er blickte auf die Tür zur Maatsmesse. »Muß das sein, LeClerc? Hargreaves hat seine Frau seit vielen Monaten nicht gesehen. Er ist jetzt nicht in der Lage, Fragen zu beantworten. Ich bin so ziemlich über alles im Bilde, was hier vorgeht. Ich hatte die Oberaufsicht.«

LeClerc überlegte und sagte dann: »Also gut. Wie weit sind Sie mit der Schwarzen Hornisse?«

»Ist das alles, was Sie wissen wollen?«

»Das ist alles.«

»Die Rakete ist in jeder Hinsicht fertig, bis auf die letzte Verdrahtung und das Scharfmachen.«

»Warum ist das noch nicht geschehen?«

»Infolge des Verschwindens von Dr. Fairfield ...« Der Kapitän stockte. Mir dämmerte, daß er erst jetzt zu begreifen begann, wohin Fairfield verschwunden war. Er starrte LeClerc an und flüsterte leise: »So war das also, natürlich.«

»Ja, natürlich«, sagte LeClerc ärgerlich. »Aber das meine ich nicht. Warum ist das Verdrahten und Scharfmachen nicht schon längst erledigt worden? Mir ist bekannt, daß das Einfüllen der Treibstoffladung schon vor einem Monat erfolgte.«

Griffiths strich sich mit der sonnengebräunten Hand über das feuchte, blutige Gesicht. »Es dürfte Ihnen bekannt sein, daß alle Geschosse und Raketen immer erst im letztmöglichen Augenblick scharfgemacht werden.«

»Wie lange sollte nach Fairfield das Scharfmachen dauern?«

»Ich hörte ihn einmal von vierzig Minuten sprechen.«

LeClerc sagte leise: »Sie lügen, Kapitän. Ich weiß, der große Vorteil der Schwarzen Hornisse besteht darin, daß man sie ohne weiteres abschießen kann.«

»Das stimmt. Im Krieg würde man sie auch ständig startklar halten. Aber vorläufig wollten wir das Risiko nicht eingehen.«

»Also vierzig Minuten?«

»Vierzig Minuten.«

LeClerc wandte sich an mich. »Vierzig Minuten. Könnten Sie die Rakete scharfmachen?«

»Ich bin Fachmann für flüssige Treibstoffe«, sagte ich mühsam.

»Ich bin anders unterrichtet. Sie waren Fairfields Assistent im Forschungsinstitut in Hepworth. Sie haben an festen Treibstoffen gearbeitet.«

»Sie wissen eine Menge.«

»Können Sie sie scharfmachen?« beharrte er ruhig.

»Ich wüßte nicht mal, wo hinten und vorn ist.«

»Sie sind krank«, sagte er freundlich. »Sie wissen nicht, was Sie reden. Was Sie brauchen, ist Schlaf.«

FREITAG, 10.00 BIS 13.00

Ich schlief zwei Stunden. Als ich aufwachte, stand die Sonne hoch am Himmel, und Dr. Hargreaves rüttelte mich sanft an den Schultern. Ich warf die Decke ab und setzte mich auf.

Hargreaves sah blaß, verstört und unglücklich aus. Das Wiedersehen mit seiner Frau konnte nicht besonders heiter verlaufen sein, die Begleitumstände waren nicht gerade günstig und die Zukunftsaussichten noch weniger. Ich überlegte, was man wohl mit Mary angefangen, ob man sie zu den anderen Frauen gesteckt hatte. Ich fragte Hargreaves, und er bejahte es.

Ich sah mich in der kleinen Hütte um. Sie maß höchstens acht mal acht Meter, hatte Gestelle an den Wänden und ein Fenster mit Drahtnetz in der Decke. Ich glaubte mich zu erinnern, daß jemand sie als die ehemalige Waffenkammer bezeichnet hatte, aber ich war nicht mehr sicher. Ich war sofort auf das Feldbett gefallen und unmittelbar darauf in Schlaf gesunken. Ich sah Hargreaves wieder an.

»Was hat sich unterdessen ereignet?«

»Man hat uns zuerst einzeln verhört und uns dann von unseren Frauen und voneinander getrennt. Wir sind jetzt völlig zersprengt, immer nur zwei oder allerhöchstens drei in einer Hütte.«

LeClercs Vorgehen leuchtete ein. Dadurch, daß er die Wissenschaftler und Marineoffiziere in kleine Gruppen aufspaltete, machte er eine Revolte unmöglich. Und dadurch, daß er die Männer von ihren Frauen getrennt und in ständiger Angst und Sorge um deren Wohlergehen hielt, versicherte er sich ihrer Mitarbeit.

»Was wollte er von Ihnen wissen?« fragte ich.

»Eine Menge.« Er zögerte und schaute weg. »Hauptsächlich, ob wir die Rakete scharfmachen könnten.«

»Versteht irgendeiner von Ihnen etwas davon?«

»Nur sehr allgemein. Wir kennen alle die grundsätzlichen Eigenschaften der einzelnen Komponenten. Aber das gnügt nicht entfernt, um die komplizierten Einzelheiten zu begreifen.« Er lächelte ein wenig. »Jeder von uns wäre wahrscheinlich imstande, das ganze Ding in die Luft zu jagen.«

»Besteht eine solche Möglichkeit?«

»Für eine Versuchsrakete gab es noch nie irgendeine Garantie.«

»Daher der versenkte Betonbunker nördlich des Hangars?«

»Der erste Abschußversuch sollte von dort aus gesteuert werden.«

»Die Marineleute sind ersetzbar, die Wissenschaftler nicht. So ist es doch, oder?« Als er nicht antwortete, fuhr ich fort: »Haben Sie eine Ahnung, wo LeClerc die Rakete samt Ihnen und Ihren Frauen hinschaffen will? Die Marineoffiziere und Mannschaften werden natürlich nirgendwo hingeschafft.«

»Wie meinen Sie das?«

»Sie wissen ganz genau, wie ich das meine. Sie haben keinen Wert mehr für LeClerc und werden liquidiert.«

Hargreaves schüttelte den Kopf, mehr schaudernd als zustimmend, und vergrub das Gesicht in den Händen.

»Hat LeClerc seinen endgültigen Bestimmungsort nie erwähnt?«

Er schüttelte wieder den Kopf.

»Rußland vielleicht?«

»Nein, Rußland nicht.« Er starrte zu Boden. »Überall, aber nicht Rußland. Die Russen würden diese alte Dampfmaschine keines Blickes würdigen.«

»Nanu?« Jetzt starrte ich ihn an. »Ich denke, die Schwarze Hornisse stellt das Allerneueste, Fortgeschrittenste . . .«

»In der westlichen Welt schon. Aber seit einigen Monaten ist es in wissenschaftlichen Kreisen ein offenes Geheimnis, daß Rußland das Allerletzte auf diesem Gebiet entwickelt hat. Nach den wenigen Einzelheiten, die der führende russische Fachmann für Gasdynamik darüber veröffentlicht hat, ist kaum daran zu zweifeln. Irgendwie sind sie dem Geheimnis, wie man Antiprotone nutzbar machen und vor allem speichern kann, auf die Spur gekommen. Wir kennen diesen Stoff auch, haben aber keine Vorstellung, wie man ihn aufbewahrt. Einige Gramm davon würden die Hornisse bis zum Mond hochjagen.«

Was das bedeutete, überstieg meine Vorstellungskraft. Aber es schien auch mir nun unwahrscheinlich, daß die Sowjets hinter der Hornisse her sein sollten. Rotchina? Japan? Die Anwesenheit chinesischer Arbeiter und LeClercs sino-japanisches Funkgerät deuteten in diese Richtung; aber es gab auch noch andere Nationen inner- und außerhalb Asiens, die die Schwarze Hornisse brennend gern in ihren Besitz gebracht hätten. Noch wichtiger jedoch als die Frage, welches Land die Rakete begehrte, war die Antwort auf die Frage, wie das betreffende Land dahintergekommen war, daß wir überhaupt eine solche Rakete besaßen. In einer entlegenen Windung meines Gehirns begannen sich die ersten Ansätze einer Antwort zu formen – einer fast unglaublichen, unerhörten Lösung allerdings . . .

Erst nachträglich wurde mir bewußt, daß Hargreaves wieder sprach.

»Ich möchte mich für meine Dummheit heute morgen entschuldigen, war verdammt töricht von mir, immer wieder zu betonen, Sie seien Fachmann für feste Treibstoffe. Womöglich habe ich Sie damit schwer hineingeritten. Ich glaube aber, der Wachtposten hat es nicht gehört.«

»Schon gut.«

»Sie werden doch nicht für LeClerc arbeiten?« fragte Hargreaves. »Ich weiß, wenn Sie wollten, könnten Sie es.«

»Gewiß könnte ich das. Ein paar Stunden über Fairfields Notizen, ein wenig Studium am Objekt, und ich glaube, ich bekäme die Sache hin. Aber die Zeit arbeitet für uns, Hargreaves – weiß Gott, das einzige, was auf unserer Seite steht. Für LeClerc ist das Scharfmachen der Schlüssel zum Ganzen. Ehe er den Schlüssel nicht hat, verläßt er die Insel nicht. London weiß, daß ich hier bin, vielleicht faßt auch die Wales Verdacht wegen der Verzögerung. Alles kann passieren, und was passiert, kann nur zu unserem Vorteil sein.«

Ein Schlüssel drehte sich im Türrahmen, und LeClerc und Hewell traten ein. LeClerc sagte: »Geht es Ihnen besser?«

»Was wollen Sie?«

»Ich wollte mich nur erkundigen, ob Sie über Ihre angebliche Unwissenheit auf dem Gebiet der festen Treibstoffe vielleicht anderen Sinnes geworden sind.«

»Ich weiß nicht, wovon Sie reden.«

»Natürlich nicht. Hewell?« Der Riese trat vor und stellte

einen flachen, lederbezogenen Kasten auf den Boden. Ein Bandgerät. »Vielleicht möchten Sie, daß wir Ihnen eine Bandaufnahme vorspielen, die wir eben gemacht haben?«

Ich stand langsam auf und blickte auf Hargreaves hinunter. Er starrte zu Boden.

»Danke, Hargreaves«, sagte ich. »Meinen allerherzlichsten Dank.«

»Ich mußte es tun«, sagte er dumpf. »LeClerc sagte, er würde meine Frau durch den Hinterkopf schießen.«

»Es tut mir leid.« Ich faßte ihn an der Schulter. »Sie können nichts dafür. Was nun, LeClerc?«

»Es wird Zeit, daß Sie sich die Schwarze Hornisse ansehen.« Er trat zur Seite, um mich vorangehen zu lassen.

Die Hangartüren standen weit offen, unter dem Dach brannten die Lampen. Die Schienen führten bis in den Hintergrund.

Da waren sie, die Raketen: gedrungene, bleistiftförmige Zylinder mit polierten Stahlmänteln und wassergekühlten Porzellannasen über großen, ausgezackten Luftansaugstutzen, so hoch wie ein zweistöckiges Haus und vielleicht einen Meter zwanzig im Durchmesser. Sie waren auf flache, achträdrige Fahrgestelle aufmontiert, und zu beiden Seiten jeder Rakete stand ein Krangerüst, fast so hoch wie die Rakete selbst.

LeClerc vergeudete weder Zeit noch Worte. Er führte mich zu der nächststehenden Rakete und bestieg einen offenen Fahrstuhl, der an dem Krangerüst angebracht war. Hewell stieß mir den Revolver schmerzhaft ins Rückgrat. Ich verstand den Wink und stieg hinter LeClerc ein. Hewell blieb zurück. LeClerc drückte auf einen Knopf, ein elektrischer Motor heulte auf, und der Fahrstuhl glitt etwa anderthalb Meter hoch. LeClerc zog einen Schlüssel aus der Tasche, steckte ihn in ein schmales Schlüsselloch in dem Raketenmantel und öffnete eine zwei Meter hohe Tür. Die Tür war so makellos genau geschnitten und eingesetzt, daß ich sie vorher gar nicht bemerkt hatte.

»Sehen Sie sich alles genau an«, sagte LeClerc. »Nur dazu sind sie hier – um es sich ganz genau anzusehen.«

Ich sah es mir genau an. Der Außenmantel war aus gehärtetem Stahl. Innen folgte ein zweiter Mantel; der Zwischenraum betrug mindestens zwölf Zentimeter.

Unmittelbar mir gegenüber waren zwei flache Stahlkästen im Abstand von fünfzehn Zentimetern an den inneren Mantel geschweißt. Der linke, grüngestrichene trug die Aufschrift Treibstoff und darunter die Worte An–Aus; der rechte, leuchtendrote in Weiß die Aufschrift Gesichert und Geladen. Über jedem Kasten befand sich in ziemlicher Höhe ein Schaltarm.

Aus beiden Kästen führten biegsame Kabel mit Plastikisolierung – zweifellos eine Schutzmaßnahme gegen die ungeheure, im Flug entstehende Hitze. Das linke Kabel, das aus dem Kasten mit der Aufschrift Treibstoff kam, war nahezu vier Zentimeter dick, das andere etwa zweieinhalb. Das erste Hauptkabel verlief abwärts und spaltete sich in sieben verschiedene Unterkabel auf; das zweite überquerte den Zwischenraum zum Außenmantel und verschwand nach oben.

Noch zwei weitere Kabel verliefen sichtbar: ein kurzes verband die beiden Kästen miteinander, ein anderes den Treibstoffkasten mit einem dritten größeren, der an der Innenwand des äußeren Mantels angebracht war. Dieser dritte Kasten hatte eine mit Scharnieren versehene Tür, die mit einem Paar Flügelschrauben verschlossen war. Keine weiteren elektrischen Kabel führten heraus oder hinein.

»Haben Sie's?«

Ich nickte schweigend.

»Das fotografische Gedächtnis«, murmelte er. Er klappte die Tür zu, schloß sie ab und drückte auf den Fahrstuhlknopf. Wir surrten weitere zwei Meter aufwärts. Der Vorgang mit dem Schlüssel wiederholte sich, ebenso die Aufforderung, mich gründlich umzusehen.

Diesmal sah man noch weniger. Ein kreisrundes Loch im inneren Mantel, ein Durchblick durch das Loch auf fünfzehn bis zwanzig Rohre, die sich nach oben zu verjüngten, und in der Mitte zwischen den Rohren das obere Ende eines zylindrischen Gegenstandes von etwa fünfzehn Zentimeter Durchmesser, der nach unten zwischen den Rohren verschwand. In der Mitte dieses Zylinderkopfs befand sich ein kleines Loch von einem guten Zentimeter Durchmesser. Am äußeren Mantel befestigt war ein armiertes Kabel von der Dicke des Kabels, das aus dem Kasten mit der Aufschrift Gesichert und Geladen führte, und man konnte ziemlich sicher sein, daß es dasselbe war. Das Kabelende, mit einem kleinen Kupferstöpsel versehen, hing unbefestigt zwischen dem inneren und äußeren Raketenmantel. Es schien mir logisch, anzunehmen, daß dieser Kupferstöpsel in das Loch des Mittelzylinders passen sollte. Doch irrte hier scheinbar die Logik: die Öffnung des Zylinders war mindestens viermal so groß wie der kleine Kupferstöpsel.

LeClerc schloß die Tür, drückte auf den Knopf, und der Fahrstuhl glitt zum Fuß des Krangerüsts hinunter. Wieder eine Tür, wieder ein Schlüssel, und diesmal ein Blick in den untersten Raketensockel. Hier war alles mathematisch genau und völlig symmetrisch angeordnet: neunzehn Zylinder, jeder etwa siebzehn Millimeter im Durchmesser, alle mit einer schweren Plastikmasse abgedichtet, achtzehn in zwei konzentrischen Kreisen um einen inneren Kern angeordnet. Die Zylinder, die den inneren Raketenmantel völlig ausfüllten, hatten keine ganz ebenmäßige Oberfläche, sondern in verschiedenen Abständen leichte Einbuchtungen, vermutlich zur Einführung der Kabelstränge, die als unordentliches Bündel zwischen den Mantelwänden hingen. Neunzehn Adern spalteten sich von den sieben armierten Kabeln ab, die ihrerseits von dem Treibstoffkasten ausgingen: drei Kabel endeten in je zwei Adern, drei andere in jeweils drei Strängen, und das letzte Kabel lief in vier Adern aus.

»Haben Sie alles, Bentall?« fragte LeClerc.

»Ja, alles.« Ich nickte. Es schien ganz einfach.

»Gut.« Er schloß die Tür und ging voran zum Hangareingang. »Jetzt sehen wir uns noch Fairfields Notizen, Chiffreschlüssel und sonstiges Material an. Die haben wir wenigstens noch retten können.«

»Haben Sie auch irgend etwas nicht retten können?«

»Sämtliche Blaupausen für die Rakete. Ich muß gestehen, wir hatten nicht vermutet, daß die Briten intelligent genug für solche Vorsichtsmaßnahmen wären. Die Pausen befanden sich in einer verschlossenen Metallkassette unter einem Glastank voll konzentrierter Salzsäure. Wirkt rascher und zuverlässiger als Feuer. Das Glas war zerbrochen und die Säure ausgelaufen, ehe wir begriffen, was geschah.«

Mir fiel das blutige, geschwollene Gesicht des Kapitäns ein. Guter alter Kapitän Griffiths!

»Und deshalb sind Sie jetzt auf ein gebrauchsfertiges Muster der Rakete angewiesen, ja?«

»In der Tat.« Wenn LeClerc beunruhigt war, so zeigte er es jedenfalls nicht. »Vergessen Sie nicht, wir haben auch noch die Spezialisten.«

Er führte mich zu einer unmittelbar hinter der Waffenkammer gelegenen Hütte. Sie war primitiv als Büro eingerichtet, mit Kartothekschrank, Schreibmaschine und einem Holzschreibtisch. LeClerc öffnete den Schrank, zog die Schublade heraus und legte einen Stoß Papiere auf den Schreibtisch.

»Fairfields Notizen. Ich bin in einer Stunde wieder da.«

»Zwei Stunden mindestens!«

»Ich sagte, eine Stunde.«

»Gut.« Ich stand auf und schob den Papierkram beiseite. »Suchen Sie sich jemand anders für die verdammte Arbeit.«

Er sah mich einen langen Augenblick ausdruckslos an.

»Sie haben einen bemerkenswerten Humor«, sagte er giftig. Dann ging er und knallte die Tür hinter sich zu, vergaß aber nicht, den Schlüssel umzudrehen.

Eine halbe Stunde verging, bevor ich auch nur daran dachte, mich mit Fairfields Papieren zu befassen, mich beschäftigten dringendere Probleme. Es war nicht die erfreulichste halbe Stunde meines Lebens. Alle Beweise lagen jetzt klar vor mir.

Bis ich mit dem Nachdenken fertig war, waren meine Moral und Selbstachtung so zusammengeschrumpft, daß man sie nur noch mittels eines Elektronenmikroskops wiedergefunden hätte. Ich ließ das gesamte Geschehen noch einmal an mir vorbeiziehen, um zu prüfen, ob ich nicht wenigstens einmal richtig gehandelt hätte – aber nein, meine Leistung war eine hundertprozentige Fehlleistung, von A bis Z.

Mein einziger Trost war, daß ich auch Mary Hopeman falsch beurteilt hatte. Sie hatte keinerlei Sonderaufträge von Oberst Raine erhalten, sie hatte mich nicht einmal hinters Licht geführt. Das war keine bloße Mutmaßung mehr, sondern eine beweisbare Tatsache. Gewiß, die Erkenntnis kam mir etwas spät, ich wußte nicht, was sich dadurch noch hätte ändern lassen, aber unter anderen Umständen . . . Ich gab mich ganz den erbaulichen Betrachtungen hin, wie es unter anderen Umständen sein könnte, und setzte gerade die letzten Verzierungen auf die Zinnen und Türmchen meines Luftschlosses, als der Schlüssel sich im Schloß drehte. Ich hatte kaum noch Zeit, einige Papiere zu verstreuen, ehe LeClerc und seine chinesische Wache eintraten. Er blickte stöckchenschwingend auf den Tisch herab.

»Wie kommen Sie voran, Bentall?«

»Die Sache ist schwierig und sehr kompliziert, und Ihre dauernden Unterbrechungen fördern sie keineswegs.«

»Machen Sie es nicht zu schwierig, Bentall. Ich wünsche, daß die Proberakete in zweieinhalb Stunden verdrahtet, scharfgemacht und startklar ist.«

»Ihre Wünsche sind mir ziemlich gleichgültig«, sagte ich. »Wozu überhaupt diese Eile?«

»Die Marine wartet, Bentall. Wir dürfen die Marine nicht warten lassen, nicht wahr?«

Ich dachte über seine Worte nach. Dann sagte ich: »Sie wollen mir doch nicht weismachen, Sie hätten die unglaubliche Unverfrorenheit besessen, mit der Wales in Funkverbindung zu bleiben?«

»Natürlich stehen wir in Funkverbindung. Niemand hat größeres Interesse daran als ich, daß die Schwarze Hornisse pünktlich im Zielgebiet niedergeht. Außerdem wäre es die einzige Methode, den Verdacht der Wales zu wecken und sie mit Volldampf nach Vardu zurückzubeordern, wenn wir die Funkverbindung nicht aufrechterhielten. Also beeilen Sie sich.«

»Ich tue, was ich kann«, sagte ich kühl.

Als er gegangen war, begann ich die Zündleitungen auszuknobeln. Abgesehen davon, daß die Schaltanleitungen verschlüsselt waren, hätte sie jeder einigermaßen ausgebildete Elektriker befolgen können. Schwierig waren lediglich die Berechnungen für die Einstellung der Zündungsuhr (ihr Mechanismus befand sich in dem Kasten am Außenmantel der Rakete), die die Zündung der neunzehn Treibstoffrohre in der richtigen Reihenfolge regulierte.

Seinen Notizen zufolge schien selbst Fairfield seine Zweifel an der Richtigkeit seiner Empfehlungen für die Feuersequenzen und -zeiten gehegt zu haben. Sie waren rein theoretisch errechnet, aber Theorie und Praxis waren durchaus nicht dasselbe. Die Schwierigkeit lag in der Natur des Treibstoffs selbst. In beschränkten Quantitäten und bei normaler Temperatur war die Mischung völlig stabil, wurde aber höchst instabil unter starkem Druck, starker Hitze und in zu großer Menge. Leider aber kannte niemand die Grenzen aller dieser Faktoren, und, was noch beängstigender war, niemand wußte, wie der eine Faktor den anderen beeinflußte. Bekannt waren lediglich die vernichtenden Folgen der Labilität: War einmal die Sicherheitsgrenze überschritten, verwandelte sich die Mischung aus einem verhältnismäßig langsam brennenden Treibstoff in einen hochexplosiven Sprengstoff.

Um die Gefahren zu großer Quantität zu verringern, hatte man den Treibstoff auf neunzehn getrennte Sätze verteilt, und um die Gefahr plötzlich einsetzenden Drucks zu mindern, waren die Sätze so angeordnet worden, daß sie in sieben aufeinanderfolgenden Phasen zündeten. Aber leider konnte der Gefahr der Überhitzung nicht begegnet werden. Dem Treibstoff war ein eigenes Oxydationsmittel beigefügt, zuwenig, um völlige Verbrennung zu garantieren. Zwei Turbinen mit hoher Drehzahl, die zwei Sekunden vor der Zündung der ersten vier Zylinder anliefen, sorgten während der ersten fünfzehn Sekunden für Luftzufuhr, bis die Geschwindigkeit der Rakete so hoch war, daß sie sich durch ihre riesigen Ansaugstutzen selbst mit Luft versorgen konnte. Da die Schwarze Hornisse völlig von ihrer Luftzufuhr abhängig war, mußte sie die Erde auf einer sehr flachen Flugbahn verlassen, um nicht aus der Atmosphäre herauszugeraten, ehe ihr Treibstoff verbrannt war. Erst wenn der gesamte Treibstoff verbrannt war, lenkte das eingebaute automatische Gehirn das Geschoß steil aus der Atmosphäre hinaus. Aber der Luftbedarf von auch nur einer halben Minute Dauer bedingte einen gewaltigen Luftwiderstand, der ausnehmend hohe Temperaturen erzeugte; und wenn man auch hoffte, daß die wassergekühlte Porzellannase einen Teil der Hitze absorbieren würde, so wußte doch kein Mensch, welche Temperaturen sich im Inneren der Rakete entwickeln konnten.

Die beiden Schaltkästen des Innenmantels mußten vor dem Start eingestellt werden. Der An-Schalter schloß die Zündstromkreise, der Geladen-Schalter den Stromkreis für den »Selbstmordkasten«. Wenn die im Flug befindliche Rakete etwa vom Kurs abwich, vermochte sie sich mittels eines elektronischen Befehls selbst zu zerstören. Bei normalen Raketen konnte man den Flug einfach dadurch unterbrechen, daß man durch Funkbefehl eine automatische Abstellung der Treibstoffzufuhr bewirkte. Aber bei einem Festtreibstoff, der sich schon im Stadium der Verbrennung befand, war das nicht möglich. Der Zylinder, in der Mitte der Treibstoffrohre im oberen Raketensatz, enthielt eine Sechzigpfundladung Sprengstoff mit einer Zündvorrichtung, und die runde Öffnung in der Mitte des Zünders sollte eine elektrisch zündbare Sprengkapsel aufnehmen, die an das Kabel angeschlossen war, das in der Nähe herunterhing. Der Kontakt wurde, wie alle Kontrollfunktionen, durch Funkübertragung hergestellt: ein bestimmtes Funksignal auf einer bestimmten Wellenlänge, das einen elektrischen Stromkreis in demselben Kasten aktivierte, in dem sich auch der Zeitmechanismus für die Zündleitungen befand. Dieser Strom lief durch eine Spule, die ihrerseits einen Solenoidschalter in Bewegung setzte, und dieser schloß den Stromkreis, der die Sprengkapsel in der Sprengstoffladung zum Detonieren brachte. Wieder war Fairfield sich im ungewissen über den Erfolg gewesen. Die Absicht war, daß die Explosion die Rakete nur unbrauchbar machen sollte. Aber seiner Meinung nach war es genauso möglich, daß die sofortige Temperatur- und Druckveränderung die ganze Rakete zerstören würde.

Ich hatte mir mit der Schreibmaschine eine Aufstellung gemacht, welche farbigen und numerierten Zündkabel zu welchen Treibstoffzylindern gehörten, und gerade einen Durchschnitt der von Fairfield vorgeschlagenen Zahlen für die Zeitfolgen berechnet, als Hewell erschien.

»Nein, ich bin noch nicht fertig, verdammt noch mal«, rief ich ihm entgegen. »Warum laßt ihr mich nicht in Ruhe arbeiten?«

»Wie lange noch?«

»Vielleicht noch eine Viertelstunde. Lassen Sie einen Mann vor der Tür, ich werde klopfen, wenn ich soweit bin.

Er nickte und ging. Ich begann wieder nachzudenken, hauptsächlich über mich und meine voraussichtliche Lebensdauer. Ich dachte an die Psychologen und ihr Gerede von der Macht des positiven Denkens. Wenn man sich selbst suggeriere, man sei fröhlich und optimistisch und gesund, dann würde es schließlich wahr. Deshalb versuchte ich es mit einer kleinen Variation: ich versuchte mir Bentall als Greis mit krummem Rücken und Silberhaar vorzustellen. Aber irgendwie schien das positive Denken in meinem Fall nicht zu funktionieren: ich sah immer nur einen Bentall mit einem Loch im Hinterkopf. Heute nacht. Es würde wahrscheinlich heute nacht passieren, denn soviel wußte ich mit Sicherheit, passieren würde es. Die anderen Wissenschaftler durften weiterleben, aber nicht ich. Ich mußte sterben, und ich wußte warum. Ich stand auf und riß die Kordel von dem Rollvorhang des Fensters ab, aber nicht, um mich daran aufzuhängen, ehe LeClerc und Hewell dazukamen, mich zu Tode zu foltern. Ich rollte die Schnur zu einem Knäuel auf, versenkte sie in meine hintere Hosentasche und klopfte an die Tür. Ich hörte, wie der Posten sich entfernte. Nach wenigen Minuten erschienen LeClerc und Hewell mit einigen Chinesen als Begleitung.

»Fertig?« fragte LeClerc kurz.

»Fertig.«

»Gut. Dann fangen Sie gleich mit dem Verdrahten an.« Kein Dank, kein Kompliment für Bentalls scharfen Intellekt, mit dem er ein so ausgefallenes Problem gelöst hatte. Nur einfach: »Fangen Sie gleich an.«

Ich schüttelte den Kopf.

»So einfach geht das nicht, LeClerc. Ich muß erst zum Bunker.«

»Weshalb?«

»Weil sich dort das Kommandopult befindet.«

»Das Kommandopult?«

»Ein Kasten mit Schaltern und Knöpfen für die Funkfernsteuerung der diversen Stromkreise in der Rakete«, erklärte ich geduldig.

»Das weiß ich«, sagte er kalt. »Ihn brauchen Sie nicht zu sehen, bevor Sie die Rakete scharfmachen.«

»Das können Sie nicht beurteilen«, sagte ich großartig.

Er mußte schließlich nachgeben. Er sandte einen Mann zum Büro des Kapitäns, um die Schlüssel zu holen, während wir schweigend den Weg zum Bunker zurücklegten.

Der Bunker hatte die Stärke und Festigkeit einer mittelalterlichen Burg, mit dem bemerkenswerten Unterschied, daß er bis auf einen schmalen Streifen von sechzig Zentimetern in den Boden versenkt war. Drei Radarsucher und drei Funkantennen waren auf das Dach montiert, und, was ich vorher nicht bemerkt hatte, die Vorderteile von vier Periskopen, die auf einer vertikalen Achse gekippt und auf einer horizontalen herumgeschwungen werden konnten.

Der Eingang lag hinten am Fuß einer kleinen Treppe. Die Tür, eine massive Stahlangelegenheit, die in ebenso massiven Angeln hing, muß wohl eine halbe Tonne gewogen haben.

Der Chinese kam mit zwei verchromten, flachen Gegenständen, die wie enorme Yaleschlüssel aussahen. Er steckte einen ins Schloß, drehte ihn zweimal herum und drückte die Tür langsam nach innen auf. Wir traten ein.

Ein zehn mal zwanzig Meter großer Raum, Betonwände, Betondecke, Betonfußboden, die schwere Tür, durch die wir eingetreten waren, und eine zweite, kaum weniger schwere in der gegenüberliegenden Wand. Und das war alles, bis auf Holzbänke und einen winzigen Glühwurm von einer Lampe an der Decke.

Der Chinese öffnete die zweite Tür mit dem zweiten Schlüssel.

Sie führte in einen anderen, etwa ebensogroßen Raum, der jedoch hell erleuchtet war. Eine Ecke von vielleicht fünfundzwanzig Quadratmeter war durch eine Sperrholzwand abgetrennt, und man konnte unschwer erraten, daß dahinter Radarschirme standen, die gegen das blendende Licht abgedeckt werden sollten. In der anderen Ecke summte leise ein mit Benzin betriebener Generator, dessen Auspuffrohr durch die Decke verschwand. Auf beiden Seiten nahe der Decke befanden sich kleine Ventilatoren. Und zwischen der Radarkabine und dem Generator stand das Kommandopult. Ich trat davor und betrachtete es.

Es sah nach nicht viel aus: nur ein oben abgeschrägter Metallkasten und dahinter ein Sendegerät mit einer Reihe beschrifteter Druckknöpfe je unter einem kleinen Lämpchen. Auf dem ersten stand Öldruck, auf dem zweiten Hilfsstrom – sie dienten dazu, im letzten Augenblick den Öl- und Stromkreislauf zu kontrollieren. Mit dem dritten Knopf schaltete man die äußere Stromzufuhr zum Aufladen der Batterie ab. Der vierte trug die Aufschrift Flugkontrolle – ein Funksignal, das den Steuermechanismus im Elektronengehirn der Hornisse zum Leben erweckte. Der fünfte Knopf zeigte durch Aufleuchten des Lämpchens an, daß die Greifer der Krangerüste, die die Rakete hielten, ausgelöst waren und beim Start sofort eingezogen werden konnten. Ein sechster würde die Krangerüste nach beiden Seiten entfernen. Der siebente mit der Beschriftung Start schaltete die Ansaugturbinen ein. Zwei Sekunden später, so wußte ich, würde die Drehtrommel der Zündungsuhr die ersten vier der neunzehn Treibsätze zünden; nach weiteren zehn Sekunden würde sich ein neuer Stromkreis schließen. Der letzte an der Reihe war der »Selbstmordstromkreis« – in Bereitschaft, sich zu schließen, falls etwas schiefging und der Verantwortliche am Kommandopult den achten und letzten Knopf betätigte.

Dieser letzte Knopf! Er war von den anderen sieben ziemlich weit entfernt und unmöglich zu verwechseln: eine weiße, quadratische Taste in einem roten Feld, durch ein steifes Drahtnetz geschützt, das man zuvor auf beiden Seiten lösen mußte, und auch dann noch erst um hundertachtzig Grad zu drehen, ehe sie sich hinunterdrücken ließ.

Ich sah mir alles gründlich an, fingerte an dem Funkgerät herum, das hinter dem Kasten stand, holte meine Notizen heraus und las darin. Hewell stand direkt hinter mir, was meine Konzentration beeinträchtigt hätte, wenn ich mich hätte konzentrieren müssen, was zum Glück nicht der Fall war. LeClerc stand daneben und sah mich mit seinen blinden, weißen Augen an, bis eine der Wachen ihn nach draußen rief. Nach einer halben Minute war er wieder zurück.

»Also los, Bentall«, sagte er kurz. »Beeilen Sie sich gefälligst. Die Wales meldet soeben, daß sie in stürmisches Wetter hineinläuft, was die Beobachtung des Testschusses unmöglich macht. Alles gesehen?«

»Ich habe gesehen, was ich wollte.«

»Können Sie es machen?«

»Natürlich kann ich es machen.«

»Wie lange werden Sie brauchen?«

»Fünfzehn Minuten. Höchstens zwanzig.«

»Gut. Sie können gleich anfangen.«
»Womit anfangen?«
»Die Zündleitung zu montieren.«
»Da muß ein Irrtum vorliegen«, sagte ich. »Ich habe niemals etwas davon verlauten lassen, daß ich die Zündleitung montieren wolle.«
Das leise Schwingen seines Malakkastöckchens brach ab. LeClerc trat einen Schritt auf mich zu.
»Sie wollen nicht?« Seine Stimme war heiser vor Wut. »Weshalb haben Sie dann die letzten zweieinhalb Stunden vertrödelt?«
»Um Zeit zu schinden«, sagte ich. »Sie haben ja mitgehört, was ich zu Hargreaves sagte: die Zeit arbeitet für uns.«
Ich sah seine Reaktion voraus: Der Stock hieb über Wange und Augen, wirkte wie ein messerscharfes Schwert, das mein Gesicht halbierte. Ich stolperte rückwärts und stürzte mich dann auf LeClercs verschwommene Gestalt, als Hewells Riesenfäuste sich um meinen verletzten Arm schlossen. Der Rohrstock sauste wieder auf mich zu, aber diesmal traf er mich nicht. Hewell ließ mich los, sprang vorwärts und packte LeClercs Handgelenk im Moment des Zuschlagens.
»Verdammt, Hewell, lassen Sie mich los!« LeClercs Stimme war das heisere Geflüster eines Mannes, der die Kontrolle über sich verloren hat.
»Lassen Sie das, Boß.« Hewells tiefe, autoritäre Stimme schien die Atmosphäre wieder zu normalisieren. »Sehen Sie nicht, daß der Bursche schon halbtot ist? Wollen Sie ihn etwa umbringen? Und wer macht uns dann die Rakete scharf?«
Ein paar Sekunden war es still, dann sagte LeClerc in völlig verändertem Ton: »Danke, Hewell. Sie haben natürlich recht. Aber ich bin provoziert worden.«
»Das kann man wohl sagen«, knurrte Hewell, »dieser abgefeimte Hund. Am liebsten würde ich ihm das Genick umdrehen.«
Ich befand mich nicht gerade unter Freunden, soviel war mir klar. Aber im Moment interessierte mich das nicht. Ich war viel zu sehr damit beschäftigt, mir Sorgen um mich selbst zu machen. Mein linker Arm und meine linke Gesichtshälfte wetteiferten darum, wer mir größere Schmerzen bereiten könne,

aber nach einer Weile vereinigten sie ihre Kräfte, und die ganze linke Seite meines Körpers verschmolz zu einem einzigen, wilden Schmerz. Ich starrte auf das Kommandopult, und die verschiedenen Knöpfe verschwammen vor meinen Augen.

Ich torkelte gegen einen Hocker und ließ mich heftig darauf niederfallen, klammerte mich aber am Kommandopult fest, um nicht umzukippen.

LeClerc war bis auf einen Schritt an mich herangekommen.

»Hören Sie mich, Bentall?« sagte er in einem kalten Ton, der mir noch weniger behagte als sein hysterischer Ausbruch. »Verstehen Sie, was ich Ihnen sage?«

Ich starrte auf mein Blut, das auf den Betonboden tropfte.

»Ich brauche einen Arzt«, murmelte ich. Meine Lippen waren so angeschwollen, daß ich kaum noch sprechen konnte. »Meine Wunden sind wieder aufgebrochen.«

»Zum Teufel mit Ihren Wunden! Sie machen sich an die Rakete, und zwar sofort!«

»So?« sagte ich. Ich bemühte mich, aufrecht zu sitzen, und hielt die Lider halb geschlossen. »Wie wollen Sie mich denn dazu zwingen? Denn zwingen müssen Sie mich schon, verstehen Sie? Womit? Folter? Nur heraus mit den alten Daumenschrauben, mal sehen, ob Bentall sich etwas daraus macht.« Ich war vor Schmerzen halb von Sinnen, wußte nicht mehr, was ich redete. »Sehen Sie meine Hand an, sie zittert wie Espenlaub!« Ich hielt sie ihm hin, damit er sehen könne, daß sie wie Espenlaub zitterte. »Wie soll ich damit einen komplizierten . . .«

Er schlug mir mit dem Handrücken über den Mund, nicht sehr zart.

»Halt's Maul«, sagte er kalt. »Es gibt andere Methoden. Haben Sie schon vergessen, wie ich diesen dummen jungen Leutnant zum Reden brachte?«

»Ja, ich erinnere mich. Sie schossen einem Mann in den Hinterkopf. Dann kuschte der Leutnant.«

»Genau wie Sie jetzt kuschen werden. Ich lasse einen Matrosen herbringen. Wenn Sie sich weigern, die Rakete scharfzumachen, erschieße ich ihn.«

Er winkte einen seiner Leute herbei und flüsterte ihm etwas zu. Der Chinese wandte sich um und war noch keine fünf Schritte weit, als ich LeClerc zurief: »Holen Sie ihn zurück.«

Er nickte befriedigt. »Sie sind also bereit?«

»Sagen Sie ihm, er soll gleich alle Matrosen und auch die Offiziere mitbringen. Sie können sie samt und sonders durch den Kopf schießen.«

LeClerc stierte mich an.

»Sind Sie von Sinnen, Bentall? Ist Ihnen denn nicht klar, daß ich meine Worte wahrmache?«

»Und ich die meinen«, erwiderte ich müde. »Sie vergessen, LeClerc, daß ich Spionageabwehrmann bin; humane Gesichtspunkte dürfen mich nicht kümmern. Das sollten Sie am allerbesten verstehen. Außerdem weiß ich genau, daß Sie sowieso alle ermorden werden, bevor Sie hier abziehen. Wenn das also vierundzwanzig Stunden vor der planmäßigen Zeit geschieht, was ist schon dabei?«

Er sah mich schweigend an. Lange Sekunden vergingen, mein Herz schlug heftig gegen meine Rippen, meine Handflächen wurden feucht. Dann wandte er sich ab: Er glaubte mir. Er sprach leise mit Hewell, der mit einem Chinesen fortging, und wandte sich mir wieder zu.

»Jeder hat seine Achillesferse, Bentall«, sagte er im Plauderton. »Ich glaube, Sie lieben Ihre Frau.«

Der betonierte Bunker glühte wie ein Ofen, aber ich fühlte, wie ich eiskalt wurde. Einen Augenblick lang wichen meine grausamen Schmerzen, und ich spürte nur noch Angst, eine Art von Angst, wie ich sie noch nie gekannt hatte. Ich hätte wissen müssen, daß das kommen würde, es lag so deutlich auf der Hand, daß es nur ein Bentall übersehen konnte.

»Sie armer Narr«, sagte ich verächtlich. »Sie ist nicht meine Frau. Sie heißt Mary Hopeman, und ich habe sie vor sechs Tagen kennengelernt.«

»Eine Kollegin also?« Er schien nicht sonderlich überrascht.

»Stimmt. Und Miß Hopeman ist sich über ihr Risiko klar. Sie arbeitet seit Jahren als Geheimagentin.«

»Agentin, sagen Sie. Eine erstaunlich hübsche junge Dame, ich persönlich finde sie ganz entzückend.« Er legte eine kleine Pause ein.

»Nun, wenn Miß Hopeman nicht Ihre Gattin ist, haben Sie sicherlich nichts dagegen, wenn sie sich mit den anderen Damen in Richtung unseres Bestimmungsorts begibt?«

»Was für ein Bestimmungsort, LeClerc? Asien?«

»Das dürfte keine Frage sein.«

»Und die Rakete? Muster für ein paar hundert von der gleichen Sorte?«

»Getroffen.« Er schien bereit, über seine fixe Idee zu sprechen. »Wie viele asiatische Nationen hat meine Adoptivheimat mehr Begabung für, sagen wir, raffinierte Nachahmungen als für Originalerfindungen. In einem halben Jahr wird die Produktion der Hornisse anlaufen. Mit Raketen, Bentall, lenkt man heute die Weltpolitik. Wir brauchen Lebensraum. Die australische Wüste könnte aufblühen. Wir würden sie gern besiedeln, friedlich, wenn es geht.«

Ich starrte ihn an. War er übergeschnappt?

»Lebensraum? Australien? Sie können doch das Kriegspotential Rußlands oder Amerikas nicht in einem Menschenalter aufholen.«

»Und was will das heißen?«

»Ja, denken Sie denn, eine dieser beiden Mächte würde ruhig zusehen, wenn Sie im Stillen Ozean den wilden Mann spielen?«

»Natürlich nicht«, sagte LeClerc ruhig, »zugegeben. Aber mit Rußland und Amerika können wir fertig werden. Dazu verhilft uns die Schwarze Hornisse. Wir rüsten ein Dutzend Schiffe unter fremder Flagge mit je zwei bis drei Raketen aus. Wir postieren diese Schiffe in der Ostsee vor der russischen Küste, vor Alaska und an der Ostküste der Vereinigten Staaten. Wir feuern die Raketen mehr oder weniger gleichzeitig ab. Wasserstoffbomben gehen auf Amerika und Rußland nieder. Man wird in Rußland feststellen, daß diese Bomben aus Amerika, und in den USA, daß sie aus Rußland gekommen sind. Die beiden großen Weltmächte werden sich daraufhin planmäßig vernichten, und nichts kann uns mehr hindern, mit der Welt anzufangen, was uns beliebt.«

»Sie sind wahnsinnig.« Meine Stimme klang selbst in meinen eigenen Ohren gepreßt und heiser.

»Nun ja, so vorzugehen wäre tatsächlich kurzsichtig. Abgesehen von der radioaktiven Staubwolke, die die nördliche Hemisphäre eine Zeitlang ziemlich unwohnlich machen würde, möchten wir ja mit diesen beiden reichen und mächtigen Nationen Handel treiben. Nein, Bentall, die bloße Drohung dürfte hinreichend genügen.

Wir werden amerikanische und russische Beobachter auffordern, überzeugenden Tests der Rakete beizuwohnen, die beweisen, daß wir in der Lage sind, einen nuklearen Krieg auszulösen. Dann okkupieren wir Australien. Da die beiden Großmächte nun wissen, daß sie, sobald eine von ihnen sich gegen uns wendet, unweigerlich in ein nukleares Inferno hineingezogen werden, das höchstwahrscheinlich beide nicht überleben, wird also keine von beiden einen Finger gegen uns erheben. Statt dessen werden sie sich verbünden, um andere Länder wie Frankreich oder Großbritannien daran zu hindern, sich gegen uns zu wenden. Oder entdecken Sie einen ernsthaften Fehler in meiner Rechnung?«

»Sie sind wahnsinnig«, wiederholte ich. Aber alle Überzeugung war aus meiner Stimme gewichen. Er sah nicht wie ein Wahnsinniger aus. Und was er sagte, klang nur wahnsinnig, weil es so ungeheuerlich war, und ungeheuerlich war es nur durch das gigantische Ausmaß der Erpressung und des Bluffs, durch die absolute Tödlichkeit der dahinterstehenden Drohung. Aber verrückt war er nicht.

»Wir werden sehen, Bentall.« Er wandte sich um, als die Tür aufging, und löschte schnell alle Lichter bis auf eine kleine Lampe über dem Kommandopult.

Hewell führte Mary in das Halbdunkel. Sie erblickte mich, lächelte, kam einen Schritt auf mich zu und blieb stehen, als LeClerc sein Stöckchen hob.

»Es tut mir leid, Sie zu bemühen, Mrs. Bentall«, sagte er. »Oder soll ich lieber Miß Hopeman sagen?«

Mary warf ihm einen zornigen Blick zu und schwieg.

»Schüchtern?« fragte LeClerc, »oder nur störrisch wie Bentall? Er will nicht mitspielen. Er weigert sich, die Rakete scharfzumachen.«

»Das spricht durchaus für ihn.«

»Ich weiß nicht. Vielleicht bedauert er es noch. Wollen Sie nicht versuchen, ihn zu überreden, Miß Hopeman?«

»Sie verschwenden Ihre Zeit«, sagte sie verächtlich. »Sie kennen uns beide nicht. Und wir beide kennen uns auch kaum. Ich bedeute ihm nichts und er mir auch nicht.«

»Aha.« Er wandte sich zu mir. »Was sagen Sie dazu, Bentall?«

»Dasselbe wie Miß Hopeman: Sie vergeuden Ihre Zeit.«

»Wie Sie wollen.« Er zuckte die Schultern und sagte zu Hewell: »Schaffen Sie sie fort.«

Mary lächelte mir noch einmal zu, was klar bewies, daß sie mein zerschundenes Gesicht nicht sehen konnte, und ging. Sie trug den Kopf hoch. LeClerc trabte auf und ab, den Blick gesenkt, wie in Gedanken verloren. Nach einer Weile gab er der Wache einen Befehl und ging hinaus.

Nach zwei Minuten sprang die Tür auf. Ich sah Mary von Hewell und LeClerc flankiert. Ihre Füße schleiften auf dem Boden; ihr Kopf hing schlaff über die linke Schulter, ihre Augen waren geschlossen.

Ich versuchte an LeClerc heranzukommen. Zwei Karabiner und Hewells Pistole waren auf mich gerichtet, aber ich versuchte es trotzdem. Beim zweiten Schritt ließ mich einer der Wächter über seinen Karabiner stolpern. Ich stürzte der Länge nach schwer auf den Betonboden. Dort lag ich eine Weile halb betäubt.

Die Wachmannschaften zogen mich wieder in die Höhe. Hewell und LeClerc standen noch an derselben Stelle. Marys Kopf war jetzt vornüber gefallen, so weit, daß ich die Stelle sehen konnte, wo das helle Haar im Nacken gescheitelt war. Sie stöhnte nicht mehr.

»Machen Sie die Rakete jetzt scharf?« fragte LeClerc leise.

»Ich bringe Sie um, LeClerc«, sagte ich.

»Machen Sie die Rakete jetzt scharf?«

»Ja, ich mache sie scharf«, sagte ich. »Und eines Tages bringe ich dich um.«

FREITAG, 13.00 BIS 18.00

Ich hatte LeClerc gesagt, ich könne die Hornisse in fünfzehn Minuten verdrahten und scharfmachen. Tatsächlich brauchte ich eine ganze Stunde dazu. Aber das war nicht meine Schuld.

Mein Arm und mein Gesicht schmerzten dermaßen, daß ich mich nicht auf die Arbeit konzentrieren konnte. Außerdem war ich halb verrückt vor Wut. Meine Sicht war getrübt, sodaß ich kaum meine eigenen Notizen entziffern konnte; meine rechte Hand – ich konnte nur die rechte benutzen – zitterte so stark, daß ich die größte Mühe hatte, die Zündungsuhr einzustellen, Kabel in die vorgesehenen Schlitze einzuführen oder die Zünder in die Böden der Treibstoffzylinder einzusetzen. Als ich den Sechzigpfundsprengsatz scharfmachte, fiel mir eine Sprengkapsel aus der schweißfeuchten Hand und detonierte mit einer grellweißen Stichflamme und einem solchen Knall, daß Hewell, der die Arbeit beaufsichtigte, beinahe die Pistole abgedrückt hätte, die er auf mich gerichtet hielt.

Es war auch nicht meine Schuld, daß LeClerc darauf bestanden hatte, ich solle an beiden Raketen gleichzeitig arbeiten, oder daß ich durch Hargreaves und einen zweiten Wissenschaftler namens Williams behindert wurde, die den Auftrag hatten, jeden meiner Handgriffe zu beobachten und aufzunotieren. Da sie mich auf dem Krangerüst flankierten, störten sie mich bei fast jeder Bewegung.

Ich verstand sehr gut, weshalb LeClerc auf diesen Formalitäten bestanden hatte. Sicherlich hatte er Hargreaves und Williams mit der Ermordung ihrer Frauen gedroht, falls ihre Notizen nicht haargenau übereinstimmten. Auf diese Weise würde er, wenn der Abschuß der ersten Rakete erfolgreich verlief und die Aufzeichnungen der beiden Beobachter identisch waren, die absolute Gewißheit haben, daß auch die andere Rakete korrekt montiert war.

Das gleichzeitige Arbeiten an zwei Raketen bedeutete natürlich mein Todesurteil. Hätte LeClerc beabsichtigt, mich mit den anderen Wissenschaftlern mitzunehmen, hätte er mich kaum beide Raketen zugleich verdrahten lassen, schon aus Zeitmangel nicht. Die letzte Meldung von der Wales sprach von so hohem Seegang, daß der Versuch womöglich aufgegeben werden mußte. Ich überlegte, für welchen Zeitpunkt mein Tod wohl vorgesehen sei. Sofort nach Abschluß der Montage? Oder sollte ich erst später, zusammen mit Kapitän Griffiths und seinen Leuten, erledigt werden, wenn die Wissenschaftler und ihre Frauen bereits abgedampft waren? Wahrscheinlich später, dachte ich. Selbst LeClerc würde sich wohl scheuen, vor so vielen Zeugen ein Blutbad anzurichten.

Wenige Minuten vor zwei fragte ich Hewell nach dem Schlüssel für den »Selbstmordkasten«, denn dessen Schaltung, die den Stromkreis für die Sechzigpfundsprengladung schloß, konnte nicht ohne einen Schlüssel vorgenommen werden, der ein Sicherheitsschloß am Schaltarm betätigte.

»Warten Sie. Ich hole LeClerc.« Er verschwand, ließ aber einen wachsamen Chinesen zurück und war in einer Minute mit LeClerc wieder da.

»Was fehlt denn noch?« fragte LeClerc ungeduldig.

»Haben Sie den Schlüssel?«

Er ließ den Fahrstuhl ab, hieß Hargreaves und Williams mit ihren Notizbüchern absteigen und kletterte neben mich. Als wir oben ankamen, sagte er mißtrauisch: »Was ist los? Planen Sie vielleicht in letzter Minute noch eine kleine Sabotage?«

»Bitte«, sagte ich. »Versuchen Sie doch selbst den Schalter ohne Schlüssel zu bewegen.«

Er versuchte es, nickte und gab mir den Schlüssel. Ich entsicherte den Schaltarm, schraubte die vier Flügelschrauben ab, die den Kastendeckel hielten, und während ich den Deckel beim Abnehmen über den Schaltarm streifte, gelang es mir, mit dem Schraubenzieher ein Stückchen Kupferdraht zu entfernen, das ich vorher zwischen Deckel und Schaltarm geklemmt hatte, damit der Schaltarm sich nicht hin und her bewegen ließ. Der Schalter selbst war der normale Typ mit gefedertem Kipphebel; legte man den Schaltarm nach rechts um, so schnellten die beiden Kupferkontakte von den beiden toten Leitungsenden zu den lebenden nach links hinüber. So schnell es mein verschwommener Blick und meine zittrige Rechte zuließen, schraubte ich den Kipphebel ab, nahm den Schaltarm heraus, tat so, als ob ich die Kontaktstücke geradeböge, und schraubte den Schalter wieder an.

»Konstruktionsfehler«, sagte ich kurz. »Wahrscheinlich das gleiche bei der anderen Rakete.« LeClerc nickte, sagte nichts, beobachtete nur genau, wie ich den Deckel wieder überstülpte und den Schaltarm mehrere Male hin und her bewegte, um zu demonstrieren, wie leicht er nun ging.

»Alles fertig?« fragte er.

»Noch nicht. Ich muß noch an der anderen Rakete die Zündungsuhr einstellen.«

»Das hat Zeit. Ich will diese hier abfeuern – und zwar sofort.« Er blickte zu Farley und dessen Assistenten hinauf, die an den automatischen Lenk- und Zielsuchmechanismen herumfummelten. »Wo, zum Teufel, hapert's denn bei ihm?«

»Es hapert gar nicht bei ihm«, sagte ich. Farley und ich harmonierten jetzt prächtig, dank unseren breiten, rotvioletten Striemen auf der linken Gesichtshälfte. »Farley ist schon seit ein paar Tagen fertig«, fuhr ich fort, »er ist nur so ein Überängstlicher, der sich immer wieder fragt, ob er auch den Gashahn abgedreht hat.«

»Gut. Dann können wir anfangen.« LeClerc drehte den Schlüssel im Schaltarm, legte den Hebel auf Geladen um, zog den Schlüssel wieder heraus, klappte die Raketentür zu und verschloß sie. Der Fahrstuhl glitt nach unten, und LeClerc winkte einem seiner Leute. »Der Funker soll durchgeben: ‚Abschuß in zwanzig Minuten.'«

»Und wohin jetzt mit uns, LeClerc?« fragte ich. »In den Bunker?«

Er sah mich kalt an.

»Damit Sie dort in Sicherheit sind, wenn die Rakete explodiert, weil Sie daran herumgebastelt haben?«

»Von wem reden Sie da?«

»Von Ihnen, Bentall. Ich mache mir nichts vor. Sie sind ein sehr gefährlicher Gegner.«

»Hoffentlich sind Sie nicht so naiv, sich einzubilden, ich hätte die Möglichkeit einer Sabotage außer acht gelassen. Sie, Bentall, Ihre Kollegen und die Marineleute werden hier draußen bleiben, während die Rakete abgeschossen wird. Wir andern suchen den Bunker auf.«

Ich fluchte. Er lächelte.

»Sie haben also wirklich nicht daran gedacht, daß ich mich rückversichern würde?«

»Sie verdammter Mörder! Sie können doch keine Menschen draußen im Freien lassen!«

»Wieso denn nicht?« Die milchigen Augen starrten in die meinen. »Haben Sie wirklich Dummheiten gemacht, Bentall?«

»Gar nichts habe ich gemacht«, brüllte ich. »Aber dieser Festtreibstoff ist instabil. Lesen Sie Dr. Fairfields Aufzeichnungen, dann wissen Sie es. Keiner kann voraussagen, was passieren wird. Der Treibstoff ist in diesen Mengen noch unerprobt. Begreifen Sie doch, LeClerc, wenn das Ding krepiert, hat im Umkreis von einem Kilometer kein Mensch auch nur die kleinste Chance zu überleben.«

»Ganz recht.« Er lächelte. Er lächelte, aber ich merkte langsam, daß ihm gar nicht danach zumute war. Er hatte seine Hände in seinen Taschen zu Fäusten geballt. Sein Mundwinkel zuckte nervös. Dies war der entscheidende Moment für LeClerc, der Moment, wo alles gewonnen oder alles verloren sein konnte. Er war nicht sicher, wie weit meine rücksichtslose Entschlossenheit ging. Er traute mir zu, das Äußerste zu wagen und vor nichts zurückzuschrecken, sogar, daß ich Unschuldige opfern würde, um seine Pläne zu durchkreuzen. Alle seine Hoffnungen und Befürchtungen hingen von den nächsten Minuten ab. Würde die Schwarze Hornisse sich in die Lüfte erheben, oder würde sie, samt seinen Plänen und Träumen, in Millionen Stücke zerbersten? Er wußte es nicht. Er mußte va banque spielen, er hatte keine andere Wahl. Aber wenn er das Spiel verlor, so wollte er mir wenigstens nicht die Genugtuung geben, es zu gewinnen.

Wir bogen um die Ecke des Hangars. In hundert Meter Entfernung saßen das wissenschaftliche und das Marinepersonal der Versuchsstation in zwei ungeordneten Reihen am Boden. Frauen sah ich nicht. Zwei Chinesen standen mit schußbereiten Karabinern Wache.

Ich sagte: »Was meinen denn die Wachen dazu, daß sie draußen bleiben müssen, wenn die Rakete gestartet wird?«

»Sie bleiben nicht draußen; sie kommen mit in den Bunker.«

»Und Sie bilden sich wirklich ein, wir werden dort wie brave kleine Kinder sitzen bleiben, wenn die Wachen fort sind?«

»Sie werden«, sagte er gleichmütig. »Ich habe sieben Frauen im Bunker. Wenn einer von Ihnen sich rührt, werden sie erschossen.«

»Sieben?« sagte ich. »Wo ist Miß Hopeman?«

»In der Waffenkammer.«

Ich fragte nicht, warum er nicht auch Mary in den Bunker gebracht hatte, ich wußte die bittere Antwort: sie war entweder noch bewußtlos oder transportunfähig. Und ich bat auch nicht darum, sie in den Bunker bringen zu lassen. Wenn die Rakete krepierte, hatte sie nicht mehr Chancen als wir. Die Waffenkammer stand keine hundert Meter vom Hangar entfernt, aber besser so, als im Bunker zu überleben.

Ich setzte mich neben Farley. Niemand sah mich an, alle starrten gebannt auf die Hangartüren, aus denen die Schwarze Hornisse jeden Augenblick auftauchen mußte.

Sie brauchten nicht lange zu warten. Eine halbe Minute, nachdem LeClerc und Hewell uns verlassen hatten, rollten die beiden Krangerüste mit der Rakete in Sicht. Zwei Techniker bedienten die Kräne. Nach etwa einer halben Minute hielten die Fahrgestelle an, sodaß die Rakete genau in die Mitte der betonierten Abschußplattform zu stehen kam. Die beiden Techniker sprangen ab und setzten sich zu uns. Von nun an war alles ferngesteuert. Die Wachmannschaften begaben sich im Laufschritt zu dem Bunker.

»Hm«, brummte Farley. »Proszeniumsloge. Dieser mörderische Teufel.«

»Wo bleibt Ihr Forschergeist?« fragte ich. »Interessiert Sie denn nicht, ob das Ding funktioniert?«

Er funkelte mich an und wandte sich ab. Einen Moment später sagte er: »Mein Teil funktioniert auf jeden Fall. Deswegen habe ich keine Sorge.«

»Geben Sie nicht mir die Schuld, wenn sie in die Luft geht«, sagte ich. »Ich bin hier nur der Elektriker.«

»Wir können das später auf einer höheren Ebene diskutieren«, meinte er mit grimmigem Galgenhumor. »Was halten Sie von den Aussichten?«

»Dr. Fairfield meinte, sie würde funktionieren. Das genügt

mir. Ich hoffe nur, Sie haben nicht die Drähte verwechselt und sie fällt uns genau auf den Kopf.«

»Keine Angst.« Er war froh, sprechen zu können. Dieses schweigende Warten ging uns allen auf die Nerven. »Es kann gar nicht schiefgehen. Unser neues Infrarotlenksystem ist ganz und gar unfehlbar. Navigiert nach einem Stern.«

»Ich kann keine Sterne sehen. Es ist noch hellichter Tag.«

»Sie freilich nicht«, sagte Farley. »Aber die Infrarotzelle sieht sie. Warten Sie's ab, Bentall. Tausend Seemeilen, und sie wird das Ziel auf den Meter genau treffen. Auf den Meter, sage ich Ihnen.«

»Wie kann man denn einen Meter im Stillen Ozean markieren?«

»Nun ja, zweivierzig mal einsachtzig«, gab er großzügig zu. »Ein Magnesiumfloß. Wenn die Rakete in die Atmosphäre zurückkehrt, schaltet sich die Sternnavigation aus, und ein Infrarotzielsucher übernimmt das Kommando. Die Rakete ist darauf eingestellt, eine Wärmequelle anzusteuern. Ein Schiff, besonders ein Schornstein, ist auch eine Wärmequelle. Deshalb wird ein Magnesiumfloß, eine enorme Hitzequelle, neunzig Sekunden vor Ankunft der Rakete durch Fernzündung von der Wales aus in Brand gesetzt. Die Rakete wählt dann die größere Hitzequelle.«

»Das möchte ich im Interesse der Wales auch hoffen. Wäre nur schlimm, wenn sie das Floß neunzig Sekunden zu spät zündeten.«

»Das werden sie nicht. Sie bekommen ein Funksignal von hier, wenn die Rakete startet.« Er machte eine kleine Pause. »Wenn sie startet. Die Hornisse braucht genau dreieinhalb Minuten für den Flug, also wird das Floß zwei Minuten nach Erhalt des Signals in Brand gesteckt.«

Aber ich hörte kaum mehr zu. LeClerc, Hewell und die letzten Wachmannschaften waren hinter dem Bunker verschwunden. Ich blickte über den glitzernden Sandstrand und den grünen Schimmer der spiegelnden Lagune und erstarrte plötzlich, als ich ein Schiff auf eine Lücke in dem Riff zusteuern sah. Meine Erstarrung war indessen nur von kurzer Dauer. Dies war kein rettendes Schiff der königlichen Kriegsmarine, es war nur der unverzagte Schiffer Käpt'n Fleck, der kam, um seine Lohntüte abzuholen. Hargreaves hatte ja schon erwähnt, daß er am Nachmittag erwartet wurde. Ich dachte über Käpt'n Fleck nach, und ich kam zu dem Schluß, daß ich an seiner Stelle meinen Schoner in genau entgegengesetzter Richtung steuern und so viele Seemeilen wie nur möglich zwischen mich und LeClerc bringen würde. Aber Käpt'n Fleck konnte ja nicht wissen, was ich wußte, jedenfalls war ich dessen ziemlich sicher.

Das Rumpeln von Eisenrädern ließ mich herumfahren. Die beiden Krangerüste, unbemannt und ferngesteuert, bewegten sich langsam in entgegengesetzten Richtungen auseinander. Die Rakete wurde jetzt nur noch am Sockel von den Verlängerungsarmen der unteren Klampen gehalten. Niemand sprach mehr ein Wort – was für Menschen, die vielleicht nur noch acht Sekunden zu leben hatten, nicht weiter erstaunlich war.

Die großen Ansaugturbinen an der Nase der Hornisse heulten plötzlich auf, noch zwei Sekunden, noch eine – alle saßen wie versteinert, die Augen halb geschlossen in Erwartung der gewaltigen Explosion, die sie gar nicht mehr verspüren würden. Die Sockelzwingen sprangen auf – ein einzelner Donnerschlag erfolgte – und eine riesige, wallende orangefarbene Flammenkugel erschien am Fuß der Rakete, das Fahrgestell völlig einhüllend. Langsam, unglaublich langsam hob sich die Hornisse vom Boden ab, die orange Flammenkugel mit sich nehmend. Dann wurden die Echos des Donnerschlags abgelöst von einem konstanten kreischenden Getöse, das mit fürchterlicher Intensität gegen unsere Trommelfelle schlug, wie das Lärmen riesiger Düsenaggregate aus nächster Nähe. Eine fünfzehn Meter lange, grelle Flammenzunge durchbohrte die Flammenkugel am Raketenfuß und hob die Schwarze Hornisse in die Höhe. Aber immer noch stieg sie nur langsam, unglaublich langsam, es schien, als ob sie jeden Augenblick umfallen müsse. Dann, in vierzig oder fünfzig Meter Höhe, erfolgte wiederum eine starke Detonation – die zweite Triebsatzserie hatte gezündet – eine dritte auf knapp zweihundert Meter Höhe, und dann begann die Rakete mit phantastischer Beschleunigung emporzuschießen. In etwa fünfzehnhundert bis zweitausend Meter Höhe neigte sie sich plötzlich und flog auf einer Bahn, die fast parallel der Meeresoberfläche zu verlaufen schien, nach Südosten ab. Innerhalb von acht Sekunden war sie völlig außer

Sicht. Nichts sprach mehr davon, daß sie einmal dagewesen war, als der beißende Gestank des verbrannten Treibstoffs, das flammengeschwärzte Fahrgestell und der dicke weiße Kondensstreifen, der sich schnurgerade über den heißen blauen Himmel legte.

Ich bemerkte, wie meine Brust schmerzte, und begann wieder zu atmen.

»Na, sie funktioniert doch!« Farley schlug sich in strahlender Begeisterung mit der Faust in die flache Hand. Er stieß einen langen Seufzer der Befriedigung aus. »Sie funktioniert, Bentall, sie funktioniert doch tadellos!«

»Natürlich funktioniert sie. Ich habe niemals etwas anderes erwartet.« Ich erhob mich mit steifen Gliedern, rieb mir die schweißfeuchten Handflächen an den Hosen und ging zu Kapitän Griffiths und seinen Offizieren hinüber. »Hat Ihnen die Vorstellung gefallen, Kapitän?«

Er musterte mich kalt und gab sich keine Mühe, die Abneigung und Verachtung in seinen Augen zu verbergen; dann sah er auf meine linke Gesichtshälfte.

»LeClerc scheint seinen Rohrstock gern zu benutzen, wie?«

»Eine Marotte von ihm.«

»Und darum haben Sie kollaboriert!« Er besah mich von oben bis unten mit dem Abscheu eines Kunstsammlers, dem man ein Original versprochen hat und der eine miserable Kopie vorfindet. »Ich hatte es von Ihnen eigentlich anders erwartet, Bentall.«

»Natürlich habe ich kollaboriert«, erwiderte ich. »Kein Mark in den Knochen. Aber das Militärgericht kann warten, Kapitän.« Ich setzte mich, zog Schuh und Socken aus, holte meinen Zettel aus dem Plastikumschlag, glättete ihn und reichte ihn Griffiths. »Wofür halten Sie das? Schnell bitte. Ich fand es in LeClercs Büro und bin sicher, daß es mit seinen Plänen zusammenhängt, die andere Rakete an ihren Bestimmungsort zu verfrachten. Ich versteh aber nichts von nautischen Dingen.«

Während Griffiths widerwillig las, bemerkte ich: »Der Pelikan ist ein Schiff, das wissen wir, weil LeClerc es uns selbst gesagt hat. Ich vermute, das andere sind auch Schiffsnamen.«

»Pelikan-Takishamaru 20007815«, murmelte Kapitän Griffiths. »Takishamaru ist ein japanischer Schiffsname, ohne

Zweifel. Linkiang-Hawetta 10346925. Vermutlich desgleichen. Immer paarweise. Alle Zahlen achtstellig.« Sein Interesse erwachte. »Uhrzeiten, könnten es Uhrzeiten sein? 2000 könnte 20.00 Uhr bedeuten, keine der ersten vier Ziffern ist höher als vierundzwanzig. Aber die nächsten vier. Irgendwelche Registernummern?« Seine Stimme verlor sich; ich sah, wie seine Lippen sich bewegten, dann sagte er bedächtig: »Ich glaube, ich hab's. Nein, ich weiß, daß ich es habe.

2000 bedeutet zwanzig Komma nullnull. Zwanzig Grad südlicher Breite. 7815 bedeutet 78,15 Grad Ost. Zusammen ergibt das eine Position keine fünfzig Seemeilen westlich von hier.« Er studierte das Papier schweigend fast eine Minute lang, während ich über meine Schulter schielte, um aufzupassen, ob LeClerc käme. Er kam nicht. Er erwartete sicher den Funkspruch von der Wales über das Abschußresultat.

»Alles sind Längen- und Breitenangaben«, sagte Griffiths schließlich. »Es ist nicht leicht, sie ohne Karte zu bestimmen, aber ich bin ziemlich sicher, daß diese Positionen, wenn man sie einzeichnet, eine Nordostkurve von hier bis zu einer Position vor der chinesischen oder der Formosaküste bilden würden. Ich kann mir ferner vorstellen, daß sie die Aufgabe haben, das Schiff, das die Rakete an Bord führt, zu eskortieren oder aufzupassen, ob die Route klar ist. Ich nehme an, LeClerc wird Vorkehrungen getroffen haben, um zu verhindern, daß der Raub der Rakete vorzeitig entdeckt wird.«

»Vielleicht sind diese Schiffe mit Radar ausgerüstet und können See und Luftraum fünfzig oder hundert Meilen im Umkreis absuchen?«

»Höchstwahrscheinlich.«

»Aber was geschieht, wenn nun wirklich ein Kriegsschiff oder ein Flugzeug auf der Bildfläche erscheint? Mit Radar kann man es entdecken, aber doch nicht abschießen. Wie verhält sich dann das Schiff mit der Schwarzen Hornisse an Bord?«

»Es taucht«, sagte Griffiths schlicht. »Es ist ein U-Boot, es muß ein U-Boot sein. Die Ladeluke etwas vergrößert, und fast jedes U-Boot könnte die Hornisse in seinem vorderen Torpedoraum aufnehmen. Die Begleitschiffe geben ihm die Möglichkeit, ungetaucht mit voller Kraft zu fahren. Wenn irgend etwas passiert, taucht es einfach und fährt unter Wasser mit viel geringerer Geschwindigkeit weiter. Hundert Kriegsschiffe mit Suchgeräten könnten ein Jahr lang suchen, ein einzelnes U-Boot im Stillen Ozean würden sie nicht finden. Ich glaube, Sie können sich darauf verlassen, Bentall, wenn diese Rakete Vardu einmal verlassen hat, sehen wir sie nie wieder.«

»Vielen Dank, Kapitän.« Kein Zweifel, so war es und nicht anders. Müde wie ein alter Mann stand ich auf – ein alter Mann beim letzten Versuch, sein Sterbebett zu verlassen –, zerriß das Papier in kleine Schnitzel und verstreute sie über das dünne, verdorrte Gras. Ich blickte in die Richtung des Bunkers und sah verschiedene Gestalten um die Ecke kommen. Draußen auf dem Meer steuerte Fleck durch die Lücke im Riff.

»Noch eine Bitte, Kapitän. Fragen Sie doch LeClerc, ob Sie und ihre Leute den restlichen Tag draußen in der frischen Luft verbringen dürfen, anstatt in den Wellblechhütten zu schmoren. Man wir wahrscheinlich jetzt anfangen, die zweite Rakete für den Transport zu verpacken.« Ich wies auf die beiden sechs Meter hohen Stahlkisten mit den eingebauten Polstern im Hangar hin. »Machen Sie ihm klar, daß er auf diese Weise nur einen Posten braucht, um Sie zu bewachen, anstatt der vier oder fünf, die die Türen und Fenster besetzen müßten, wenn Sie in den Hütten eingeschlossen wären. So hat er mehr Leute für die Arbeit frei. Geben Sie ihm Ihr Wort, daß nichts passieren wird. Wenn der Test gut ausgefallen ist, wird er guter Laune sein und nichts dagegen einwenden.«

»Was bezwecken Sie damit, Bentall?« Die Abneigung klang wieder aus Griffiths Stimme.

»Ich möchte nicht, daß LeClerc uns miteinander sprechen sieht. Wenn Sie leben wollen, tun Sie, was ich Ihnen sage.« Ich schlenderte ziellos von dannen und besichtigte den Schaden, den der Raketenstart auf der Abschußplattform angerichtet hatte. Einige Minuten später beobachtete ich aus dem Augenwinkel, wie LeClerc und Griffiths miteinander verhandelten; dann kamen LeClerc und Hewell auf mich zu. LeClerc machte einen fast jovialen Eindruck, den Eindruck eines Mannes, der seinen schönsten Traum in Erfüllung gehen sieht.

»Sie haben die Rakete also doch nicht verhext, wie, Bentall?« Offensichtlich wollte er mich nicht durch überschwengliche Dankesbezeugungen in Verlegenheit bringen.

»Nein, ich habe sie nicht verhext. Erfolgreich geimpft?«

»Mitten ins Ziel getroffen. Auf tausend Meilen. So, Bentall, jetzt machen Sie die andere fertig.«

»Erst möchte ich Miß Hopeman sehen.«

Er war auf einmal nicht mehr jovial.

»Ich sagte, Sie sollen die zweite Rakete fertigmachen.«

»Erst möchte ich Miß Hopeman sehen.«

Er sah Hewell an, der fast unmerklich nickte.

»Gut. Aber nur fünf Minuten.« Er händigte einer der Wachen den Schlüssel aus und winkte uns zu gehen.

Die Wache schloß die Tür der Waffenkammer auf und ließ mich ein. Ich machte die Tür hinter mir zu und ließ die Wache draußen stehen.

Der Raum lag im Halbdunkel, die Jalousien waren heruntergelassen. Mary lag in einer Eckkoje, in derselben Koje, in der ich am Vormittag geschlafen hatte. Ich ging zu ihr hinüber und sank an der Koje auf die Knie.

»Mary«, sagte ich leise. Ich rüttelte sie sanft an der Schulter. »Mary. Ich bin es. Johnny.«

Sie mußte in tiefem Schlaf gelegen haben, es dauerte lange, bis sie erwachte. Schließlich rührte sie sich und bewegte sich unter der Decke. Ich sah nur den fahlen Schein ihrer Haut und den Glanz der Augen.

»Wer – wer ist da?«

»Ich bin es, Mary. Johnny.«

Sie antwortete nicht, und ich wiederholte meine Worte. Mein Gesicht, mein Mund und die Kinnladen waren so steif und geschwollen, daß sie mein Gemurmel vielleicht nicht verstehen konnte.

»Ich bin müde«, sagte sie. »So müde. Bitte, laß mich allein.«

»Mary, es tut mir so entsetzlich leid. Ich dachte, sie würden nur bluffen, Mary, ich glaubte es wirklich.«

Sie murmelte etwas, ich konnte es nicht verstehen, dann sagte sie leise: »Es ist schon gut. Bitte geh.«

»Mary! Sieh mich an!«

Sie rührte sich nicht.

»Mary! Sieh mich an: Johnny Bentall auf den Knien.« Ich versuchte zu lachen, aber es klang wie das Quaken eines Frosches mit Bronchialkatarrh. »Ich liebe dich, Mary. Darum habe ich ihnen die verdammte Rakete scharfgemacht, darum würde ich noch hundert Raketen scharfmachen, darum würde ich alles in der Welt tun, alles Gute und alles Schlechte, nur damit du nie wieder zu Schaden kommst. Ich liebe dich, Mary. Ich habe lange gebraucht, bis ich es wußte, aber du solltest ja inzwischen schon gemerkt haben, was von einem Narren wie mir zu erwarten ist. Ich liebe dich, und wenn wir je hier wieder herauskommen, möchte ich dich heiraten. Würdest du mich heiraten, Mary?«

Lange war es still, dann sagte sie leise: »Dich heiraten? Nachdem du zugelassen hast . . . Bitte geh, Johnny, geh jetzt. Ich heirate einen, der mich liebt, nicht einen . . .« Sie brach ab.

Ich stand langsam auf und ging zur Tür. Ich öffnete sie, und das Licht floß in den Raum. Ein Strahl der westlich stehenden Sonne beleuchtete das Bett, das blondschimmernde Haar, das über den aufgerollten Mantel gebreitet war, der als Kopfkissen diente, die großen braunen Augen in dem blassen, erschöpften Gesicht. Ich sah sie lange, lange an, so lange, bis ich den Anblick nicht mehr ertragen konnte. Ich blickte auf den einzigen Menschen, den ich je geliebt hatte, und als ich mich abwandte – immer noch der alte Bentall, der nicht sehen lassen wollte, daß seine Augen naß waren –, hörte ich ihr erschrockenes Flüstern: »Guter Gott – dein Gesicht.«

»Laß nur«, sagte ich. »Ich werde es nicht mehr lange brauchen. Verzeih die Störung, Mary.«

Ich schloß die Tür hinter mir. Die Wache führte mich geradewegs zum Hangar, und das Glück war mit LeClerc, denn ich traf ihn unterwegs nicht. Hewell erwartete mich mit Hargreaves und Williams, beide mit gezückten Notizbüchern.

Ohne Aufforderung bestieg ich den Fahrstuhl, und wir begannen mit unserer Arbeit.

Zuerst öffnete ich den Schaltkasten des Außenmantels und stellte die Zeiten auf der Drehtrommel der Zündungsuhr ein. Nachdem ich festgestellt hatte, daß der Schaltarm am »Selbstmordkasten« auf Gesichert festgeschlossen war, warf ich einen schnellen Blick auf die zweite Unterbrechung des »Selbstmordstromkreises«, den Solenoidschalter direkt über dem Zeiteinstellgerät. Der Solenoid, der normalerweise in Bewegung gesetzt wurde, wenn die Spule, in der er steckte, Strom bekam, wurde durch eine ziemlich starke Feder zurückgehalten, die, wie ich durch einen schnellen Zug feststellte, etwa anderthalb Pfund Druck brauchte, um nachzugeben. Ich ließ den Kasten offen, sodaß der Deckel an einem Paar Flügelschrauben herunterhing, und wandte mich wieder dem »Selbstmordkasten« zu. Während ich scheinbar die Aktion des Schalters kontrollierte, klemmte ich – wie bei der ersten Rakete – ein Drahtstückchen zwischen Schaltarm und Deckel. Dann rief ich zu Hewell hinunter:

»Haben Sie den Schlüssel zum ‚Selbstmordkasten'? Der Schalter klemmt.«

Ich hätte mir die Mühe mit dem Drahtstückchen sparen können. Er sagte: »Ja, habe ich. Der Boß meinte schon, wir würden bei diesem dieselben Schwierigkeiten haben. Hier, fangen Sie!«

Ich öffnete den Deckel, schraubte den Schaltarm heraus, gab vor, ihn in Ordnung zu bringen, setzte ihn wieder ein und schraubte den Kipphebel fest. Aber zuvor hatte ich ihn um hundertachtzig Grad gedreht, sodaß die Kupferkontakte in der umgekehrten Position waren. Der Schaltarm war so klein, daß meine Hände ihn ganz bedeckten und weder Hargreaves noch Williams sehen konnten, was ich tat. Weshalb sollten sie mir auch mißtrauen, da sie mich ja – ihrer Meinung nach – am »Selbstmordkasten« dieselben Handgriffe vornehmen sahen wie bei der ersten Rakete. Ich legte den Deckel wieder auf und stellte den Hebel auf Gesichert. Jetzt war der Kasten geladen, und es bedurfte nur des Einschaltens des Solenoids, um den »Selbstmordstromkreis« ganz zu schließen. Normalerweise geschah das durch Funksignal: durch das Herunterdrücken der achten Taste auf dem Kommandopult. Es ging aber auch mit der Hand ...

Ich sagte zu Hewell: »So, hier ist der Schlüssel.«

»Nicht so schnell«, knurrte er. Er ließ den Fahrstuhl herunterkommen, fuhr mit mir bis zur offenen Raketentür und nahm mir den Schlüssel ab. Dann probierte er den Schaltarm des »Selbstmordkastens«, vergewisserte sich, daß er auf Gesichert feststand und sich nicht nach Geladen hinüberlegen ließ, steckte den Schlüssel in die Tasche und fragte: »Wie lange noch?«

»Wenige Minuten. Die letzte Zeiteinstellung.«

Der Fahrstuhl glitt wieder hinunter. Hewell stieg ab, und beim Wiederhochfahren flüsterte ich Hargreaves und Williams zu: »Schreibt jetzt nichts mehr auf.«

Ich beugte mich durch die Raketentür, die Kordel, die ich von der Jalousie abgerissen hatte, in der Hand verborgen. Es hätte nicht mehr als zehn Sekunden in Anspruch nehmen dürfen, das eine Ende an dem Solinoidschalter zu befestigen, aber meine Hand zitterte so, mein Sehvermögen war so stark beeinträchtigt, daß ich fast zwei Minuten dazu brauchte. Dann richtete ich mich auf und begann, mit der Linken die Tür zuzudrücken, während die Kordel durch meine Rechte glitt. Als zwischen Tür und Raketenwand nur noch zehn Zentimeter Zwischenraum waren, lugte ich durch den Spalt; Hewell auf seinem Beobachtungsstand mußte den Eindruck gewinnen, als ob ich – die Hände auf beiden Seiten des Türgriffs – ihn etwas zu lockern versuchte. Ich brauchte nur wenige Sekunden, um mit der Rechten die Kordel mit einer Schlinge und zwei halben Schlägen über den inneren Türgriff zu legen. Dann schloß ich die Tür, drehte den Schlüssel um, und das Werk war beendet.

Der erste, der die Tür mit stärkerem Druck als anderthalb Pfund und weiter als zehn Zentimeter öffnete, würde die »Selbstmordladung« auslösen und die Rakete zerstören. Falls der Festtreibstoff dabei mitexplodieren würde, wie Dr. Fairfield vermutete, würde der Betreffende sich selbst sprengen. Ich hoffte, LeClerc würde die Raketentür persönlich öffnen.

Der Lift glitt hinunter, und ich kletterte müde hinaus. Durch die offenen Hangartüren sah ich die Wissenschaftler und einige der Marinemannschaften am Strand herumsitzen. Ein bewaffneter Posten ging in etwa fünfzig Meter Entfernung auf und ab.

»Die letzten paar Stunden Sonnenschein für die Verurteilten?« sagte ich zu Hewell.

»Alles fix und fertig?«

»Alles in bester Ordnung.« Ich nickte in Richtung der Gruppe. »Kann ich mich dazusetzen? Könnte selbst ein bißchen frische Luft gebrauchen.«

»Sie planen doch nicht irgendeine Teufelei?«

»Was könnte das schon groß sein«, sagte ich verdrossen. »Sehe ich noch aus, als ob ich irgend etwas planen könnte?«

Ich schlenderte zum Strand hinunter. Einige Chinesen praktizierten die metallene Schutzhülle für die Rakete auf Fahrgestelle, ein Dutzend Matrosen unter scharfer Bewachung halfen dabei. Fleck machte gerade am Pierende fest; sein Schoner sah noch dreckiger aus, als ich ihn in Erinnerung hatte. Kapitän Griffiths saß etwas abseits von den anderen am Strand. Ich legte mich in seine Nähe, das Gesicht in den Armen vergraben. Ich fühlte mich hundeelend.

Griffiths sprach zuerst.

»Na, Bentall, ich nehme an, Sie haben LeClerc auch noch die andere Rakete geliefert.«

»Ja, Kapitän, ich habe sie ihm gemacht. Ich habe einen Selbstzünder eingebaut, sodaß jeder, der die Raketentür öffnet, die Rakete in die Luft sprengt. Deshalb habe ich nämlich an der ersten Rakete so brav gearbeitet; jetzt gibt es nur noch diese eine. Im übrigen hatte LeClerc damit gedroht, alle mit Genickschuß zu erledigen und Miß Hopeman zu foltern. Für Miß Hopeman kam mein Entschluß leider schon zu spät.«

Griffiths schwieg; ich war nicht sicher, ob er meine unartikulierten Laute überhaupt verstanden hatte. Dann sagte er leise: »Es tut mir wahnsinnig leid, mein Junge. Ich werde mir das nie verzeihen.«

»Sagen Sie Ihren Leuten, man soll uns warnen, wenn LeClerc oder Hewell oder eine der Wachen sich nähern. Sprechen Sie sowenig wie möglich zu mir. Bei mir kann niemand sehen, daß ich spreche.«

Fünf Minuten später hatte ich Griffiths berichtet, was LeClerc mir von seinen Plänen mit der Schwarzen Hornisse verraten hatte. Fast eine Minute sagte er nichts.

»Nun?« fragte ich.

»Phantastisch«, murmelte er. »Klingt vollkommen unglaublich!«

»Nicht wahr? Es ist phantastisch. Aber es ist möglich, oder?«

»Möglich ist es«, sagte er düster. »Leider nur allzu möglich.«

»Hören Sie, Kapitän, ich erzähle Ihnen das alles nicht nur, um Sie ins Bild zu setzen oder weil ich mich gern sprechen höre. Mir tut schon das Mundaufmachen weh. Ich erzähle es

Ihnen, damit Sie es Käpt'n Fleck stecken. Er muß jede Minute an Land kommen.«

»Käpt'n Fleck? Dem elenden Verräter?«

»Schreien Sie um Himmels willen nicht so. Wissen Sie eigentlich, was mit Ihnen und mir und allen Ihren Leuten geschieht, wenn unser Freund LeClerc absegelt?«

»Genausogut wie Sie.«

»Fleck ist unsere einzige Hoffnung.«

»Sprechen Sie im Ernst?«

»Hören Sie gut zu. Fleck ist ein Schurke, ein Lump und ein ausgemachter Spitzbube, aber er ist kein Mörder. Fleck würde für Geld alles tun, nur nicht töten. Er hat es mir gesagt, und ich glaube ihm. Fleck ist unsere einzige Hoffnung.«

Ich wartete auf einen Einwand, aber Griffiths schwieg. Ich fuhr fort: »Er wird jeden Moment an Land kommen. Reden Sie mit ihm. Fuchteln Sie mit den Armen und machen Sie ihm Vorwürfe, daß er ein verdammter Überläufer sei. Hewell und LeClerc werden Ihre Empörung höchst amüsant finden. Dann sagen Sie ihm leise, was ich Ihnen mitgeteilt habe. Machen Sie ihm klar, daß er nicht mehr lange zu leben hat, daß LeClerc niemanden zurücklassen wird, der ausplaudern kann. Sie werden feststellen, daß LeClerc Fleck einen gewaltigen Bären aufgebunden hat. Sie können sicher sein, daß Fleck nichts von der Rakete weiß und noch weniger ahnt, was LeClerc mit ihr vorhat. Fleck hat doch die Rakete niemals zu Gesicht bekommen?«

»Natürlich nicht. Die Hangartüren waren immer geschlossen, wenn er kam, und unterhalten durfte er sich nur mit den Offizieren und Maaten, die das Löschen seines Kahns beaufsichtigten. Natürlich wußte er, daß etwas Großes im Gange war, die Wales lag oft in der Lagune drüben vor Anker.«

»Gut. Aber jetzt wird er die Rakete sehen und – das liegt auf der Hand – Fragen darüber stellen. Ich müßte mich sehr täuschen, wenn LeClerc sie ihm nicht mit Freuden beantworten wird. Die Hornisse bedeutet den Traum seines Lebens, und er weiß, daß auch Fleck nicht überleben wird, um etwas auszuplaudern. Und sollte Fleck danach noch immer im Zweifel darüber sein, was ihm bevorsteht, dann sagen Sie ihm, er solle seinen Maat Henry in das Bergwerk schicken.« Ich beschrieb

Griffiths die Stelle, wo Hewell mit seinen Leuten durch die Bergwand gebrochen war, außerdem die Lage der Kammer mit den Toten. »Ich würde mich nicht wundern, wenn jetzt noch zwei Tote mehr dort lägen, zwei Fidschiinsulaner. Und er soll nachsehen, ob das Funkgerät noch in LeClercs Haus steht. Wenn Henry wieder zurück ist, wird Fleck nicht mehr zweifeln.«

Griffiths sagte nichts. Ich hoffte nur, ihn überzeugt zu haben. Wenn es mir gelungen war, konnte ich die Sache in keine besseren Hände legen. Griffiths war ein listiger alter Vogel und hellwach außerdem. Ich hörte ihn langsam aufstehen und davongehen. Ich drehte mich auf die Seite, bis ich den Pier sah. Fleck und Henry, in makellosem Weiß, gingen gerade an Land. Ich schloß die Augen. Ich schlief ein. Vielleicht war das nicht einmal verwunderlich. Ich war zu Tode erschöpft, und die Schmerzen in Kopf und Gesicht, Schulter und Körper waren nur noch ein einziger großer Schmerz.

Ich erwachte davon, daß mich jemand in die Rippen stieß, und zwar nicht gerade so, als ob er mich kitzeln wollte. Ich drehte den Kopf. LeClerc würde die einfachsten Gesetze der Höflichkeit auch nicht mehr lernen. Blinzelnd wälzte ich mich auf die Seite und stützte mich auf den gesunden Ellbogen. Etwas Weiches traf mich ins Gesicht und fiel mir auf die Brust. Ich senkte den Blick. Ein Ende Schnur, sauber zusammengerollt und verknotet.

»Wir dachten, Sie würden sie gern wiederhaben, Bentall. Wir brauchen sie nicht mehr.« Keine Spur von Wut in seinem Gesicht, eher eine Art Genugtuung. Er sah mich nachdenklich an. »Haben Sie wirklich geglaubt, ich würde eine so naheliegende Möglichkeit außer acht lassen? Es stand für mich so gut wie fest, daß Sie versuchen würden, die zweite Rakete zu sabotieren. Sie unterschätzen mich schwer.«

»So schlau waren Sie gar nicht«, sagte ich langsam und kämpfte gegen eine ansteigende Übelkeit an. »Ich glaube Ihnen nicht, daß Sie von selbst draufgekommen sind. Sie haben sich sicher Hargreaves und Williams vorgeknöpft und sie mit der Ermordung ihrer Frauen bedroht, wenn sie nicht auspackten. Getrennte Hütten und die üblichen Erpressungsmittel, falls ihre Berichte nicht haargenau übereinstimmten. Vielleicht unterschätze ich Sie wirklich. Jetzt werden Sie mich also erschießen. Ich glaube nicht, daß ich mir viel daraus mache.«

»Niemand erschießt Sie, Bentall. Keiner wird erschossen. Wir verlassen morgen die Insel, und ich verspreche, daß Sie alle am Leben bleiben.«

»Wie menschenfreundlich«, höhnte ich. »Wie lange haben Sie eigentlich geübt, um diesen aufrichtigen Ton in Ihre Stimme zu kriegen, wenn Sie einem Ihre verdammten Lügen auftischen, LeClerc?«

»Sie werden ja morgen sehen.«

»Morgen, immer morgen! Und wie gedenken Sie uns vierzig Mann bis dahin in Schach zu halten?«

»Sie haben uns selbst auf die Idee gebracht, Bentall. Der Bunker. Ein ideales Verlies, sagten Sie. Absolut ausbruchsicher. Außerdem brauche ich heute abend alle meine Leute, um die Rakete zu verpacken. Wenn Sie im Bunker stecken, spare ich die Wachen.« Er tauschte einen Blick mit Hewell und lächelte. »Übrigens, ich glaube, Sie und Kapitän Griffiths lieben sich nicht sehr, wie, Bentall? Er sagte recht häßliche Dinge über Sie, weil Sie die erste Rakete scharfgemacht hatten.«

Ich antwortete nicht. Ich wartete.

»Es wird Sie freuen, zu hören, daß er eine kleine Auseinandersetzung hatte. Mit Fleck. Er machte ihm Vorwürfe wegen seiner verräterischen Tätigkeit. Fleck seinerseits hat ihm das übel vermerkt. Die beiden Seebären waren sich in etwa gewachsen, und wenn Griffiths in etwas besserer Kondition war, so verfügte Fleck über mehr unerlaubte Tricks. Es war ein sehenswertes Match. Mußte es schließlich stoppen. Lenkte meine Leute zu sehr von der Arbeit ab.«

»Ich hoffe, sie haben sich gegenseitig totgeschlagen«, knurrte ich. LeClerc lächelte und ging mit Hewell davon. Für sie war die Welt in bester Ordnung.

Nicht für mich. Der Selbstzünder entdeckt, Griffiths und Fleck im Kriegszustand, die letzte Hoffnung flöten, Mary fertig mit mir, LeClerc Sieger auf der ganzen Linie – und für Bentalls Kopf eine Kugel. Ich fühlte mich am Boden und ausgezählt. Vielleicht war es doch an der Zeit, aufzugeben. Ich rollte mich wieder auf den Bauch zurück und sah Griffiths kommen. Er setzte sich an denselben Platz wie zuvor. Sein Hemd war zerrissen, seine Stirn zerschrammt, und in seinem Mundwinkel hing ein Blutgerinsel.

»Herzlichen Glückwunsch«, sagte ich bitter.

»Ist auch angebracht«, erwiderte er ruhig. »Fleck glaubt mir. Es war nicht schwer, ihn zu überzeugen. Er war heute morgen auf der anderen Inselseite und fand dort einen Toten – oder was noch von ihm übrig war –, einen Fidschi, glaube ich, der in der Nähe des Riffs auf dem Wasser trieb. Er dachte, es wären Haie gewesen. Jetzt denkt er es nicht mehr. Sein Maat ist ins Bergwerk gegangen.«

»Aber – die Schlägerei?«

»LeClerc kam aus dem Hangar. Er beobachtete uns genau. Es war die einzige Möglichkeit, seinen Argwohn zu zerstreuen.« Er lächelte. »Während wir uns herumwälzten, konnten wir uns eine ganze Menge zuflüstern.«

»Kapitän Griffiths«, sagte ich, »hierfür verdienen Sie ein Schlachtschiff.«

Die Sonne sank dem Horizont entgegen. Zwei Chinesen brachten uns etwas zu essen, hauptsächlich Büchsen, und Bier. Ich sah ein paar andere Essen zum Bunker hinüberbringen, wo die sieben Frauen noch eingesperrt waren, wahrscheinlich als zusätzliche Garantie dafür, daß wir nichts unternahmen. Brookman legte meinem Arm einen neuen Verband an und schien nicht sehr glücklich über den Zustand der Wunden. Den ganzen Nachmittag waren die Chinesen und etwa die Hälfte der Marinemannschaft unter schärfster Bewachung damit beschäftigt, zwei der Krangerüste abzumontieren und sie beiderseits der Schienen aufzustellen, um die Rakete in ihren Metallbehälter heben zu können, der schon auf zwei Fahrgestellen bereitstand. Und die ganze Zeit dachte ich an Mary in ihrer Einsamkeit, ob sie wohl schlafe oder wach sei, wie es ihr gehe, ob sie an mich dächte und ob sie halb so verzweifelt sei wie ich.

Kurz vor Sonnenuntergang kamen Fleck und Henry von der anderen Seite des Piers über den Strand geschlendert. Sie blieben in meiner Nähe stehen, Fleck mit gespreizten Beinen, die Arme in die Seiten gestemmt. Griffiths drohte ihm mit der erhobenen Faust. Es sah aus, als sollte ein neues Wort- oder Faustgefecht in Gang kommen. Ich rollte auf meinen rechten Ellbogen hinüber, was ganz natürlich schien für einen, über dessen Kopf hinweg sich zwei andere beschimpfen. Flecks braunes, hartes Gesicht war grimmig und verschlossen.

»Henry hat sie gefunden.« Seine Stimme war heiser vor Zorn. »Elf Tote. Dieser verdammte und verlogene mörderische Teufel.« Er fluchte fürchterlich. » Ich bin wirklich nicht zimperlich. Aber das ist zuviel. Er hat mir gesagt, sie wären eingesperrt. Ich solle sie morgen zufällig finden und nach Fidschi mitnehmen.«

Ich sagte: »Glauben Sie, daß es für Sie ein Morgen geben wird, Fleck? Sehen Sie nicht den bewaffneten Posten auf dem Pier, der aufpaßt, daß Sie nicht mit Ihrem Kahn türmen? Sehen Sie nicht, daß Sie denselben Weg gehen werden wie alle anderen? Er darf keinen zurücklassen, der reden kann.«

»Ich weiß. Aber einstweilen bin ich in Sicherheit. Ich kann heute nacht auf meinem Schoner schlafen. Morgen früh kommt ein Küstendampfer von Fidschi herüber mit der abgebrühtesten Besatzung von Asiaten, die ich je gesehen habe. Ich soll sie durch die Riffe lotsen.« Trotz seiner Wut spielte Fleck seine Rolle vorzüglich.

»Was soll der Küstendampfer?«

»Na, das ist doch klar!« Es war Griffiths, der die Antwort gab. »Ein größeres Schiff käme nicht an den Pier heran, das Wasser ist dort nur drei Meter tief. Man könnte zwar die Rakete auf Flecks Achterdeck laden, aber ihm fehlt eine größere Hebevorrichtung, um sie auf ein U-Boot zu verladen. Ich wette, dieser Küstendampfer hat einen großen Ladebaum, wie, Fleck?«

»Allerdings. Aber wieso U-Boot? Was . . .?«

»Das hat Zeit«, unterbrach ich ihn. »Hat Henry den Sender gefunden?«

»Nein«, gab Henry selbst, bekümmert wie immer, Bescheid. »Sie haben den Tunnel auf der Nordseite gesprengt und den Ausgang verschlossen.«

Und morgen, dachte ich, werden sie uns alle in das diesseitige Tunnelende hineintreiben und auch das verschließen. Vielleicht hatte LeClerc nicht einmal gelogen, als er sagte, er würde uns nicht erschießen; uns verhungern zu lassen erfüllt denselben Zweck.

»Nun, Fleck«, sagte ich, »wie gefällt Ihnen das alles?«

»Ach, hören Sie endlich auf, zum Teufel«, fauchte er. Seine Hände waren zu Fäusten geballt. »Sagen Sie mir lieber, was ich tun soll.«

Ich sagte es ihm.

Die Sonne berührte den Horizont. Die Wachen kamen und führten uns zum Bunker. Als ich mich noch einmal umwandte, sah ich einen Scheinwerferstrahl außerhalb des Hangars aufblitzen. LeClerc und seine Leute würden die ganze Nacht durcharbeiten. Sollten sie nur. Wenn Fleck Glück hatte, bestand die Chance, daß die Schwarze Hornisse ihren Bestimmungsort nie erreichen würde.

Wenn er Glück hatte.

SAMSTAG, 3.00 BIS 8.00

Ich erwachte in stockdunkler Nacht. Ich hatte mehrere Stunden geschlafen, sechs vielleicht, ich wußte es nicht. Ich wußte nur, daß es mir nicht geholfen hatte. Die Hitze in dem abgeschlossenen Vorraum des Bunkers war entsetzlich, die Luft muffig und verbraucht, der Betonboden härter als die härteste Matratze.

Mühsam setzte ich mich auf, und es war nur dem letzten Überrest meines Stolzes zu verdanken, daß ich nicht laut aufschrie, als ich mein Gewicht versehentlich auf die linke Hand verlagerte. Ich lehnte mich mit der gesunden Schulter gegen die Wand, als sich neben mir jemand bewegte.

»Wach, Bentall?« Es war Kapitän Griffiths.

»Ja. Wie spät?«

»Drei vorbei!«

»Drei! Käpt'n Fleck hatte versprochen, spätestens bis Mitternacht hier zu sein. »Drei Uhr schon. Warum haben Sie mich nicht geweckt, Kapitän?«

»Wozu?«

Ja, wozu eigentlich? Das Warten hätte mich ja doch nur verrückt gemacht. Wenn etwas sicher war, so dies, daß weder ich noch jemand anders irgend etwas dazutun konnte, hier herauszukommen. Eine halbe Stunde lang, nachdem wir eingeschlossen worden waren, hatten Brookman und ich Wände und Tür des Vorraums mit Streichhölzern nach einer einzigen schwachen Stelle abgesucht, ein hoffnungsloses Unternehmen, wenn man bedachte, daß diese Wände aus armiertem Beton errichtet worden waren, um einer plötzlichen Druckwelle von vielen Tonnen zu widerstehen. Trotzdem versuchten wir es. Wir fanden genau das, was wir erwartet hatten, nämlich nichts.

»Kein Geräusch, keine Bewegung draußen?« fragte ich Griffiths.

»Nichts. Gar nichts.«

»Nun gut«, sagte ich bitter. »Es wäre ja auch jammerschade um Bentalls Rekord gewesen.«

»Wie meinen Sie das?«

»Ich meine, daß alles, was ich bei diesem verfluchten Unternehmen angefaßt habe, unweigerlich schiefgegangen ist. Über meine Beständigkeit in dieser Hinsicht kann sich niemand beklagen. Und dabei wird es wohl auch bleiben.« Ich schüttelte den Kopf im Dunkeln. »Drei Stunden überfällig. Mindestens drei Stunden. Entweder hat er es versucht und ist erwischt worden, oder sie haben ihn vorsichtshalber eingesperrt.«

»Ich habe immer noch Hoffnung«, sagte Griffiths. »Alle Viertelstunden ist einer meiner Leute einem anderen auf die Schulter gestiegen und hat durch das Ventilatorgitter gespäht. Natürlich gibt es nichts Besonderes zu sehen, nur auf der einen Seite den Berg und auf der anderen das Meer. Das Unglück ist, daß fast die ganze Nacht lang heller Mondschein war. Das macht es für Fleck unmöglich, ungesehen von Bord zu gehen. Vielleicht versucht er es später.«

»Fast die ganze Nacht, sagen Sie? Nicht immer?«

»Einmal, so gegen eins, wurde es dunkel, vielleicht eine halbe Stunde lang«, gab er widerstrebend zu.

»Eine halbe Stunde hätte er gar nicht gebraucht, höchstens fünfzehn Minuten«, sagte ich düster. »Machen wir uns nichts vor, die Sache ist hoffnungslos.«

Alles war hoffnungslos. Ich hatte viel zuviel erwartet. Anzunehmen, daß Fleck sich bei hellem Mondlicht unbeobachtet von seinem Schiff fortstehlen und eine Wache auf dem Pier und eine Arbeitskolonne mit grellen Scheinwerfern, keine hundert Meter weit entfernt, passieren konnte, war schon reichlich optimistisch. Aber zu glauben, er könne anschließend ungesehen bis zur Kommandantenhütte gelangen, dort die Schlüssel stehlen, dann erst Mary aus der Waffenkammer und danach uns befreien – nein, das war wohl zuviel verlangt. Trotzdem hatten wir uns an den einzigen Strohhalm, der uns geblieben war, wie Ertrinkende geklammert.

Die Zeit schlich dahin, eine Nacht, die kein Ende nehmen wollte. Ich glaube nicht, daß irgend jemand schlief, dafür würde später noch überreichlich Zeit sein. Die Wissenschaftler unterhielten sich leise mit ihren Frauen. Mir wurde fast schreckhaft bewußt, daß ich nicht eine von ihnen wiedererkennen würde, wenn ich sie irgendwo träfe, denn ich hatte sie ja nie bei Tageslicht gesehen. Die Luft wurde immer schlechter, das Atmen immer schwerer, die Hitze war kaum mehr zu ertragen, und der Schweiß tropfte mir vom Gesicht und rann mir die Arme und den Rücken hinunter. Dann und wann wurde einer der Matrosen hochgehoben, um durch das Gitter zu schauen, und immer hatte er das gleiche zu berichten: heller Mondschein.

Jedesmal – bis vier Uhr morgens. Der Ausguck hatte gerufen: »Der Mond ist weg. Es ist stockdunkel. Ich seh nicht mal . . .«, als von draußen auch schon die Geräusche schneller Schritte ertönten, dann die eines Handgemenges, eines dumpfen Schlages und endlich das metallische Kratzen eines Schlüssels auf der Suche nach dem Schlüsselloch. Das Schloß schnappte, die Tür flog auf und kühle, süße Nachtluft kam herein.

»Fleck?« sagte Griffiths leise.

»Ja, ich bin's. Tut mir leid, daß ich so spät . . .«

»Miß Hopeman«, unterbrach ich ihn, »ist sie bei Ihnen?«

»Leider nein. Der Schlüssel zur Waffenkammer hing nicht am Brett. Ich habe durch das Fenstergitter mit ihr gesprochen. Sie hat mir dies hier für Sie gegeben.« Er drückte mir einen Zettel in die Hand.

»Hat jemand ein Streichholz?« fragte ich. »Ich möchte . . .«

»Hat keine Eile«, sagte Fleck. »Sie hat die Botschaft schon am Nachmittag geschrieben. Wartete nur auf eine Gelegenheit . . .« Er brach ab. »Los jetzt. Keine Zeit zu verlieren. Der verdammte Mond bleibt nicht für immer hinter den Wolken!«

»Sie haben recht«, sagte Griffiths. Leise rief er: »Alles raus. Keiner spricht ein Wort. Direkt den Hang hoch und dann quer hinüber. Das ist das beste, wie, Bentall?«

»Das ist das beste.« Ich steckte den Zettel in meine Brusttasche und trat beiseite, um die anderen hinauszulassen. Ich sah zu Käpt'n Fleck hin. »Was haben Sie denn da?«

»Ein Gewehr.« Er wandte sich um und rief zwei seiner Leute, die einen Chinesen zwischen sich schleiften. »LeClerc hatte einen Posten aufgestellt. Alles draußen? Vorwärts, Krishna, rein mit ihm.«

Fleck zog die Tür leise zu und verriegelte sie.

»Los, los«, flüsterte Griffiths ungeduldig. »Höchste Zeit, daß wir verschwinden.«

»Gehen Sie nur«, sagte ich. »Ich hole Miß Hopeman aus der Waffenkammer.«

Er war schon ein paar Schritte vorausgegangen, blieb aber jetzt stehen, wandte sich um und kam zurück.

»Sind Sie von Sinnen?« sagte er. »Fleck hat doch gesagt, es sei kein Schlüssel da. Jeden Moment kann der Mond wieder herauskommen. Man wird Sie mit Bestimmtheit entdecken. Sie haben nicht die geringste Chance. Kommen Sie und seien Sie nicht töricht.«

»Ich riskier's. Lassen Sie mich.«

»Sie wissen ganz genau, daß Sie gesehen werden müssen«, sagte Griffiths leise. »Und wenn man Sie sieht, bedeutet das, daß wir alle frei sind. Und LeClerc weiß, daß es nur einen Ort gibt, wo wir uns hinwenden können. Wir haben unsere Frauen dabei. Bis zum Tunneleingang sind es zweieinhalb Kilometer. Wir würden bestimmt abgefangen werden. Sind Sie wirklich entschlossen, Bentall, unser aller Leben für die minimale Chance aufs Spiel zu setzen, etwas für Miß Hopeman zu tun?«

»Ich bin ein Egoist«, sagte ich schließlich, »aber ganz so schlimm bin ich doch nicht. Ich hatte nur nicht mehr daran gedacht. Ich begleite Sie bis zu einem Punkt, wo Sie nicht mehr abgeschnitten werden können. Dann gehe ich zurück. Und machen Sie nicht den Fehler, mich aufhalten zu wollen.«

»Sie sind vollkommen wahnsinnig, Bentall.« Zorn und Sorge kämpften in Griffiths Stimme. »Alles, was Sie erreichen werden, ist, Ihr Leben zu verlieren, ohne Sinn und Zweck.«

»Es ist mein Leben.«

Wir marschierten in einer geschlossenen Gruppe auf den Hang zu. Keiner sprach, es wurde nicht einmal geflüstert, obgleich wir schon gut einen Kilometer von LeClerc und seinen Leuten entfernt waren. Nach etwa dreihundert Metern begann der Berg steil anzusteigen; wir schwenkten ab und folgten dem Fuß des Berges nach Süden. Hier begann die Sache gefährlich zu werden. Um zu dem Tunnelausgang zu gelangen, mußten wir den Hangar und die anderen Gebäude passieren, und direkt hinter dem Hangar ragte ein Ausläufer des Berges über das umliegende Bodenniveau hinaus, der uns zwang, uns bis auf zweihundert Meter der Stelle zu nähern, wo LeClerc mit seinen Leuten arbeitete.

Zehn Minuten lang ging alles gut. Der Mond blieb länger hinter der Wolke als wir hoffen durften. Ich berührte Griffiths' Arm:

»Der Mond kann jetzt jede Sekunde herauskommen. Hundert Meter weiter gibt es eine kleine Mulde. Wenn wir uns beeilen, schaffen wir es vielleicht.«

Wir schafften es genau in dem Moment, als der Mond durch die Wolken brach und Berg und Ebene in grellweißes Licht badete. Aber wir waren in Sicherheit, jedenfalls im Augenblick. Der Felsgrat, der uns in Richtung auf den Hangar abdeckte, war zwar nur einen Meter hoch, aber das genügte gerade.

Fleck und seine beiden Inder waren, wie ich jetzt erst feststellte, völlig durchnäßt. Ich fragte: »Sie mußten wohl ein Bad nehmen?«

»Die ganze Nacht saß eine verdammte Wache mit dem Karabiner in der Hand auf dem Pier«, brummte Fleck. »Paßte wie ein Schießhund auf, daß wir nicht an unserem Funkgerät herumspielten. Gegen eins, als der Mond verschwand, mußten wir über Backbord gehen und vielleicht vierhundert Meter an der Küste entlangschwimmen. Henry und der Junge sind natürlich in anderer Richtung geschwommen.« Ich hatte gebeten, Henry soll sich direkt zum Tunnelausgang begeben, schnell zu der Kammer laufen, die als Arsenal gedient hatte, und Sprengkapseln, Zünder, Sprengstoff und was er sonst noch finden könne, holen. Das heißt – wenn überhaupt noch etwas zu finden war. Waffen und Munition waren sicher nicht mehr da, und der Sprengstoff war zwar nur ein magerer Ersatz, aber immerhin doch wenigstens etwas.

»Das Schlüsselstehlen war kitzlig«, fuhr Fleck fort, »und es hingen nur die Schlüssel für die beiden Bunkertüren da. Wir haben versucht, Tür oder Fenster der Waffenkammer aufzusprengen, um Miß Hopeman herauszuholen. Es war hoffnungslos.« Er machte eine Pause. »Ist mir verdammt unangenehm, Bentall. Aber wir haben's versucht, weiß Gott, wir haben's versucht. Wir durften keinen Lärm machen, verstehen Sie?«

»Sie können nichts dafür, Fleck. Ich weiß, Sie haben es versucht.«

»Na, jedenfalls kamen wir gerade beim Bunker an, als der Mond auftauchte. Und das war unser Glück. LeClerc hatte einen Posten stehen. Wir mußten zwei geschlagene Stunden warten, bis es wieder dunkel wurde und wir ihn erledigen konnten. Ich habe eine Pistole und Krishna auch, aber in die Läufe ist Wasser gekommen.«

»Sie haben Ihre Sache großartig gemacht, Fleck. Und ein Gewehr haben wir auch. Können Sie damit umgehen?«

»Meine Augen sind nicht mehr so gut. Wollen Sie es haben?«

»Lieber nicht. Ich könnte heute nacht nicht einmal ein Kindergewehr abfeuern.« Ich wandte mich an Griffiths: »Haben Sie unter Ihren Leuten einen guten Schützen?«

»Zufällig ja. Chalmers«, er zeigte auf den rothaarigen Leutnant, » ist einer der besten Schützen der Kriegsmarine.«

Eine Wolke näherte sich dem Mond. Sie war nicht sehr groß, nicht halb so groß, wie ich sie mir gewünscht hätte, aber sie mußte genügen, es war keine andere in der Nähe.

»Noch eine halbe Minute, Kapitän«, sagte ich. »Dann los.«

»Wir werden uns beeilen müssen«, sagte er besorgt. »Gänsemarsch wird wohl das beste sein. Fleck voran, dann die Frauen und die Wissenschaftler, damit sie notfalls um ihr Leben rennen können. Meine Leute und ich bilden die Nachhut.«

»Das überlassen Sie Chalmers und mir.«

»Damit Sie im geeigneten Augenblick in Richtung Waffenkammer verschwinden können, nicht wahr, Bentall?«

»Vorwärts«, sagte ich. »Die Zeit drängt.«

Wir hätten es fast geschafft, aber Bentall war dabei, und nichts gelang, wenn Bentall in der Nähe war. Wir hatten glücklich den Hangar passiert, wo die beiden Krangerüste die Hornisse behutsam in ihre Wiege legten, und waren schon gut zweihundert Meter weiter, als eine der Frauen einen schrillen Schmerzensschrei ausstieß: sie war ausgerutscht und hatte sich das Handgelenk verstaucht. Ich sah, wie auf dem hellerleuchteten Platz vor dem Hangar jedermann herumfuhr. Nach wenigen Sekunden hatten sich schon drei Mann auf unsere Spur gesetzt; die anderen stürzten zu ihren abgestellten Karabinern hin.

»Lauft«, brüllte Griffiths. »Lauft um euer Leben!«

»Sie nicht, Chalmers«, sagte ich.

»Nein, ich nicht.« Er ließ sich auf ein Knie nieder, spannte, visierte und feuerte in einer einzigen, abgerundeten Bewegung.

Plötzlich ging die Beleuchtung vor dem Hangar aus. Jemand war auf den klugen Gedanken gekommen, daß Silhouetten gegen den angestrahlten Beton ein ideales Ziel boten.

»Das genügt«, rief Griffiths. »Los, zurück. Sie werden gleich ausschwärmen und auf uns zukommen. Zurück!«

Es wurde wirklich Zeit, sich zurückzuziehen. Ein Dutzend Gewehre und automatische Karabiner hatten das Feuer auf uns eröffnet. Die Schützen konnten uns nicht sehen, dazu war es zu dunkel, aber sie wußten durch Chalmers' Mündungsfeuer ungefähr, wo wir lagen, und bald hörten wir ringsum die Geschosse auf den Fels aufschlagen. Griffiths und Chalmers liefen. Ich lief ebenfalls, aber in entgegengesetzter Richtung, dahin, wo wir hergekommen waren. Ich sah noch nicht recht, wie ich zur Waffenkammer gelangen sollte – das Mondlicht begann schon wieder durch die zerfransten Wolkenränder zu sickern – aber irgendwie würde ich mich schon durchschlagen. Ich machte vier Sprünge und warf mich der Länge nach auf den Felsen, als etwas mit furchtbarer Gewalt gegen mein Knie prallte. Benommen richtete ich mich auf, machte einen Schritt und fiel schwer zu Boden. Ich fühlte keinen besonderen Schmerz, nur mein Bein trug mich nicht mehr.

Griffiths war an meiner Seite, Chalmers hinter ihm. »Was ist passiert?«

»Mein Bein. Ich bin am Bein getroffen.« ich dachte nicht an mein Bein, mein Bein war mir gleichgültig. Ich dachte nur daran, daß meine letzte Chance, die Waffenkammer zu erreichen, verspielt war. Dort lag Mary allein. Sie lag in der Waffenkammer und wartete auf mich. Mary glaubte daran, daß ich sie holen würde. Und wenn ich für sie auch der größte Narr der Welt sein mochte – sie wußte doch, daß ich sie nicht in LeClercs Klauen lassen würde. Ich raffte mich wieder auf, Griffiths stützte mich, aber mein Bein war völlig gelähmt.

»Sind Sie taub?« schrie Griffiths. »Ich frage Sie, ob Sie gehen können.«

»Lassen Sie mich, ich bin völlig in Ordnung. Ich gehe zur Waffenkammer.« Ich wußte nicht mehr, was ich redete.

Griffiths nahm mich beim Arm, Chalmers beim anderen, und so schoben und zerrten sie mich über den Berghang. Die anderen waren schon außer Sicht. Nach einer kleinen Weile kamen Brookman und ein Matrose zurück, um zu sehen, was los sei, und halfen, mich fortzubewegen.

Wir erreichten die Tunnelmündung drei Minuten später als die anderen. So sagte man mir jedenfalls, denn ich erinnerte mich an nichts mehr. Später erfuhr ich auch, daß wir es nicht geschafft hätten, wäre nicht der Mond durch die Wolken gebrochen und hätte Chalmers nicht die Chinesen aufgehalten, die über den letzten Grat kamen. Ferner sagte man mir, ich hätte die ganze Zeit phantasiert. So soll es jedenfalls gewesen sein, ich weiß es nicht.

Ich erinnere mich nur daran, daß ich, als ich wieder zu mir kam, in dem dunklen Tunnel lag. Ich blickte auf und sah Griffiths, Brookman, Fleck, Henry und einige Maate, die ich nicht kannte, an der gegenüberliegenden Wand stehen. Wir hatten alle Platz, obgleich das Tunnelende, wo Hewell mit seinen Leuten durchgebrochen war, erheblich enger war als der übrige Stollen: knapp einen Meter hoch und einen halben Meter breit. Ich sah mich nach den anderen um, konnte aber niemanden entdecken. Wahrscheinlich befanden sie sich tiefer im Bergesinneren. Ich spähte durch die schmale Tunnelöffnung ins Freie. Es dämmerte bereits.

»Wie lange liege ich hier eigentlich schon?« fragte ich plötzlich. Meine Stimme zitterte wie die eines Greises, aber vielleicht lag das nur am Echo.

»Eine Stunde vielleicht.« Merkwürdig, Griffiths' Stimme klang gar nicht greisenhaft. »Brookman meint, Ihr Bein käme wieder in Ordnung. Die Kniescheibe ist nur angekratzt. In einer Woche können Sie wieder laufen, als ob nichts passiert wäre.«

»Sind wir alle durchgekommen?«

»Ja, alle haben es geschafft.« Natürlich, alle haben es geschafft. Daß Mary es nicht geschafft hatte, wen kümmerte das schon? Sie, die für mich die ganze Welt bedeutete, war für die anderen nur ein Name. Mary lag noch in der Waffenkammer allein. Ich würde sie nie wiedersehen, nie. Niemals war eine lange Zeit. Selbst in der letzten, in dieser allerwichtigsten Sache hatte ich versagt. Ich hatte Mary im Stich gelassen. Und jetzt war »Nie«. Es würde immer »Nie« sein.

»Bentall!« Griffiths' Stimme war scharf. »Fehlt Ihnen was?«

»Wieso?«

»Sie sprechen schon wieder mit sich selber.«

»So?« Ich streckte die Hand aus. »Was ist inzwischen geschehen?«

»LeClercs Leute versuchten, in den Tunnel zu schießen. Um uns zu treffen, mußten sie sich vor den Eingang stellen. Das gaben sie bald auf. Dann versuchten sie zu sprengen, den Eingang zu verschütten. Sie ließen die erste Ladung hochgehen, die aber nichts anrichtete. Dann hörten wir sie vor der Tunnelöffnung mit Pickel Sprenglöcher schlagen. Wir warfen ein paar geballte Ladungen hinaus, die sie von weiteren Versuchen gründlich abschreckten.«

»Und was war mit dem Funkspruch?« fragte ich. »Wie hat LeClerc auf die Finte mit dem Funkspruch reagiert?«

Ich hatte Fleck nämlich aufgetragen, die Durchschrift eines angeblichen Funkspruchs auf dem Schoner liegen zu lassen, mit dem Text: »Ruf empfangen. H.M.S. Kandahar eiligst Suva-Vardu unterwegs. Eintreffen voraussichtlich 08.30«, damit LeClerc daraus schließen sollte, daß Fleck SOS gefunkt hatte.

»Der Funkspruch hat LeClerc natürlich wild gemacht; er bedeutet schließlich, daß ihm kaum noch drei Stunden Frist bleiben. Er wollte Sie unbedingt sprechen, Bentall, aber wir sagten ihm, Sie seien bewußtlos. Er drohte, Miß Hopeman zu erschießen, wenn Sie nicht herauskämen. Da sagte ich, Sie lägen im Sterben.«

»Na, das wird ihn ja gefreut haben.«

»Allem Anschein nach«, bestätigte Griffiths, »denn er ging fort, zog vielleicht sogar seine Leute ab. Wir wissen es nicht.«

»Nein«, sagte Fleck finster. »Aber der erste, der den Kopf zum Eingang hinausstreckt, wird es merken.«

Zeit verstrich. Das Licht vor der Stollenöffnung wurde zunehmend heller, bis wir schließlich in ein verwaschenes Hellblau schauten. Die Sonne war aufgegangen.

»Griffiths!« LeClercs Stimme ertönte von draußen, sie durchfuhr uns wie ein Schlag. »Hören Sie mich?«

»Ich höre.«

»Lebt Bentall noch?«

Griffiths befahl mir mit der Hand Schweigen, aber ich ignorierte ihn.

»Was gibt's, LeClerc?«

»Ach, ich dachte, Sie lägen im Sterben, Bentall?« Seine Stimme klang zum erstenmal wirklich bösartig.

»Was wollen Sie?«

»Sie will ich, Bentall.«

»Ich bin hier. Holen Sie mich doch.«

»Hören Sie zu, Bentall. Sie möchten doch Miß Hopeman retten?«

Ein letzter durchsichtiger Schachzug: LeClerc brauchte mich offenbar. Er schien mich sogar dringend zu brauchen.

»Sie hätten uns gern beide, LeClerc, wie?« Ich zweifelte keinen Augenblick, daß das seine Absicht war.

»Ich gebe Ihnen mein Wort. Ich lasse Miß Hopeman frei.«

»Glauben Sie ihm nicht«, flüsterte Kapitän Griffiths warnend. »Sind Sie erst in seiner Hand, wird er Sie als Druckmittel benutzen, um uns alle nach und nach herauszulocken.«

Ich wußte, was LeClerc im Sinn hatte. Er würde Mary und mich töten. An den anderen war er nicht interessiert, aber uns beide wollte er töten. Mich auf jeden Fall. Aber ich mußte das Risiko auf mich nehmen. Vielleicht erschoß er uns nicht gleich, vielleicht nahm er uns mit an Bord. Das konnte eine allerletzte Chance sein. Und mehr verlangte ich nicht. Nur noch eine allerletzte Chance. Vielleicht waren wir doch noch zu retten. Während ich das dachte, wußte ich bereits, daß es unmöglich war. Ich sagte: »Gut, LeClerc, ich komme.«

Ich hatte nicht bemerkt, daß sie sich ein Zeichen gaben. Fleck, Henry und Griffiths packten mich gleichzeitig und nagelten mich am Boden fest. Ich kämpfte wie ein Besessener, aber ich hatte keine Kraft mehr.

»Laßt mich los«, keuchte ich. »Um Himmels willen, laßt mich gehen.«

»Wir lassen Sie nicht«, sagte Griffiths. Und dann lauter: »Verschwinden Sie, LeClerc. Wir haben Bentall, und wir behalten ihn. Sie wissen, warum.«

»Dann werde ich Miß Hopeman töten«, rief LeClerc wild. »Ich werde sie töten, haben Sie verstanden, Bentall? Sie stirbt auf jeden Fall. Wenn nicht heute, dann morgen. Vielleicht zieht sie sogar vor, sich selbst umzubringen. Gehen Sie zum Teufel, Bentall. Und Dank für die Schwarze Hornisse!«

Wir hörten, wie seine Schritte sich entfernten. Dann war nur noch Stille ... Die drei Männer ließen mich los, und Fleck sagte: »Es tut mir leid, mein Junge, ich kann gar nicht sagen, wie leid es mir tut.«

Ich antwortete nicht. Ich saß nur da und wußte nicht, warum die Welt noch weiterging. Nach einer Weile stützte ich mich mühsam auf eine Hand und ein Knie und sagte: »Wie spät?«

»Fast sieben.«

»Dann muß er schon unterwegs sein. Er würde nicht die Schwarze Hornisse aufs Spiel setzen, nur um mich umzubringen. Versuchen Sie nicht mehr, mich festzuhalten. Ich habe etwas Dringendes zu tun.«

Ich kroch durch die enge Tunnelöffnung und sah mich um. Ein paar Sekunden lang war ich vor Schmerzen blind. Dann kehrte die Sehschärfe zurück. Niemand war zu erblicken. Das heißt, kein Lebender.

Drei Tote lagen vor dem Eingang. Zwei Chinesen und Hewell. Ich bückte mich und zog unter seinem Körper ein geladenes Gewehr hervor.

»Die Luft ist rein«, sagte ich. »Sie sind abgezogen.«

Zehn Minuten später stiegen wir langsam zum Hangar hinunter. Brookman hatte recht, dachte ich stumpf, es würde mindestens eine Woche dauern, bis ich wieder richtig gehen konnte, die Matrosen trugen mich halb.

Wir überquerten den letzten Grat, der uns von der Ebene trennte. Um den Hangar sah es leer und verlassen aus. Ein kleiner Küstendampfer passierte soeben die Pforte im Riff. Ich hörte Fleck erbittert fluchen. Dann sah ich, warum. Ein paar Seemeilen vom Pier entfernt ragten die Masten und Deckaufbauten seines Schoners aus dem Meer. LeClerc vergaß wirklich nichts.

Alle redeten wild durcheinander. Der entsetzliche Druck, die Spannung der langen Nacht lösten sich in hysterischem Gelächter auf. Die sieben Wissenschaftler hielten ihre Frauen im Arm. Ich mußte fortschauen, ich konnte den Anblick nicht ertragen. Nie wieder würde ich Mary in die Augen sehen. Einmal war ich Arm in Arm mit ihr gegangen. Einmal, vielleicht zwei Minuten lang. Das war nicht viel gewesen. Etwas mehr hätten wir schon haben dürfen.

Fleck war als einziger düster und deprimiert geblieben. Ich glaube nicht, daß er sich nur um den Verlust seines Schiffes grämte, nicht allein jedenfalls. Fleck trauerte um Mary. Fleck war in Ordnung; er würde für seine früheren Verbrechen nicht mehr zahlen müssen, er hatte seine Schuld mehr als gutgemacht.

Wir kamen an den Hangar. Ich hoffte fast, LeClerc würde irgendwo im Hinterhalt lauern – aber alles war wie ausgestorben. Die Funkgeräte waren zerschlagen. Wir kamen zur Waffenkammer, und ich betrat sie durch die offene Tür und blickte auf die leere Koje. Ich befühlte den zerknitterten Mantel, der Mary als Kopfkissen gedient hatte; er war noch warm. Ich hob ihn hoch und fand darunter einen Ring. Einen einfachen goldenen Ring, den sie auf dem Ringfinger der linken Hand getragen hatte. Ihren Trauring. Ich zog ihn auf meinen kleinen Finger und ging hinaus.

Griffiths gab Anweisungen für die Bestattung der Toten. Dann wanderten wir, Griffiths, Fleck und ich, zum Bunker, Fleck stützte mich. Zwei bewaffnete Matrosen folgten uns.

Der Küstendampfer verschwand mit westlichem Kurs hinter dem Riff. An Bord die Schwarze Hornisse und Mary. Die Schwarze Hornisse: Verkörperung von Millionen zerstörter Leben, von Hunderten in Schutt und Asche gelegten Städten, von mehr Blutvergießen, Gram und Herzeleid, als die Welt seit ihrer Erschaffung gesehen hatte. Und Mary. Mary, die nach der Zukunft gesucht und sie nicht mehr gefunden hatte. Mary, die mir prophezeit hatte, eines Tages würde ich in eine Lage kommen, in der mein Selbstvertrauen mir nichts mehr nützen würde. Der Tag war da.

Fleck schloß die Bunkertür auf und übergab den gefangenen Chinesen den Matrosen. Wir gingen durch die zweite Tür und schalteten das Licht ein. LeClerc hatte jedes Sendegerät auf der Station zertrümmert, außer dem Kommandopult. Er konnte ja nicht ahnen, daß die »Selbstmordleitung« der Rakete, obwohl der Schaltarm andersherum stand, in Wirklichkeit geladen war.

Ich bückte mich, um den Generator anzulassen, und dabei öffnete sich meine Brusttasche, und ich erinnerte mich wieder an den Zettel, den mir Fleck gegeben hatte. Ich holte ihn heraus und strich ihn glatt.

Er enthielt nur wenige Worte: »Ich habe es mir überlegt, Johnny, irgend jemand muß Dich schließlich heiraten, sonst kommst Du aus dem Unheil nie heraus. Vielleicht liebe ich Dich auch ein bißchen.«

Ich faltete den Zettel wieder zusammen und steckte ihn ein. Ich drehte das Periskop über meinem Kopf und konnte den Küstendampfer tief unten am Horizont erkennen, wie er, eine schwarze Rauchfahne hinter sich herziehend, ruhig nach Westen fuhr. Ich entfernte den Drahtschutz von der weißen Selbstvernichtungstaste, drehte sie um hundertachtzig Grad und drückte den Startknopf nach unten. Ein grünes Lämpchen flammte auf. Die Zündungsuhr in der Schwarzen Hornisse begann abzulaufen. Zwölf Sekunden. Zwölf Sekunden dauerte es, bis der »Selbstmordstromkreis« völlig geschlossen war. Ich starrte auf meine Armbanduhr, sah den Sekundenzeiger stetig vorwärts rücken und dachte vage darüber nach, ob wohl die Sprengstoffladung nur die Rakete unbrauchbar machen oder ob, wie Fairfield befürchtete, zugleich eine Detonation des Festtreibstoffs erfolgen und die Rakete samt ihrer Umgebung in die Luft sprengen würde. Noch zwei Sekunden. Ich starrte blind in das Okular des Periskops – ich konnte nur einen verschwommenen Nebelstreifen sehen – dann drückte ich mit voller Wucht die »Selbstvernichtungstaste« nieder.

Die Schwarze Hornisse sprengte sich selbst in die Luft. Sogar aus dieser Entfernung wirkte der Anblick der Explosion furchterregend; ein riesiger, speiender Vulkan aus dampfendem, weißem Wasser, der das zertrümmerte Schiff in Sekundenschnelle verschlang, dann eine ungeheure Feuersäule mit einer Wolkenkappe, die einige hundert Meter in den blauen Morgenhimmel aufschoß und im gleichen Augenblick in Nichts zerging. Das Ende der Schwarzen Hornisse. Das Ende von allem.

Auf Flecks Arm gestützt, wandte ich mich ab und taumelte hinaus in die funkelnde Helligkeit des neuen Tages. Noch immer hörte ich das schwere Grollen der Explosion, das mit der See anrollte und von den gefühllosen Felswänden widerhallte.

NACHSPIEL

Ein kleiner, staubiger Mann in einem kleinen, staubigen Zimmer. So kam er mir immer vor, einfach nur ein kleiner, staubiger Mann in einem kleinen, staubigen Zimmer.

Er war aufgesprungen und lief mir entgegen, ergriff meinen gesunden Arm und geleitete mich auf den Besucherstuhl. Fürstlicher Empfang für den heimgekehrten Helden Bentall. Ich hätte wetten mögen, daß Raine sich nie zuvor so angestrengt hatte. Er hatte sich nicht mal aus seinem Sessel bequemt, als damals Mary eingetreten war.

»Setzen Sie sich, ruhen Sie sich aus, mein Junge.« Das graue, faltige Gesicht war ganz Besorgtheit, in den wachsamen grünen Augen spiegelte sich eine Anteilnahme, wie dieser Mann sie noch nie gezeigt hatte. »Lieber Himmel, Bentall, Sie sehen ja furchtbar aus.«

Hinter seinem Schreibtisch hing ein Spiegel, klein, fliegenbeschmutzt und staubbedeckt wie alles in diesem Zimmer, aber soviel konnte ich sehen, daß Raine nicht übertrieb. Den linken Arm in einer schwarzen Schlinge, die rechte Hand an dem Stock, mit dessen Hilfe ich mich fortbewegte, blutunterlaufene Augen und blasse, eingefallene Wangen mit der bläulichen Schwiele, die von der Schläfe bis zum Kinn hinunterlief. Ich konnte meinen Unterhalt durchaus als Hausgespenst verdienen.

»Sieht schlimmer aus, als es ist, Sir. Ich bin nur müde, das ist alles.« Der Himmel allein wußte, wie müde ich war, ich hatte in den zwei Tagen, die ich für die Reise von Suva nach London gebraucht hatte, keine zwei Stunden geschlafen.

»Haben Sie schon etwas gegessen, Bentall?« Wann hatten diese Wände wohl zum letztenmal soviel Besorgnis vernommen?

»Nein, Sir. Ich bin direkt vom Flugplatz hergekommen. Aber ich bin nicht hungrig.«

»Soso.« Ohne Vorrede begann er: »Mary Hopeman ist also tot.«

»Ja«, sagte ich, »sie ist tot.«

»Es sind immer die Besten, die gehen müssen«, murmelte er. »Immer die Besten. Wie ist sie gestorben, Bentall?«

»Ich habe sie getötet, Sir. Ich war dazu gezwungen.«

»So, Sie haben sie getötet.« Er sagte das, als wäre es das Natürlichste von der Welt. »Ich bekam Ihren Funkspruch von der Wales. Die Admiralität hat mich in großen Zügen über die Vorgänge auf Vardu unterrichtet. Ich hörte, daß Sie Hervorragendes geleistet haben, aber von den tatsächlichen Ereignissen weiß ich eigentlich nichts. Bitte, berichten Sie mir die ganze Geschichte.«

Ich berichtete ihm die ganze Geschichte. Sie war lang, aber er hörte sie sich ohne eine Frage oder Unterbrechung bis zu Ende an. Als ich fertig war, drückte er die Handballen in die Augen, dann fuhr er sich mit beiden Händen langsam über die hohe, faltige Stirn und das spärliche graue Haar.

»Phantastisch«, murmelte er. »Ich habe in diesem Zimmer schon erstaunliche Dinge gehört, aber ...« Er brach ab, langte nach seiner Pfeife und dem Taschenmesser und begann mit seinen Ausgrabungen. »Eine großartige Leistung, wirklich großartig – aber um welchen Preis!«

Ich schwieg, und er fuhr fort: »Ich habe natürlich hundert Fragen an Sie zu stellen, und Sie werden sicherlich auch wegen einer kleinen Täuschung, zu der ich mich gezwungen sah, Rechenschaft von mir fordern wollen. Aber das alles kann bis morgen warten.« Er warf einen Blick auf seine Uhr. »Schon halb elf. Ich habe Sie sowieso schon zu lange hierbehalten, viel zu lange, Sie sehen ja halbtot aus.«

»Ist schon in Ordnung«, sagte ich.

»Nein, durchaus nicht.« Er legte Pfeife und Taschenmesser beiseite und sah mich mit seinen Eisbergaugen an. »Ich weiß recht gut, was Sie durchgemacht, was Sie – nicht nur körperlich – gelitten haben. Nach alledem, Bentall – wollen Sie immer noch bei ums bleiben?«

»Mehr denn je, Sir.« Ich versuchte ein Lächeln, aber es war die Schmerzen, die es verursachte, nicht wert, deshalb gab ich es wieder auf. »Erinnern Sie sich, was Sie mir einmal über Ihren Sessel sagten?«

»Ich bin fest entschlossen, ihn eines Tages an Sie abzutreten«, antwortete er.

»Und ich, ihn anzunehmen, Sir.« Ich legte meine rechte Hand in die Schlinge, um den Arm auszuruhen. »Aber das ist nicht der einzige Entschluß, den wir teilen.«

»So?« Die grauen Augenbrauen hoben sich um einen Millimeter.

»Ja. Wir sind beide noch zu etwas anderem entschlossen. Wir sind beide entschlossen, den anderen nicht lebend aus diesem Zimmer zu lassen.« Ich nahm die Hand aus der Schlinge und zeigte ihm meinen Revolver. »Die Luger unter Ihrem Sitz lassen Sie getrost, wo sie ist.«

Er starrte mich an, sein Mund wurde schmal.

»Haben Sie den Verstand verloren?«

»Im Gegenteil – ich habe ihn endlich wiedergefunden, vor genau vier Tagen.« Ich erhob mich mühsam und humpelte zu ihm herum, Auge und Revolver unentwegt auf ihn gerichtet. »Stehen Sie aus diesem Sessel auf.«

»Sie sind total übergeschnappt«, sagte er leise. »Sie haben zuviel durchgemacht ...«

»Stehen Sie auf!«

Er wischte sich den Schweiß von der Stirn und stand langsam auf.

»Kippen Sie den Sessel um.« Er tat, wie ihm geheißen. Die Luger hing an ihrem Platz, von einer Federspange gehalten. »Fassen Sie sie mit Daumen und Zeigefinger der linken Hand am Ende des Laufs und legen Sie sie auf den Schreibtisch.«

Wieder gehorchte er.

»Gehen Sie zum Fenster und drehen Sie sich um.«

»Was zum Teufel, soll ...?«

Ich trat einen Schritt auf ihn zu. Er wich rasch zurück, bis er den Vorhang hinter sich fühlte, und wandte mir dann den Rücken zu. Ich warf einen Blick auf die Luger. Schwerer Schalldämpfer, entsichert, voll geladen. Ich steckte mein eigenes Schießeisen ein, nahm die Luger in die Hand und befahl ihm, sich wieder umzudrehen. Ich wog die Luger in meiner Hand.

»Ein Geschoß aus einer Luger mitten in die Eingeweide würde wohl jeden überwältigen. Leider war ich nicht so vertrauensselig wie der letzte arme Teufel, den Sie ermordet haben, als er Ihnen gegenübersaß, nicht wahr?«

Er atmete unhörbar aus und schüttelte langsam den Kopf. »Wissen Sie eigentlich, was Sie reden, Bentall?«

»Zu Ihrem Unglück, ja. Setzen Sie sich.« Ich wartete, bis er den Sessel aufgerichtet und sich daraufgesetzt hatte, und lehnte mich dann gegen eine Schreibtischecke. »Wie lange treiben Sie dieses doppelte Spiel schon, Raine?«

»Ich verstehe Sie wirklich nicht«, sagte er gelangweilt.

»Sie wissen, daß ich Sie töten werde«, sagte ich. »Mit dieser Luger. Keiner wird etwas hören. Das Haus ist verlassen. Niemand hat mich kommen sehen; niemand wird sehen, wenn ich gehe. Morgen früh wird man Sie finden, Raine. Tot. Selbstmord, wird man sagen. Ihre Verantwortung war zu schwer.«

Raine befeuchtete seine Lippen. Er sagte nicht mehr, ich sei verrückt.

»Ich nehme an, Sie haben Ihr ganzes Leben lang Landesverrat betrieben, Raine. Weiß der Himmel, wie Sie es fertigbrachten, unentdeckt zu bleiben. Sie müssen ein Genie sein, sonst hätte man Sie schon vor Jahren gefaßt. Möchten Sie mir etwas darüber erzählen, Raine?«

Die grünen Augen loderten auf. Nie habe ich so konzentrierte Bösartigkeit in einem Menschengesicht gesehen. Er antwortete nicht.

»Gut«, sagte ich. »Dann werde ich es Ihnen erzählen. Hören Sie gut zu, Raine, denn es ist die letzte Geschichte, die Sie jemals hören werden, vor dem letzten Schlaf, den Sie je schlafen werden.

Fünfundzwanzig Jahre haben Sie im Fernen Osten zugebracht, Raine, die letzten zehn als Chef der dortigen Abwehr. Mit dem Hasen gerannt und mit den Hunden gehetzt, wahrscheinlich seit jeher. Weiß der Himmel, wieviel Leid und Unglück Sie dort angerichtet haben, wie viele Menschen Ihretwegen sterben mußten. Dann, vor zwei Jahren, kehrten Sie nach London zurück.

Eine der Mächte, für die Sie arbeiteten, während Sie zugleich als Leiter unserer Abwehr fungierten, war an Sie herangetreten. Man sagte Ihnen, es seien Gerüchte im Umlauf, daß englische Wissenschaftler mit Festtreibstoffen zum Antrieb von Raketen und Ferngeschossen experimentierten. Man ersuchte Sie, herauszufinden, soviel Sie könnten. Sie erklärten sich bereit. Ich habe keine Ahnung, was man Ihnen dafür versprochen hat. Ich habe auch keine Ahnung, wie Sie Ihr Spionagenetz im einzelnen organisiert haben. Jedenfalls war es leicht für Sie, überall in Europa Kontaktstellen einzurichten. Der Hauptumschlagplatz befand sich in Istanbul, wo meine Nachforschungen mich schließlich hinführten. Ich vermute, Sie beschafften sich Ihre Informationen, indem Sie in das Forschungsinstitut in Hepworth – das bestgehütete Geheimunternehmen Englands – Leute einschleusten, die Sie in Ihrer offiziellen Eigenschaft als Abwehrchef selbst ‚durchleuchtet' und als ‚unbedenklich' bezeichnet hatten.

Im Verlauf von vielen Monaten wurde nach und nach das Material besorgt, nach Istanbul geschickt und von dort nach dem Fernen Osten weitergeleitet. Aber Ihr Vorgänger roch Lunte, vermutete ein Leck im Sicherheitsapparat und meldete seinen Verdacht der Regierung. Ich nehme an, daß seine Nachforschungen mit allen Mitteln unterstützt wurden. Als er der Wahrheit zu nahe kam, stürzte sein Flugzeug über der Nordsee ab und wurde nie gefunden. Jemand hatte ihn in London ans Flugzeug gebracht. Sie, Raine! Ich vermute, eine Bombe mit Zeitzünder in seinem Gepäck – unser Gepäck wird ja vom Zoll nicht geöffnet. Bedauerlich, daß noch dreißig andere Menschen in dem Flugzeug waren, aber für Sie kein Hinderungsgrund, nicht wahr, Raine?

Dann wurden Sie befördert. Es war naheliegend, daß die Wahl auf Sie fiel. Ein hervorragender Mann, der seinem Land ein Leben lang mit Hingabe gedient hatte. Sie befanden sich nun in der phantastischen Lage, Agenten ausschicken zu müssen, die Ihnen selbst auf die Spur kommen sollten. Einer, den Sie ausschickten, fand zuviel heraus. Er kam in dieses Zimmer zurück, mit einem Revolver in der Hand, um Sie zu überführen. Er ahnte nichts von der versteckten Luger, Raine, nicht wahr? Und Sie verbreiteten ein Märchen, er sei ein Überläufer gewesen und vom Gegner gedungen worden, Sie zu ermorden. Was sagen Sie zu meiner Geschichte, Oberst Raine?«

Er sagte nichts zu meiner Geschichte.

»Jetzt wurde die Regierung ernstlich unruhig. Und Sie ebenfalls, Raine. Denn die Ihnen unterstellten Beamten, die ehrlichen, wohlgemerkt – hatten einen großen Nachteil: ihr Spürsinn war zu scharf. Sie überzeugten also die Regierung von der Notwendigkeit, wegen der Kompliziertheit der technischen Zusammenhänge einen Wissenschaftler mit der Untersuchung zu betrauen. Dann suchten Sie so lange, bis Sie den allerdümmsten Wissenschaftler gefunden hatten, den Sie überhaupt finden konnten; den, der am wenigsten erreichen würde. Sie wählten mich. Ich kann verstehen, warum.

Und sie wählten Mary Hopeman. Sie versuchten mir einzureden, sie sei eine erstklassige Agentin, zäh, fähig und erfahren. Sie war nichts von alledem. Sie war einfach ein nettes Ding mit einem schönen Gesicht, einer guten Figur und beträchtlichen schauspielerischen Fähigkeiten – ideal für die passive und anspruchslose Aufgabe, Informationen zu empfangen und weiterzugeben, ohne daß es auffiel. Mehr Talente für diesen Beruf hatte sie nicht. Keine überragende Intelligenz, keine besondere Findigkeit und schon gar nicht die Bedenkenlosigkeit und Härte, die für den Erfolg in diesem Handwerk unerläßlich sind.

Uns beide schickten Sie also auf den Kontinent, wo wir soviel wie möglich über das Leck im Sicherheitsapparat ausfindig machen sollten. Sie müssen überzeugt gewesen sein, daß, wenn es je ein Paar auf dieser Welt gab, das nichts herausfinden würde, es Mary Hopeman und ich waren.

Aber Sie begingen einen Fehler, Raine. Sie vergewisserten sich meiner mangelnden Intelligenz und Findigkeit und glaubten sich in dieser Hinsicht sicher. Aber Sie versäumten leider, sich auch meines Charakters zu vergewissern: ich bin hart, und ich kann vollkommen unbarmherzig sein. Sie werden das sehen, wenn ich hier auf den Abzug drücke. Ich schrecke vor nichts zurück, wenn ich etwas beenden will, was ich angefangen habe. Ich begann mir gewisse Dinge zusammenzureimen, zu viele für Ihren Geschmack. Sie bekamen es mit der Angst und riefen uns nach London zurück.«

Oberst Raine reagierte auf keine meiner Feststellungen. Seine grünen, nie blinzelnden Augen waren starr auf mein Gesicht gerichtet. Er wartete, wartete auf eine Gelegenheit. Er wußte, ich war ein kranker Mann und todmüde. Eine falsche Bewegung, eine zu langsame Reaktion, und er würde sich auf mich stürzen. In meiner jetzigen Verfassung hätte ich es mit keiner Fliege aufnehmen können.

»Infolge meiner Tätigkeit sickerte so gut wie keine Information über die neuen Festtreibstoffe mehr durch. Ihren Freunden im Osten begannen die Felle fortzuschwimmen. Aber Sie hatten noch ein zweites Eisen im Feuer. Einige Monate zuvor hatte die Regierung eine Raketenversuchsstation auf der Insel Vardu eingerichtet. Die Insel mußte abgeschirmt werden, und Sie waren natürlich für die nötigen Maßnahmen verantwortlich. Sie trafen das Arrangement mit Professor Witherspoon, das die Insel aus ebenso triftigen wie harmlosen Gründen vor Besuchern sichern sollte. Sie richteten es ein, daß die Wissenschaftler und ihre Frauen, ohne Verdacht zu erregen, nach Australien fahren konnten. Sie sorgten dafür, daß der Gauner Fleck den Unbedenklichkeitsvermerk bekam, wer außer Ihnen hätte das sonst fertiggebracht? Als alle Vorbereitungen getroffen waren, gaben Sie Ihrem Freund LeClerc das Zeichen, sich nach Vardu zu begeben, Witherspoon zu liquidieren und seine Rolle zu übernehmen. Schließlich transportierten Sie die Frauen der Wissenschaftler nach Vardu, wahrscheinlich, indem Sie ihnen vorspiegelten, sie könnten ihre Männer besuchen, dürften aber kein Wort darüber verlauten lassen. Zu ihrem Pech wurden die Damen auf der falschen Inselseite abgesetzt, nicht wahr, Raine?

Jetzt hatten Sie also Ihre beiden Pfeile im Köcher. Wenn Sie Ihre Auftraggeber auch nicht mehr mit den Formeln des neuen Treibstoffs versorgen konnten, so lieferten Sie ihnen nun dafür den Treibstoff selber. Nur etwas ging schief: Sie sahen sich gezwungen, Dr. Fairfield umzulegen, und brauchten deshalb jemand anderen, der die Rakete scharfmachen konnte.

Ich gebe zu, die Idee mit Bentall war brillant. Zwei Fliegen mit einer Klappe. Ich hatte auf dem Kontinent schon zuviel herausbekommen, und inzwischen kannten Sie mich als einen Menschen, der nicht eher ruhen würde, bis er alles wußte. Sie haben zu Mary Hopeman gesagt, ich sei der einzige Mensch, vor dem Sie sich fürchten könnten, und das war vielleicht der einzige aufrichtige Satz Ihres Lebens. Ich wußte zuviel und mußte daher beseitigt werden. Mary Hopeman desgleichen. Aber vor meiner Liquidierung – eine Aufgabe, die Sie Ihrem Freund LeClerc anvertraut hatten – war mir noch eine Funktion zugedacht: ich sollte die Schwarze Hornisse scharfmachen.

Sie hätten mich natürlich auch offiziell zu der Raketenversuchsstation abbeordern können, solange die Marine sie noch in der Hand hatte. Aber erstens hätte es mich verdammt mißtrauisch gemacht, wäre ich von meinem Abwehrunternehmen abgezogen und auf eine zivile Aufgabe angesetzt worden, für die es noch dazu andere, weit besser qualifizierte Leute gab. Außerdem wäre dann der Grund weggefallen, Mary Hopeman mitzuschicken, die Sie ja auch loswerden wollten. Deshalb ließen Sie das letzte Inserat in den Telegraph einrükken, banden uns das Ammenmärchen auf und schoben uns nach dem Stillen Ozean ab.

Es gab nur ein Problem in Ihrer Kalkulation, von dessen Lösung alles andere abhing: die große Frage, wie Sie mich dazu bewegen sollten, die Rakete scharfzumachen. Wenn ich mich weigerte, war alles für die Katz. Das Lamm, das Sie gefangen zu haben glaubten, hatte sich als Tiger entpuppt. Sie wußten inzwischen, wie stur und rücksichtslos ich sein konnte. Sie konnten sich ausrechnen, daß Drohungen oder Folter mich nicht beeinflussen würden. Aber Sie wußten auch, daß ein Mann, der liebt, alles tun wird, um die Frau, die er liebt, zu schützen. Und deshalb schufen Sie die Voraussetzungen dafür, daß ich mich in Mary Hopeman verliebte. Sie spekulierten, daß niemand zwei Tage lang Seite an Seite mit Mary Hopeman im Flugzeug sitzen, eine Nacht im selben Hotelzimmer verbringen, eine Nacht und einen Tag mit ihr im Laderaum eines Schiffes hausen, eine Nacht lang auf einem Riff mit ihr kauern und weitere zwei Tage in einer Hütte mit ihr leben konnte, ohne sich in sie zu verlieben. Herrgott, selbst der falsche Witherspoon mußte noch versuchen, mich eifersüchtig zu machen. Sie haben uns jede Gelegenheit gegeben, uns ineinander zu verlieben. Und wir haben es prompt getan. Sie haben Mary gefoltert. Sie haben gedroht, sie noch mehr zu foltern. Und ich habe die Schwarze Hornisse scharfgemacht. Um Marys willen werden Sie sterben, Raine. Nicht wegen Ihres Hochverrates. Sondern nur wegen Mary.«

Ich drückte mich mühsam vom Schreibtisch ab und hinkte herum, bis ich einen Schritt vor ihm stand.

»Sie können nichts von alledem beweisen«, sagte Raine heiser.

»Und deshalb muß ich Sie hier töten«, stimmte ich ihm teilnahmslos bei. »Kein Gericht würde sich mit meinem Fall befassen. Keine Beweise. Nur tausend Kleinigkeiten, die mir erst aufgingen, als es zu spät war. Woher wußte Fleck, daß Mary eine Pistole im Doppelboden ihrer Reisetasche hatte? Im allgemeinen pflegen Frauen von Wissenschaftlern keine Schußwaffen mit sich herumzutragen. Warum sagte LeClerc – für mich noch Witherspoon – damals, wir seien noch nicht lange verheiratet? Wir haben uns keineswegs so aufgeführt. Warum war er später überhaupt nicht erstaunt, zu hören, daß wir gar nicht verheiratet waren? Er sagte, ich hätte ein fotografisches Gedächtnis. Woher, zum Teufel, konnte er das wissen, wenn nicht durch Sie? Warum versuchten LeClerc und Hewell, mich mit einem schweren Geldschrank aktionsunfähig zu machen? Weil sie wußten, daß ich von der Abwehr war. Sie haben es ihnen mitgeteilt, und Sie wollten verhindern, daß ich herumschnüffelte. Wer hat Fleck von London aus den Unbedenklichkeitsvermerk verschafft? Woher wußte LeClerc, daß der Probestart der Hornisse unmittelbar bevorstand, wenn er es nicht über London erfahren hatte? Warum wurde mein SOS-Ruf nach London nicht beachtet, warum nichts zu unserer Rettung unternommen? LeClerc wollte mir weismachen, er hätte einen zweiten Funkspruch hinterhergeschickt, der den ersten wieder aufhob. Aber Sie wissen so gut wie ich, daß jede Durchgabe an Ihr Büro, ob verschlüsselt oder unverschlüsselt, mein Kennwort Bilex enthalten muß. Warum wurden im Grand Pacific Hotel nach unserer Entführung keine Nachforschungen angestellt? Ich habe mich auf dem Heimweg erkundigt: weder eine Regierungsstelle noch die Polizei ist um Nachforschungen ersucht worden. Der Beamte, der als Beobachter mit uns fliegen sollte, hat unser Verschwinden nie gemeldet. Es war nämlich gar keiner vorhanden, oder täusche ich mich? Keine Beweise. Sie haben ganz recht, ich könnte nichts beweisen.«

Raine lächelte. Dieser Mann schien überhaupt keine Nerven zu haben.

»Wie würde Ihnen zumute sein, Bentall, wenn Sie mich jetzt töten und dann erkennen müßten, daß Sie sich in einem schrecklichen Irrtum befanden?« Er beugte sich vor und sagte leise: »Was würden Sie sagen, wenn ich Ihnen auf

der Stelle klipp und klar bewiese, daß Sie sich entsetzlich täuschen?«

»Geben Sie sich keine Mühe, Oberst.«

»Nehmen Sie doch Vernunft an, Mann, ich habe doch den Beweis!« rief er. »Hier, in meiner Briefta ...«

Er hob den Rockaufschlag mit der Linken und faßte mit der Rechten in die Innentasche; sein Finger war schon am Abzug der kleinen schwarzen Pistole, als ich schoß. Die Pistole wirbelte ihm aus der Hand. Er fiel erst in seinen Sessel zurück, dann vornüber und schlug mit Kopf und Schultern auf den staubigen Schreibtisch auf.

Ich zog mein Taschentuch heraus, ein kleiner Zettel flatterte zu Boden. Ich ließ ihn liegen. Mit dem Taschentuch in der Hand hob ich die Pistole auf, steckte sie ihm wieder in die Rocktasche, wischte die Luger ab, gab sie dem Toten in die Hand, drückte seinen Daumen und seine Finger gegen Griff und Abzugshahn und ließ dann die Hand mit der Pistole locker auf den Schreibtisch fallen. Dann säuberte ich Türklinken, Armlehnen und was ich sonst noch angefaßt hatte und hob den hinuntergefallenen Zettel auf.

Es waren Marys Abschiedszeilen. Ich hielt das Blatt an einer Ecke über Raines Aschenbecher, zündete ein Streichholz an und sah zu, wie es verbrannte. Ich zerrieb die Asche im Aschenbecher und ging.

Ich schloß die Tür mit ruhiger Hand und ließ ihn drinnen liegen: einen kleinen, staubigen Mann in einem kleinen staubigen Zimmer.